BAD GUYS

BRUNO GMÜNDER

FRED HUNTER

Geheimsache: schwul

Aus dem Amerikanischen von Robert Brack

BAD GUYS 7
herausgegeben von Bernd Gutberlet

Originaltitel: GOVERNMENT GAY

erschienen 1997 bei
St. Martin's Press, New York

1. Auflage 1998

Leuschnerdamm 31
D – 10999 Berlin
Coverfoto: Pedro Usabiaga
Covergestaltung: Rudolf Haas
Druck: Clausen & Bosse, Leck
Printed in Germany
ISBN 3-86187-407-5

Für Joan Edwards, die es mir bestätigt hat

1

Ich gehe nicht in Bars. Es ist reiner Zufall, daß ich überhaupt dort war. Meine Mutter mußte zu irgendeiner Filmveranstaltung des British Institute: Meine Mutter ist eine doppelte Exilantin, zum einen aus geographischen, zum anderen aus zeitlichen Gründen. Sie kam nach Amerika, bevor ich geboren wurde und blieb, nachdem sie sich von meinem Vater scheiden ließ, weil ... na ja, das Wetter hier ist besser. Wie dem auch sei, sie sah sich den angesagtesten neuen britischen Film an, und Peter arbeitete. Peter ist mein Ehemann. Er bezeichnet mich ebenfalls als seinen Ehemann.

Wie ich schon sagte, ich gehe grundsätzlich nicht in Bars, aber wie jedermann fange ich an, mich zu langweilen, wenn man mich Freitag abends allein läßt, und es macht mir nichts aus, all die schmucken Kerle mal anzusehen, wenn es sich ergibt. Auf diese Weise bin ich ins »Charlene's« geraten. Jedesmal, wenn ich die Einrichtung sehe, kriege ich Zustände. Schwarze Wände, was es wahrscheinlich leichter macht, es sauber zu halten, oder dunkel, was an so einem Ort angebracht scheint, und ein riesiger pinkfarbener Neonmund auf der einen Seite. Was das soll, weiß eigentlich keiner.

Ich war bei meiner dritten Flasche Bud Light, bevor irgend jemand außer dem Barkeeper ein Wort mit mir wechselte, was wahrscheinlich bedeutete, daß ich mich ein wenig gehen ließ. Eine Stimme direkt unterhalb meines linken Ohrs sagte plötzlich: »Bist du zum ersten Mal hier?«

Ich schaute nach links – und ein bißchen nach unten – und sah einen braunhaarigen Typen, ein bißchen jünger als ich (Gott sei Dank, ich hatte mich also nicht so sehr gehen lassen, wie ich dachte) und beinahe hübsch: Seine Nase war ein bißchen lang und sein Mund ein wenig schmal. Es gab noch ein Problem, ich wage es kaum zu sagen: Er schien sich auffällig stark für meine Schuhe zu interessieren, was mich sogar dann nervös gemacht hätte, wenn ich noch zu haben gewesen wäre.

»Nein«, sagte ich. »Bevor ich geheiratet habe, war ich oft hier.«

Zwar gibt die Kirche ihren Segen nicht dazu und auch nicht der Staat, aber wie sagt meine Mutter immer: »Vor dem lieben Gott sind alle gleich.« Er kapierte sofort. Er lächelte auf eine Art, die bedeutete, daß es keinen Grund mehr gab, schüchtern zu sein, und wir einfach gute Freunde sein konnten, und versuchte es dann bei einem anderen. Ich hätte noch hinzufügen können, daß ich schon hierher kam, bevor aus Charlie Charlene geworden war, was möglicherweise ein interessantes Gespräch in Gang gebracht hätte, aber dafür gab es keinen Grund. Kurz darauf schien er jemanden gefunden zu haben, mit dem er auf seine Weise kommunizieren konnte.

In den gegenüberliegenden Ecken waren Lautsprecher unter die Decke montiert und dröhnten in einer Lautstärke, die knapp ein Dezibel unterhalb der Schmerzgrenze lag, eine ganze Reihe von 70er-Jahre-Hits. Paare jeder Sorte und Größe tanzten, aber glücklicherweise gibt es bei Charlene keine dieser immer noch beliebten Discokugeln, die in solchen Bars sonst inflationär zum Einsatz kommen.

Ich hatte mein aktuelles Bier halb ausgetrunken, als die Eingangstür aufschwang und dieser große schwabbelige Typ reinkam, der aussah, als wäre er gerade in eine Schießerei unter Gangstern geraten. (An »Schießerei unter Gangstern« denkt man automatisch, wenn man aus Chicago kommt.) Er bahnte sich den Weg durch die tanzende Menge und schob sich auf den freien Hocker neben mir. Ich hatte mich längst an die zahllosen Arme gewöhnt, die sich um mich herum erhoben, an die geballten Fäuste, die mit Geldscheinen wedelten, an die barschen Bestellungen, aber es war trotzdem angenehm, daß diese Lücke endlich geschlossen wurde. Das beruhigte das Geschehen ein wenig.

Er setzte sich, ohne mich eines Blickes zu würdigen. Ich konnte ihn im Spiegel hinter der Bar betrachten: Er hatte dunkles, dünnes Haar und ausgeprägte Tränensäcke unter den großen, erschreckt dreinblickenden Augen und roch nach einem Rasierwasser, das es wahrscheinlich bei Woolworth gab. Als er ein Bier bestellte, konnte ich trotz des Lärms seinen schweren Akzent erkennen – wahrscheinlich polnisch, russisch, deutsch oder aus einer anderen Gegend, die mich nicht besonders interessierte. Ich überlegte, ob der erschreckte Blick nicht daher kam, daß er hier reingekommen war, ohne zu wissen, was für eine Art von Bar es war, und nun zu verunsichert war, um einfach wieder zu gehen. So was kommt vor. Außerdem, meine Brüder und Schwestern mögen mir vergeben, daß ich es ausspreche, sah er nicht schwul aus, eher so, als hätte er einen Drink bitter nötig. Der Barkeeper stellte eine Flasche vor ihn, er griff danach und nahm einen großen Schluck. Übrig blieb nur eine Pfütze auf dem Boden der Flasche.

Die Tür ging wieder auf, zwei Männer kamen herein und blieben stehen. Sie sahen aus, als wären sie darauf trainiert, in der Wand zu verschwinden oder aus ihr zu treten, wenn sie gerade dabei waren, jemanden umzubringen, so ähnlich wie die Knetmenschen in »Flash Gordon«. Ich achtete nicht weiter auf sie, auch sonst tat es niemand, soweit ich sehen konnte, aber der Typ neben mir schwitzte ganz schön, und das hatte ich vorher noch nicht bemerkt. Er sah auch aus wie einer, der ständig schwitzt. Nicht besonders attraktiv.

Ich zog eine Zigarette aus der Packung in meiner Brusttasche und zuckte gehörig zusammen, als der schwabbelige Typ ein Streichholz anzündete und mir hinhielt.

»Bitte«, sagte er, und sein Akzent und sein Atem waren schwer.

»Danke.«

Ich zog den Rauch ein, und er warf mir ein rotglänzendes Streichholzheftchen hin. Ganz der Gentleman, versteht sich, zog ich das Päckchen aus der Tasche, bot ihm eine Zigarette an und hoffte gleichzeitig, daß er es nicht als Einladung zu irgendwelchen unwillkommenen Annäherungsversuchen auffassen würde. Er nahm die Packung, schüttelte eine Zigarette heraus, gab sie mir zurück, und ich steckte sie wieder in die Tasche. Dann zündete er sich seine Zigarette an und warf mir das Streichholzheftchen wieder hin. Mir kam es so vor, als sei ich plötzlich Eingeweihter eines eigenartigen Raucherrituals.

Das Musikstück, das alles übertönte – ich glaube es war »Disco Inferno« – wurde von »That's the Way I Like It« abgelöst. Falls ich mich richtig erinnere, habe ich das Stück zuletzt auch in einer Bar gehört, nur daß es damals noch in den Charts war.

»Ist es hier immer so laut und voll?« fragte der massige Mann.

Ich hatte plötzlich dieses unangenehme Gefühl, das man bekommt, wenn man merkt, daß jemand sich an einen heranmachen will und dabei nicht besonders geschickt vorgeht. Ich sagte einfach nur »meistens«, schaute weg und hoffte klarzumachen, daß ich kein Interesse hatte.

Ich betrachtete die brodelnde Menge, die sich im Rhythmus bewegte, und widmete mich wieder meinem Bier. Ein Blick in den Spiegel zeigte mir, daß die beiden Männer nicht mehr am Eingang standen. Ich konnte sie nirgendwo entdecken. Ich hörte der Musik zu, trank mein Bier und kümmerte mich nur um mich selbst – was gar nicht so einfach war angesichts der Drängelei um mich herum. Ich rauchte die Zigarette bis zum Filter, nahm noch eine und starrte auf die Theke. Die Streichhölzer waren verschwunden und mit ihnen meine schwitzende Tresenbekanntschaft. Ich sah die Zigarette einen Moment lang nachdenklich an, während ich die noch nicht ausgedrückte Kippe in der anderen Hand hielt, und fand, daß ich aus dem Alter raus war, in dem man eine Zigarette an der anderen ansteckt, und ich nur wie ein eisenharter Kettenraucher aussehen würde.

Ich ließ meinen Blick durch den Raum schweifen und konnte keine Spur von meinem ehemaligen Nachbarn entdecken.

Mir fiel ein, was Dorothy zu Toto sagte: »Die Menschen kommen und gehen so schnell an diesem Ort.«

Ich merkte allmählich, daß es Zeit wurde, meinen Platz an der Bar aufzugeben. Ich mußte mal pinkeln. Ich hasse Toiletten in Bars. Ich finde es schauderhaft, an einem öffentlichen Ort mein liebstes Körperteil zu entblößen, während Leute rein- und rauslaufen. Um in die Stimmung zu kommen, eine öffentliche Toilette aufsuchen zu wollen, muß es mir wirklich verdammt schlecht gehen. Besonders an einem Ort wie diesem hier, denn – meine Brüder und Schwestern mögen mir nochmals verzeihen – man weiß nie, was auf der Klappe einer Schwulenbar gerade abgeht.

Gott sei dank war niemand in der Toilette, zumal sie ziemlich winzig war und nur zwei Pißbecken und ein Klosett hatte. Glücklicherweise war ich schon fertig und hatte den Reißverschluß wieder hochgezogen, als ich hörte, wie die Tür aufging. Ich drehte mich um, und da standen die beiden Knetmenschen, die ich vorhin hatte reinkommen sehen. Sie kamen auf mich zu, bevor ich überhaupt kapierte, was los war, faßten mich an der Schulter und schleuderten mich gegen die Wand.

Ich sagte irgend etwas richtig Wirkungsvolles, wie zum Beispiel »Was zum Teufel soll das?«, als der größere der beiden knurrte: »Raus damit!«

Da ich dachte, sie wollten das Übliche, sagte ich: »Kein Bedarf.«

Jetzt erst merkte ich, daß es hier nicht um die klassische Klappen-Anmache ging. Der kleinere Knetmensch schlug mir die Faust mit voller Kraft gegen das Kinn. Mein Kopf prallte zurück und knallte gegen die gekachelte Wand. Mein Gehirn fühlte sich an wie der Klöppel einer Glocke.

»Was?« stieß ich hervor.

Der Größere, der meine momentane Unpäßlichkeit genutzt hatte, um mich an der Kehle zu packen, sagte: »Wir haben gesehen, daß du dich mit ihm unterhalten hast!«

»Ich weiß gar nicht, wovon Sie reden«, erwiderte ich. Das Schlimmste war, daß ich wirklich nicht die leiseste Ahnung hatte, was er eigentlich meinte – immerhin hatte ich mit einem halben Dutzend Typen gesprochen, seit ich in die Bar gekommen war. Ich schmeckte das Blut auf meiner aufgeplatzten Lippe.

Der Größere holte aus und schlug mir mit der flachen Hand fest ins Gesicht. Ich spürte, wie meine Nebenhöhlen sich leerten und fürchtete einen Moment lang, meine Nase könnte anfangen zu laufen und womöglich seinen Ärmel beschmutzen.

»Ehrlich! Keine Ahnung, wovon Sie überhaupt reden!« sagte ich, und obwohl ich gern tapferer gewesen wäre, muß ich einen leichten Anfall von Panik eingestehen.

»Wir haben gesehen, daß er es dir gegeben hat!«

Ich fragte mich, ob sie wohl kapieren würden, wenn ich genauso verwirrt schaute, wie ich mich fühlte, aber ich sollte es nie erfahren. Bevor ich noch etwas sagen konnte, holte der Kleinere ein Rasiermesser hervor, und etwas in seinem Blick sagte mir, daß er damit schon seine Großmutter in die Mangel genommen hatte. Jetzt bekam ich wirklich Schiß.

»Hilfe! Ich weiß nicht, was Sie von mir wollen!« rief ich, während Discomusik meine Worte überdröhnte.

In diesem Moment ging die Tür wieder auf. Ich hab' so etwas noch nie gemacht, aber Adrenalin bewirkt die komischsten Sachen: Es dauerte nur den Bruchteil einer Sekunde, als sie ihre Köpfe drehten, um zu sehen, wer reinkam, aber ich nutzte ihn, um nach ihren Schultern zu fassen und sie wie eine menschliche Saloontür aus dem Weg zu stoßen. Und dann rannte ich. Der Typ, der gerade in die Toilette wollte, tat das gleiche.

Natürlich rannten sie hinter mir her, aber sie waren nicht so geübt darin, sich den Weg durch eine Menge auf der Tanzfläche umherwirbelnder Schwuchteln zu bahnen.

Ich rannte zwei Blocks weit die Wells Street hinauf, bis ich merkte, daß ich viel zu verwirrt war, um zu wissen, wohin ich lief. Also nahm ich das erste Taxi, das anhielt, sprang rein und stotterte meine Adresse.

»Was zum Teufel ist denn passiert?« fragte Peter, als er den Waschlappen als Ersatz für eine kalte Kompresse auf meine Lippe legte.

Ich bilde mir ein, ein recht gesundes Selbstvertrauen zu besitzen, aber wenn ich Peter Livesay ansehe, komme ich mir mickerig vor. Er ist der netteste Mensch, den ich jemals in meinen soundsovielunddreißig Jahren getroffen habe, und außerdem unendlich viel hübscher, als ich es je verdient hätte. Er hat dichtes schwarzes Haar, einen dunklen Teint, der keinen Sonnenbrand fürchten muß (wofür ich ihn beneide), grüne Augen mit schwarzen Pünktchen, die ihnen einen durchdringenden Charakter verleihen, und ein Lächeln, das alles dahinschmelzen läßt. Seine Zähne sind nicht perfekt, aber das ist eben eins der wenigen Dinge, die ihn davor bewahren, übermenschlich zu wirken.

Ich schätze, manche Männer sind eher nervös, wenn sie ihren Freund mit nach Hause bringen. Bei uns war das keineswegs der Fall, aber meine Mutter verliebte sich so sehr in Peter, daß ich irgendwann befürchtete, sie würde ihn adoptieren und uns damit zu allem Überfluß auch noch ein Inzestproblem bescheren.

Er drückte den Waschlappen wieder auf meine Lippen und wiederholte: »Was ist passiert?« Ganz offensichtlich war ihm nicht klar, wie problematisch das Sprechen mit Frottee im Mund ist.

Ich wehrte seine Hände ab, machte mich eigenhändig an die Pflegerarbeiten und erzählte ihm die Geschichte.

»Schwulenhasser«, meinte er.

»Die gehen normalerweise nicht in Schwulenbars«, gab ich zu bedenken. »Sie lungern vor den Bars herum, aber nicht drinnen.«

»Vielleicht werden sie jetzt aggressiver.«

»Um so was ging es hier nicht. Ich weiß nicht, worum es eigentlich ging, aber nicht darum. Oh Gott, tut das weh.«

»Wirst du die Polizei einschalten?«

»Soll das ein Witz sein?« fragte ich. »Wenn ich zur Polizei gehe, werde ich gleich noch mal verprügelt.«

»Ach, komm.«

»Ein Schwulenbeauftragter ändert die Menschen nicht.«

Wir hatten schon mal darüber gestritten, und Peter schien die Diskussion nicht aufwärmen zu wollen. Das konnte ich verstehen. Es war nicht ganz einfach, mit jemandem zu streiten, dessen Gesicht so aussah wie meins in diesem Moment.

»Du glaubst also nicht, daß sie aufs Schwulenklatschen aus waren?«

»Nein ...«, sagte ich und merkte, wie mein ramponiertes Gesicht einen verwirrten Ausdruck annahm. Ich hatte keine Ahnung, was ich wirklich von der Sache halten sollte. Es ist ziemlich schwierig, nach einem solchen Angriff nicht paranoid zu werden, aber irgendwie erinnerte mich das ganze an Cary Grant in »Der unsichtbare Dritte«, wo er mit einem anderen verwechselt und durchs ganze Land gejagt wird und die ganze Zeit versucht herauszufinden, wer wer ist und was zum Teufel überhaupt los ist. Mit sieben Jahren habe ich den Film zum ersten Mal gesehen und Alpträume bekommen.

»Nein, das war es nicht. Sie sagten ›Raus damit!‹ oder so ähnlich. Ich dachte, es wären Sexmaniacs.«

Ich lag auf einem Kissenhaufen auf dem Sofa, als mir ein Verdacht kam, und ich richtete mich auf. Die plötzliche Bewegung verursachte ein schmerzhaftes Pochen in meinem Gesicht.

»Aber weißt du was«, sagte ich, »es sieht eher nach einer Drogensache aus.«

»Eine Drogensache?« fragte Peter und lehnte sich leicht zurück.

»Ja, als ob sie mich mit jemandem verwechselt hätten, der ihnen Drogen besorgen sollte oder so was.«

Peters Reaktion erschreckte mich. Er sah mich so an, wie ich ihn angesehen hätte, wenn er mir gesagt hätte, was ich ihm gerade gesagt hatte.

»Mit Drogen kenne ich mich nicht besonders aus«, sagte er mit zweifelnder Stimme, »aber ich gehe jede Wette ein, daß sie ihren Dealer kennen.«

»Ja, aber –«

»Und abgesehen davon paßt es nicht mit dem Rest zusammen. Haben sie nicht gesagt, sie hätten dich mit ihm reden sehen?«

»Wenn du es ganz genau wissen willst, sie sagten, sie hätten ihn mit mir reden sehen.«

Peter stand auf und ging in die Küche, um den Waschlappen naßzumachen und kam zurück: »Mit wem hast du denn überhaupt geredet?«

»Mit niemand bestimmtem«, sagte ich. »Das übliche. Ein paar Typen haben hallo gesagt, aber sonst war nichts.«

»Nichts Ungewöhnliches?«

»Nein.«

»Tja«, meinte er, während er den Lappen wieder auf meine Lippe legte, was sich jetzt anfühlte, als würde man einen Ziegelstein darauf fallen lassen. »Wahrscheinlich hatte ich unrecht. Wahrscheinlich war es kein geplanter Angriff. Wahrscheinlich war es einfach nur ein schreckliches Versehen. Aber an deiner Stelle würde ich Bars in der nächsten Zeit meiden.«

Die letzte Bemerkung klang, als läge ihm nicht nur meine Sicherheit am Herzen, sondern auch, daß ich alleine in keine Schwulenbar gehen sollte. Das mag ich so an Peter. Er würde niemals eine Szene machen, weil ich alleine ausgehe, selbst wenn er stocksauer wäre. Denn Tatsache ist nun mal, daß ich verrückt nach ihm bin, und er weiß es. Ich sah ihm in die Augen, und es war einer dieser Momente, wo man ganz genau merkt, wieviel einem ein Mensch bedeutet – als wollte man weinen und laut schreien zugleich. Irgend etwas in meinem Bauch zerschmolz. Er muß dasselbe gefühlt haben, denn er lächelte, senkte den Kopf und kam näher, aber ich hob meine Hand, hielt ihn ab und deutete auf meine kaputte Lippe. Er zögerte einen Moment, sagte »In Ordnung« und küßte mich auf die andere Seite des Mundes. In diesem Moment ging die Haustür auf und meine Mutter stürmte herein.

In früheren Zeiten oder wenn sie noch jünger gewesen wäre, hätte man meine Mutter als Schönheit bezeichnet. Sie ist Mitte fünfzig, hat schulterlanges, schwarzbraunes Haar und ein Gesicht, das weder zu eckig noch zu rund ist, mit glänzenden blauen Augen und einer Adlernase. Sie ist eine dieser Frauen, die immer gut aussehen, egal was sie tragen. Im Augenblick trug sie etwas, das so ähnlich aussah wie ein Sarong, der aus einer britischen Flagge geschneidert war. Wenn ich gesagt habe, daß sie hereingestürmt kam, meine ich das auch so. Sie scheint eine Art inneren Windstoß zu besitzen, auf dem sie durchs Leben fegt.

Sie hielt inne, als sie uns sah, und machte ein Gesicht, als hätte sie gerade die Überreste von Jimmy Hoffa entdeckt.

»Donnerwetter, was macht ihr beide denn da?« fragte sie. Mutter spricht mit einem melodiösen britischen Akzent, den man unmöglich nachmachen kann.

Ich lächelte, und meine Lippe fing wieder an zu pochen. Peter erzählte, was mir zugestoßen war, und sie sah nicht sehr erfreut aus.

»Das ist wirklich absolut grauenerregend!« sagte sie mit einer Stimme, die mich immer wieder an den wütenden Mob denken läßt, der gerade loszieht, um das Newgate Prison in Brand zu setzen. »Daß solche Dinge immer noch geschehen können! Hast du die Polizei informiert?«

Wir erklärten ihr die diversen Gründe, die uns davon abgehalten hatten, und eine Weile befürchtete ich, sie würde es selbst tun, aber schließlich beruhigte sie sich. Sie saß auf dem Rand des Sofas und legte ihre rechte Hand auf meinen Bauch. In ihren Augen lag der Ausdruck einer Löwin, die befürchtet, ihr Junges könnte ein bißchen zu tolpatschig für diese böse Welt sein.

»Hör mal, mein Junge, hast du denn wirklich keine Ahnung, warum du angegriffen wurdest?«

»Ich sage doch, nein«, antwortete ich. Und obwohl ich es

wirklich nicht wußte, fühlte ich mich verpflichtet, besonders aufrichtig auszusehen. Sie lachte.

»Gut, mein Kleiner, aber du mußt mir versprechen, in Zukunft etwas vorsichtiger zu sein.«

Ich stöhnte bei dem albernen Versuch, kurz so auszusehen, als würde mir das richtig schwerfallen, und erwiderte: »Mutter, ich verspreche dir, so vorsichtig zu sein wie es nur geht.«

Sie sah mich schief an, faßte nach meiner Nasenspitze, zwickte sie und sagte: »Lümmel!« Dann stand sie auf und machte sich auf den Weg zur Küche.

»Es ist alles nicht der Rede wert«, rief ich ihr nach.

Peter half mir vom Sofa auf, und wir gingen ins Schlafzimmer, das sich im ersten Stock zur Straßenseite befindet. Mutter schläft im hinteren Schlafzimmer, das kleiner ist. Ich hatte ursprünglich gedacht, daß sie es sich ausgesucht hat, weil es nicht zur Straße hinausgeht und ruhiger ist, aber in Wahrheit mag sie es, weil man von dort aus den Garten überblicken kann, um den sie sich im Sommer kümmert.

Als wir in unserem Zimmer waren, schloß Peter die Tür und half mir beim Ausziehen. Ich erklärte ihm leicht gereizt, daß ich keine Hilfe bräuchte, aber er zuckte nur die Schultern. Wir zogen uns beide aus und warfen unsere Klamotten in die Wäschekörbe neben dem Schrank und legten uns ins Bett. Ich muß hinzufügen, daß ich das Bett noch nie als so angenehm empfunden habe. Ich sank ein wie auf einer Wolke und wäre sofort eingenickt, wenn Peter nicht dagewesen wäre. Er stützte sich auf den Ellbogen und sah mich an.

»Dieser Boxer-Look steht dir nicht schlecht«, meinte er mit einem breiten Lächeln. »Verpaßt dir eine abenteuerliche Aura.«

»Halt den Mund.«

Er beugte sich vor und küßte mich auf die Stirn, und ich überlegte, wohin das wohl führen würde – immerhin lebten wir in den Neunzigern und was tat man da wohl mit einer Schwuchtel mit aufgeplatzter Lippe – als er sich auf den Rücken drehte und seufzte.

»Deine Mutter hat recht. Du solltest besser aufpassen«, sagte er.

»Da hat irgend jemand einen Fehler gemacht«, entgegnete ich und schloß die Augen.

So falsch kann man liegen. Es war nicht bloß irgendein simpler Fehler: Es war ein monströser, unglaublich schrecklicher Fehler, der uns in eine Sache hineinreißen sollte, die wir niemals vergessen werden.

2

Mein Name ist Alex Reynolds, ich bin Werbegrafiker – freiberuflich. Ich arbeite zu Hause. Ich bin in die Werbung gegangen, weil ich ziemlich gut bin, aber nicht talentiert genug, die amerikanische Landschaftsmalerei zu revolutionieren. Die größte Kampagne, an der ich jemals beteiligt war, war für »Skedaddles«. Das ist eins von diesen Restaurants, wo man seine Kinder mitnehmen kann, weshalb kein vernünftiger Mensch dort essen geht. Peter und ich haben dort ein einziges Mal gegessen, damit ich ein Gefühl für das Lokal bekomme, während ich an der Anzeige arbeitete. Ich bin noch nie in einem Restaurant gewesen, wo die Bedienung so viel herumrannte und so gequält lächelte. Jeder Kellner trug ein Lächeln wie mit einem dicken Pinsel aufgemalt. Zuerst dachte ich, der Name des Lokals würde sich auf die Schnelligkeit beim Service beziehen, aber dann wurde mir klar, daß »Skedaddles« tatsächlich »Iß und hau ab« bedeutete. Aber ich habe ihnen eine tolle Anzeige gezeichnet. Ich habe ihnen die schönsten Spiral-Fritten gezeichnet, die es jemals gab. Sie sahen aus, als würden sie jeden Moment lächeln. Und wie Freunde richtig bemerkten, war jede Ähnlichkeit mit Sprungfedern rein zufällig.

Peter Livesay, mein Ehemann, arbeitet als Verkäufer bei »Farrahut's«, einer ziemlich exklusiven Boutique für ziemlich exklusive Herren. Es gibt dort keinen Farrahut, und niemand weiß, wie der Laden zu seinem Namen kam. Das Geschäft gehört Arthur Dingle. Dingle bedeutet Schlucht, und das beschreibt ihn ganz gut. Peter ist als Verkäufer sehr erfolgreich, was eindeutig an seiner Kompetenz liegt, aber ich möchte außerdem darauf hinweisen, daß die Kunden schon mit einem Bein im Grab stehen und es gern haben, wenn er ihnen bei der Anprobe hilft.

Meine Mutter heißt Jean und tut im Moment nichts Bestimmtes, um ihren Lebensunterhalt zu bestreiten, was sie der Tatsache verdankt, daß mein Ex-Vater vergaß, die Begünstigungsklauseln in seinen vielen Versicherungen zu ändern, bevor er eines Tages überfahren wurde. Wie meine Mutter damals zu sagen pflegte: »Dieser alte Mistkerl war bis über seinen verflixten Hintern versichert!« Das war das letzte Mal, daß sie meinen Vater »alten Mistkerl« nannte.

Das Haus auf der westlichen Fullerton, in dem wir leben, gehört meiner Mutter. Es hat drei Schlafzimmer, ein großes Wohnzimmer, einen Eßbereich und eine Küche, gerade groß genug, um sich ständig in die Quere zu kommen.

Samstag morgen – am Morgen nach meiner Flucht aus »Charlene's« – saßen wir beim Frühstück in dem, was moderne Architekten eine »Frühstücksecke« nennen, eigentlich eine Art Wintergarten mit Fenstern auf drei Seiten, durch die die Sonne hereinscheint. Er liegt an der Rückseite des Hauses, direkt von der Küche abgehend, und dahinter beginnt der Garten.

Mutter trug einen weißen Kimono mit einem jadegrünen Drachen auf dem Rücken. Es ist einer aus der Kimono-Sammlung, die sie sich auf ihrer Japanreise zugelegt hat, als sie damals den Tod meines Vaters feierte. Irgendwie rechnete ich immer damit, daß die Ärmel von diesen Dingern Feuer fingen, während sie Frühstück machte, und sie wie eine Art falscher Phönix aufstieg, aber sie bewältigte das Frühstück immer, ohne auch nur ein einziges Mal aufstehen zu müssen. Mutter kümmert sich normalerweise ums Kochen – nicht weil sie sich verpflichtet fühlt, sondern weil es ihr Spaß macht.

Peter und ich verputzten gerade die Rühreier, als es klingelte und Mutter aufstand, um nachzusehen. Bevor sie die Tür aufmachte, schaute sie durch das Wohnzimmerfenster hinaus (das war so eine Angewohnheit von ihr). Dann ging sie zur

Haustür und öffnete. Ich weiß nicht, ob ich nur ein bißchen aufgekratzt war wegen der Ereignisse vom Abend zuvor, oder ob ich schon die normale Paranoia eines Mittdreißigers entwickelte, jedenfalls stand ich auf und ging zur Küchentür, um nachzusehen.

Vor der Haustür stand ein Mann, den man eigentlich nur als kohlrabenschwarz bezeichnen konnte. Ich habe keine Ahnung, wo das Wort überhaupt herkommt, aber jede Wette, daß es im Wörterbuch eine schöne Illustration dazu gibt. Er sah ausgesprochen gut aus, bewegte sich aber, als wäre es ihm gar nicht bewußt. Er hatte dunkle Haare, dunkle Haut und dunkle Augen, und er trug einen dunkelblauen Anzug.

»Wer ist es?« fragte Peter aus dem Wintergarten.

»Ein Mormone auf der Durchreise oder so«, antwortete ich. Peter schnitt eine Grimasse und wandte sich wieder seinen Eiern zu.

»Mrs. Reynolds?« fragte der Mann.

»Ja?«

»Ich komme wegen eines Zwischenfalls, der sich gestern in einer Bar namens ›Charlene's‹ ereignet hat.«

Mein Herz rutschte in die Hose. Ich glaube nicht, daß ich jemals zuvor an etwas beteiligt war, daß man als »Zwischenfall« bezeichnen konnte.

»Ja?« wiederholte meine Mutter höflich.

Der Mann lächelte und fuhr fort: »Meine Name ist James Martin, ich arbeitete für die Bundesregierung.«

Er faßte in die Innentasche seines Jacketts und holte eine Lederbrieftasche hervor. Er klappte sie auf und wollte meiner Mutter das Abzeichen zeigen. Aber so leicht kommt bei ihr keiner davon. Sie griff nach der Brieftasche und untersuchte das Abzeichen mit dem prüfenden Blick eines Hautarztes, der nach einem Krebsgeschwür sucht, und gab sie ihm dann zurück.

»Darauf ist leider nicht vermerkt, in welcher Funktion Sie tätig sind.«

»Diese Information geben wir normalerweise nicht weiter«, erwiderte er, während er die Brieftasche wieder einsteckte.

»Da sind Sie bei mir aber an der falschen Adresse«, sagte Mutter. »Ich lasse nicht gerne ungeladene Agenten in mein Haus.«

Er lächelte auf eine Art, die so was ähnliches wie »touché« hieß, und machte eine Handbewegung, die wohl »dafür werden sie noch zur Rechenschaft gezogen« bedeuten sollte.

»Ich gehöre zum CIA.«

»Zum CIA?« wiederholte Mutter langsam und zog die Augenbrauen zusammen.

Ich würde eine Tube Faltencreme kaufen müssen, bevor der Tag zuende ging.

»Nach unseren Informationen ist jemand aus diesem Haus gestern abend an einer Auseinandersetzung in dieser Bar beteiligt gewesen, und mit dieser Person würde ich gern sprechen.«

»Woher wollen Sie das wissen?« fragte meine Mutter, und ich merkte, wie sie sich versteifte – möglicherweise ein Reflex, den sie sich in England während des Krieges angewöhnt hatte oder zumindest aus Filmen kannte, die in England während des Krieges spielten.

Mr. Martin lächelte und sagte: »Der junge Mann ist mit einem Taxi von der Bar nach Hause gefahren.« Als würde das alles erklären. Dann fügte er hinzu: »Darf ich reinkommen?«

»Na gut«, meinte meine Mutter, aber sie zögerte immer noch.

Jetzt schien es mir besser, mich einzuschalten, also trat ich ins Zimmer und sagte: »Worum geht es eigentlich?« in einem möglichst verwirrten Ton.

»Das ist mein Sohn Alex«, erklärte meine Mutter und sagte dann zu mir: »Dies hier ist James Martin. Er arbeitet für die Regierung.«

Martin streckte die Hand aus, und ich schüttelte sie. Sein Händedruck war weder fest noch schlaff. Er gab mir ganz einfach nur die Hand, als wäre es ein notwendiges Übel, dann zog er sie wieder weg.

»Ich habe gehört, daß Sie gestern Abend ein paar Unannehmlichkeiten hatten«, sagte er.

»Tatsächlich?« erwiderte ich. »Wie kommen Sie darauf? Hat mich jemand angezeigt?«

»Nein.«

»Ich habe auch niemanden angezeigt, deshalb verstehe ich nicht ganz, warum Sie sich herbemüht haben.«

»Sie haben keine Anzeige erstattet?« fragte er. »Das freut mich zu hören.«

Das überraschte mich völlig: »Wieso das?«

In diesem Moment trat Peter ins Zimmer und fragte: »Was ist denn los?«

Martin sah meine Mutter an und sagte: »Ist das Ihr anderer Sohn?«

»So ungefähr.«

Es gab eine kleine Pause, dann sagte Martin: »Ich verstehe.« Es gefiel mir nicht, wie er es sagte.

»Ich muß mit Ihnen über das reden, was gestern abend passiert ist«, sagte Martin. »Und es wäre wohl besser, wenn wir es unter vier Augen täten.«

»Da wir alle wissen, was passiert ist, können sie genauso gut bleiben.«

»Ich verstehe«, sagte er wieder.

Mutter manövrierte ihn zum Sofa, und er setzte sich. Vor dem Sofa steht ein kleiner Tisch, und wir schoben unsere Sessel nebeneinander auf die andere Seite, so daß wir dasaßen wie eine Prüfungskommission, die sich einen Studenten vorknöpft.

»Wieso sind Sie so froh, daß ich keine Anzeige erstattet habe?« fragte ich, um den Gesprächsfaden wieder aufzunehmen.

»Weil es sich hier um etwas handelt, wobei wir keinerlei ... Einmischung dulden«, sagte er.

»Einmischung? Ich habe mich in überhaupt nichts eingemischt. Ich habe nur ein Bier getrunken!«

Peter drehte sich zum mir und sah mich mit gequältem Gesicht an, als hätte ich mir gerade einen peinlichen Fauxpas geleistet: »Ich glaube, er meint Einmischung von seiten der Polizei«, erklärte er und sah wieder Martin an: »Habe ich recht?«

»Ganz richtig«, sagte Martin. »Zuerst muß ich mich versichern, ob Sie bewußt an der Auseinandersetzung teilgenommen haben oder ob Sie nur ... zufällig hineingestolpert sind.«

»Ich hab doch bloß ein Bier getrunken!« sagte ich. »Ich war nur mit mir selbst beschäftigt. Und dann bin ich auf Toilette gegangen, und diese Typen haben mich mit einem Messer angegriffen!«

Martin sah mich einen Moment lang zweifelnd an, dann sagte er: »Das ist nicht der Zwischenfall, den ich meine.«

»Mr. Martin«, schaltete sich meine Mutter mit ernster Stimme ein, »ich fürchte, niemand von uns weiß, wovon Sie eigentlich sprechen. Mein Sohn ist gestern abend in dieser Bar das Opfer eines gewalttätigen Überfalls geworden.« So wie sie mit ihrem englischen Akzent »gewalttätiger Überfall« aussprach, klang es eher wie »gewaltiger Überfall«.

»Das ist uns sehr wohl bekannt«, entgegnete Martin. »Aber ich spreche von dem Kontakt mit einem unserer Männer.«

»Was für ein Mann?«

»Sie haben mit ihm gesprochen.«

»Ich habe gestern abend mit hundert Männern gesprochen!« sagte ich.

«Mit hundert? Wirklich?« fragte Peter scherzhaft, um mich wieder zur beruhigen.

Ich ignorierte ihn. »Von wem sprechen Sie denn überhaupt?«

»Ein kräftiger Mann. Sehr blaß. Dunkles, schütteres Haar. Tränensäcke. Braune Augen.«

»Verschwitzt?« fragte ich.

»Genau.«

Was zwischen dem schwabbeligen Mann und mir vorgefallen war, war so unwesentlich und zufällig gewesen, daß ich diese ganze Sache irgendwie nicht glauben wollte – der Überfall, meine Flucht und nun dieser Typ hier in unserem Wohnzimmer – als wäre es nichts weiter als ein schlechter Scherz.

Andererseits saß dieser Typ hier und hatte sich ausgewiesen, also wußte ich, daß es kein Witz war. »Der unsichtbare Dritte« kam mir wieder in den Sinn, und ich hatte wieder dieses ungute Gefühl, das ich schon am Abend vorher gehabt hatte, nur schlimmer: Dieser Typ hier sah nämlich tausendmal gefährlicher aus als Leo G. Carroll.

»Wir hätten gerne gewußt, was Sie ausgetauscht haben.«

»Wir?« fragte Peter.

»Meine Abteilung«, erwiderte Martin, ohne ihn anzusehen.

»Wir haben gar nichts ausgetauscht.«

»Er wurde dabei beobachtet, wie er mit Ihnen gesprochen hat.«

Ganz plötzlich schrie alles in mir nach Vorsicht. Ich atmete tief durch und sagte: »Hören Sie, Mr. Martin, meine Familie und ich sind es nicht gewohnt, von Fremden ausgefragt zu werden. Wenn Sie etwas von uns erfahren wollen, müssen wir erstmal wissen, worum zum Teufel es hier überhaupt geht.«

Martin seufzte, blickte zu Boden und sah uns dann mit einem ungeheuer ernsten Gesichtsausdruck an, den man von Regierungsbeamten erwartet, weil man das aus schlechten Filmen kennt: »Bevor ich Ihnen überhaupt irgend etwas erzähle, brauche ich Ihre Versicherung, daß Sie mit niemandem darüber reden. Es geht hier um hochgradig geheime Informationen, und normalerweise dürfte ich Ihnen überhaupt nichts davon erzählen ... wenn ich eine Wahl hätte.« Er sah uns an wie ungezogene Kinder. »Aber sei's drum, ich brauche Ihr Ehrenwort als gute Amerikaner, daß Sie das, was ich Ihnen jetzt erzähle, für sich behalten.« Er sah meine Mutter an und fügte hinzu: »Ihr Ehrenwort ebenfalls.«

Mutter sah ihn hochnäsig an und erklärte in ihrem arrogantesten britischen Tonfall: »Ich denke doch, daß wir immer noch verbündet sind.«

»Und sie ist in diesem Land eindeutig besser akzeptiert als wir, zum Teufel«, murmelte Peter.

Martin sah uns an, als seien wir ihm in mehr als nur einer Hinsicht fremd, atmete tief ein und wurde noch förmlicher:

»Ich darf Ihnen nicht alles erzählen, denn es handelt sich um eine Angelegenheit der nationalen Sicherheit. Ich kann Ihnen aber immerhin folgendes mitteilen: Der Name des Mannes, mit dem Sie in der Bar gesprochen haben, ist Victor Hacheck. Er hat Kontakt mit meiner Abteilung aufgenommen und erklärt, er sei im Besitz brisanter Informationen, die er uns übergeben möchte.«

»Und was verlangte er dafür?« fragte Peter.

»Seine Einbürgerung«, antwortete Martin ohne Zögern. »Wir baten ihn, ein Flugzeug hierher zu nehmen. Wir dachten uns, daß Chicago ein eher ungewöhnlicher Ort sein würde für einen ausländischen Agenten, der wertvolle Informationen an die Regierung weiterleiten will, deshalb baten wir ihn hierher und vereinbarten eine Uhrzeit und einen Treffpunkt mit ihm.«

»Im ›Charlene's‹?« fragte ich ungläubig. Dort hatten sich ja schon einige verrückte Sachen abgespielt, aber daß dort mit Staatsgeheimnissen gehandelt wurde... Aber wahrscheinlich war das wirklich nebensächlich.

»Nein«, sagte Martin mit einem Anflug von Ekel, den ich ihm gönnte. »In einer Bar an der Rush Street.«

»Ist er in die falsche Richtung gegangen?« fragte Mutter. Es war unmöglich zu sagen, ob sie es ernst oder scherzhaft meinte.

»Nein, aber jemand anderes ist ebenfalls in die richtige gegangen.«

»Was meinen Sie damit?«

»Ich meine«, sagte Martin geduldig, »daß wir nicht die einzigen Interessenten waren. Ich wartete auf Hacheck am östlichen Ende der Rush Street, gegenüber der Bar. Ich wollte ihn zuerst aus der Entfernung begutachten.«

»Bewundernswert«, kommentierte Peter sarkastisch.

Martin starrte ihn an und fuhr dann fort: »Er kam kurz vor der vereinbarten Zeit, stand draußen vor der Bar und sah die Straße auf und ab. Ich wollte gerade zu ihm gehen, als er nach Süden schaute und erstarrte. Er rannte weg. Trotz seiner Figur war er ziemlich schnell. Er rannte Richtung Norden, über den

North State Parkway, und dann sah ich, was er gesehen hatte – zwei Männer.«

»Die Knetmenschen!« rief ich aufgeregt und kam mir sofort dumm vor.

»Die was?« fragte Martin.

»Entschuldigung, ich meine die Kerle, die mich überfallen haben.«

»Ja. Sie waren etwa einen Block entfernt, als Hacheck los rannte, und sie rannten hinterher. Ich folgte ihnen.«

»Sie folgten ihnen?«

»Ja. Sie liefen zur Goethe Street, dann nach Westen zur Wells und weiter nach Norden, bis Hacheck Schutz in dieser Bar suchte.«

»Und Sie folgten ihm.«

»Ja.«

»Ich habe Sie nicht in der Bar gesehen.«

»Vielleicht waren Sie nicht so ... aufmerksam, wie Sie dachten.«

»Hmmpf«, machte ich.

»Die Regierung hatte bereits eine Menge Geld ausgegeben, um Hacheck herzuholen, ihm ein sicheres Haus und eine neue Identität besorgt und alles, was dazugehört, und nun rannte er weg.«

»Aber nicht freiwillig«, stellte ich richtig.

»Vielleicht«, sagte er, lehnte sich auf dem Sofa zurück und verschränkte die Arme.

»Wie meinen Sie das?« fragte Mutter. »Warum sonst sollte er weglaufen?«

»Es sind schon die merkwürdigsten Dinge passiert, Mrs. Reynolds. Vielleicht hatte er kein Geld für den Flug und wollte unbedingt aus Rußland weg. Vielleicht war die ganze Sache nur eine Finte, um einen Freiflug zu bekommen.«

»Das glauben Sie doch wohl selbst nicht«, sagte sie.

»Wie ich schon sagte, es passieren die merkwürdigsten Dinge. Vielleicht hatte er gar nichts zu verkaufen und versuchte nun, statt mich und die Regierung zu bluffen, einfach abzuhauen. Das ist ziemlich einfach in so einem großen Land.«

»Aber was ist mit den beiden Männern, die hinter ihm her waren?« fragte Peter. »Sie glauben doch nicht, daß die auch nur ein Bluff waren?«

Martin zuckte mit den Schultern. »Das könnte auch etwas ganz anderes sein. Vielleicht dachten sie, er hätte Geld bei sich.«

»Nicht wenn sie ihn gesehen hätten«, sagte ich. »Außerdem haben Sie gesagt, er rannte, als er sie sah, nicht umgekehrt.«

»Wie meinen Sie das?«

»Er hat sie offenbar wiedererkannt.«

»Wer weiß?« sagte Martin und zuckte noch mal mit den Schultern. »Vielleicht haben sie ihn an die Nazischergen aus seiner Jugend erinnert. Bei solchen Leuten weiß man nie.«

Ich zuckte zusammen angesichts dieser Formulierung. Sie wurde für meine eigene Minderheit allzuoft verwendet.

»Aber was für eine Information wollte er Ihnen denn geben?« fragte Peter.

»Ich weiß nicht, worum genau es ging, und was ich weiß, darf ich nicht sagen.« Er richtete seinen Verhörblick nun auf mich: »Und deshalb muß ich wissen, was Sie von ihm bekommen haben.«

Ich sah ihn eine ganze Minute lang an. Irgendwie hoffte ich nach dieser ganzen Geschichte, ihm mehr bieten zu können. Andererseits war ich froh, daß ich nicht mehr wußte.

»Nichts.«

»Nichts?«

»Nein, nichts. Ich habe nichts von ihm bekommen.«

»Mr. Reynolds«, sagte er mit einer Gelassenheit, die es mir kalt über den Rücken laufen ließ, »er hat mit Ihnen gesprochen. Können Sie mir sagen, was er Ihnen mitgeteilt hat?«

»Er fragte nur ›Ist es hier immer so laut?‹ oder so was ähnliches. Ich dachte, er wollte mich anbaggern.«

»Und was haben Sie geantwortet?«

»›Meistens‹.«

»Und das war alles, was zwischen Ihnen vorgefallen ist?« fragte Martin zweifelnd.

»Das war alles.«

»Könnte es nicht sein, daß es etwas mehr gewesen ist?«

Ich sah ihn so unbestimmt wie nur möglich an und sagte: »Dafür sind wir uns nicht nahe genug gekommen.«

Er bemühte sich, ruhig zu bleiben. Dieser Typ hatte nicht den leisesten Humor. »Ich möchte gern wissen, ob er Ihnen irgend etwas gegeben hat.«

Ich hob die Schulter und antwortete: »Er hat mir Feuer gegeben.«

Martin zuckte nicht mit der Wimper, aber ich merkte, daß ihn das interessierte. »Er hat Ihnen Feuer gegeben?«

»Hast du etwa wieder angefangen zu rauchen?« wollte meine Mutter wissen. Sie machte klar, daß ich das besser bleiben lassen sollte.

»Ja«, stammelte ich. »Aber nur das eine Mal. Ich rauche nur, wenn ich ...«

Sie unterbrach mich: »Also wirklich, Alex, wir haben doch schon so oft darüber gesprochen. Ich möchte nicht, daß du rauchst. Du weißt doch ganz genau, wie grauenvoll und dumm das ist, und abgesehen davon –«

Ich war beinahe froh, als Martin sie unterbrach.

»Könnten Sie sich das vielleicht für später aufheben?« Er wandte sich wieder an mich: »Das ist jetzt ganz wichtig: Was hat er getan, als er Ihnen Feuer gab?«

»Er hat die verdammte Zigarette angezündet«, sagte ich mit genug Nachdruck in der Stimme, um klarzumachen, daß er weder mit meiner Mutter noch mit mir in so einem Ton sprechen durfte. »Er hat mir einfach Feuer gegeben. Er sagte nicht: ›Darf ich?‹ oder irgend so etwas. Aber natürlich wußte er nicht, daß wir uns in einer Art Sherlock-Holmes-Film befanden.«

Martin schloß kurz die Augen, dann fragte er: »Was hat er dann getan?«

»Weiß ich nicht. Ich hab' ihn nicht beobachtet.«

»Er hat nichts mehr gesagt?«

»Ich wollte mich nicht mit ihm unterhalten«, sagte ich. Allmählich wurde mir ziemlich mulmig. »Ich habe ihn nicht zum Reden ermuntert. Ich wollte nicht mit ihm reden.«

Martin seufzte und sagte: »Wenn Sie es getan hätten, wüßten wir jetzt vielleicht, was ihm zugestoßen ist.«

Das traf mich wirklich hart, denn ich wollte mir schließlich nicht das Schicksal dieses Typen aufladen lassen, bloß weil ich ihn behandelt hatte wie jeden anderen, der mich nicht interessiert. Ich sagte: »Also hören Sie mal, ich bin da nur reingegangen, um ein Bier zu trinken, nicht um die Regierung zu unterstützen.«

»Beruhige dich, Alex«, beschwichtigte meine Mutter.

»Nein, wirklich!« Ich wandte mich an Martin: »Es ist nicht meine Schuld, daß er Ihnen entwischt ist, und es ist nicht mein Fehler, daß ich mich nicht mit ihm über die russisch-amerikanischen Beziehungen unterhalten habe.«

Wir schwiegen alle. Martin sah mich kurz an und fragte dann: »Hat er Ihnen die Streichhölzer überlassen?«

»Nein«, antwortete ich nach einer kleinen Pause überrascht.

»Was hat er damit gemacht?«

»Weiß ich nicht. Als ich wieder hinsah, war er mit seinen Streichhölzern verschwunden.«

Martin trommelte mit den Fingern auf seinen Knien herum und dachte nach. »Als die Männer Sie angegriffen haben, was haben sie da gesagt?«

»Sie sagten irgendwas davon, daß sie gesehen hätten, daß er es mir gegeben hätte, oder daß sie gesehen hätten, wie er mit mir gesprochen hat, und ich hatte keine Ahnung, was sie überhaupt meinten. Ich habe mit einer Menge Leute an der Bar gesprochen, und niemand hat mir irgend was gegeben.«

Er sah mich prüfend an, und ich wäre am liebsten im Teppich versunken, bevor er fortfuhr: »Sind Sie sicher, daß Sie mir alles erzählt haben?«

In diesem Moment stand meine Mutter in ihrer ganzen

Größe auf, stemmte die Hände in die Seiten ihres Kimonos wie eine japanische Königin in einem Musical und erklärte: »Mein Sohn lügt nicht, Mr. Martin. War das nun alles?«

»Es tut mir leid«, sagte er so zurückhaltend, daß ich überlegte, ob er wohl auf Kommando erröten konnte. »Ich wollte damit nicht unterstellen, daß er es getan hat.«

Meine Mutter begleitete ihn zur Tür, und Peter und ich folgten ihnen. Dort angekommen, drehte Martin sich um und gab mir ein Stück Papier, auf das er seine Telefonnummer geschrieben hatte.

»Rufen Sie mich an, falls Sie sich noch an etwas erinnern?«

»Hmhm«, antwortete ich, während ich auf den Zettel starrte.

Damit machte er auf dem Absatz kehrt, stieg die Treppe hinunter und ging davon.

Mutter schloß die Tür hinter ihm und tippte mir mit dem Zeigefinger gegen die Brust.

»Daß du mir nie mehr in eine Bar gehst!«

3

Nachdem Martin gegangen war, gingen wir unseren üblichen Beschäftigungen nach. Wir haben samstags nicht frei, weil Peter arbeiten muß. Als Freiberufler kann ich mir meine Zeit mehr oder weniger einteilen und mich seinem Rhythmus anpassen. Wir haben sonntags und mittwochs frei. Er zog den grauen Seidenanzug an, dazu eine kastanienbraune Krawatte. Nach all der Aufregung der letzten vierundzwanzig Stunden tat es gut, ihm dabei zuzusehen.

Wie die meisten Leute, die zu Hause arbeiten, habe ich einen genauen Zeitplan, damit ich mich nicht gehen lasse und meine Tage bei »Marshall Field's« verbringe, um all die Sachen anzuschauen, die ich mir kaufen würde, wenn ich das Geld hätte. Aber jetzt war ich zu aufgeregt zum Arbeiten, also ließ ich mich überreden, mit Mutter in den Zoo zu gehen. Ich habe immer ein schlechtes Gewissen, wenn ich die Arbeit liegen lasse, aber ich mußte keine Termine einhalten, nur für die Broschüre einer hier ansässigen Firma, was nicht viel Zeit brauchen würde. Der Abgabetermin war erst in ein paar Wochen, und die Vorgaben waren so streng, daß es mit Kreativität nichts mehr zu tun hatte. Noch vorhandene Zweifel zerstreute ich mit dem Gedanken daran, daß meine Lippe noch immer weh tat. Wer konnte damit schon arbeiten?

Wir gingen gegen zehn Uhr los. Der Lincoln Park Zoo ist nicht weit und eine dieser typischen Besonderheiten von Chicago: ein kompletter Zoo in der dichtestbesiedelten Gegend der Stadt. Die Menschen, die drumherum in den hohen Appartementhäusern leben, werden manchmal mitten in der Nacht vom Trompeten der Elefanten oder Löwengebrüll geweckt.

Wir begannen unseren Rundgang am nördlichen Ende des Zoos und arbeiteten uns von dort zur Mitte vor, wo die gastronomischen Einrichtungen waren. Dort befand sich auch das Seehundbecken. Davor ist ein breites Messinggeländer angebracht, an das man sich lehnen kann, um den Seehunden beim Spielen zuzusehen; gegenüber stehen ein paar Bänke, auf denen man es sich bequem machen kann. Wir blieben am Geländer. Während wir den Seehunden zusahen, aß ich etwas, das sich »gefrorene Limonade« nannte. Wir waren schon eine Weile da, als er mir auffiel. Er trug eine billige Cord-Version von so einem Ding, das man früher wohl als Chauffeur-Mütze bezeichnete, und einen kurzen Mantel, der für einen Sommertag viel zu schwer war. Er sah aus wie ein altgewordener Bengel von der Bowery. Fast wäre mir der Becher aus der Hand gefallen, was glücklicherweise doch nicht passierte, denn ich wollte keine Aufmerksamkeit auf mich ziehen. Auch wenn ich annahm, daß er uns gefolgt war: Ich konnte nicht glauben, daß er sich ganz zufällig freigenommen hatte, um in den Zoo zu gehen. Dann wurde mir klar, daß er, wenn uns hierher gefolgt war, wissen mußte, wo wir wohnten.

Ohne den Kopf zu drehen, die Augen immer noch auf die Seehunde gerichtet, sagte ich zu Mutter: »Mein Gott, sieh bloß nicht hin!«

Sie wandte mir augenblicklich den Kopf zu und sagte: »Wovon redest du überhaupt?«

»Er ist hier.«

»Wer?« fragte sie und schaute sich um.

»Hör auf damit!« sagte ich so scharf, wie ich es sonst ihr gegenüber nie tue, weil sie ... nun ja, weil sie meine Mutter ist. »Er soll nicht merken, daß wir ihn gesehen haben!«

»Wir haben ihn auch gar nicht gesehen«, meinte sie unbeeindruckt. »Von wem um Himmels Willen sprichst du denn?«

»Einer von den Knetmenschen ist hier!«

Mutter machte das, was man beim Film einen ›Slow Take‹ nennt, und sagte: »Hmm?«

»Einer von diesen Schlägern, die mich gestern angegriffen haben!«

Ich löffelte immer noch dieses Limonadenzeug, in ganz regelmäßigen Abständen, weswegen ich wahrscheinlich wie ein Autist mit Eßstörung aussah. Mutter hielt sich am Geländer fest, ihre Armmuskeln spannten sich. Wenn ich nicht aufpaßte, würde sie sich wohl auf ihn stürzen und zur Rede stellen.

»Wo?« fragte sie.

»Du wirst nichts unternehmen«, sagte ich so ruhig ich konnte. »Er darf nicht merken, daß wir ihn gesehen haben.«

»Wo?« fragte sie noch mal.

»Auf der Tribüne. Ganz rechts. Letzte Reihe. Cordmütze.«

Mutter senkte den Kopf und bewegte nur die Augen, damit niemand sehen konnte, wie sie hinüberspähte. Der kleinere der Knetmenschen saß dort und schien einfach so vor sich hin zu glotzen, auf irgend etwas Unbestimmtes im Becken. Mutter machte: »Hmmpf.«

»Ich frage mich, wo der andere ist«, flüsterte ich.

»Ich bin nicht sehr begeistert von der Idee, daß uns jemand mit einem Messer hinterherläuft«, meinte Mutter.

Sie neigt von Natur aus zu Untertreibungen.

»Tja, also«, sagte ich bedächtig, um ihr den Eindruck zu vermitteln, daß ich diesen Gedanken wohlüberlegt formulierte, »ich weiß, daß es verrückt klingt, aber vielleicht ist es nur ein Zufall. Vielleicht hatten wir bloß am gleichen Tag Lust, in den Zoo zu gehen.«

Mutter blickte mich über ihre feingeschnittene englische Nase hinweg an und sagte nur: »Pah!«

»Könnte ja sein«, gab ich zu bedenken.

Mutter warf einen kurzen Blick auf den Mann auf der Tribüne und suchte dann flink die Umgebung ab.

»Das läßt sich herausfinden«, stellte sie fest.

Ich hatte plötzlich dieses bange Gefühl, daß Ethel Mertz immer dann überfällt, wenn Lucy diese folgenschweren Worte von sich gibt: »Ich habe eine Idee.«

»Vergiß nicht, daß sein Kumpel irgendwo sein muß. Ich frage mich, ob er uns nicht von woanders beobachtet«, wandte ich ein.

»Los geht's«, sagte sie und lächelte schlau vor sich hin.

Ich versuchte, meine wenig entwickelte Fähigkeit zum Panoramablick zu nutzen, um herauszufinden, ob der Mann unseren Abgang bemerkte, aber ich konnte nichts erkennen. Wir umrundeten die linke Seite des Seehund-Areals und gingen an der hinteren Seite entlang. Jenseits der Tribüne gab es einen kleinen Hügel, der mich unter den gegebenen Umständen an den inzwischen berühmt-berüchtigten Grashügel in Dallas erinnerte. Darüber hinweg konnte ich die obere Hälfte vom Kopf des Knetmenschen sehen. Er hatte sich umgedreht und sah uns nach.

Wir gingen ganz locker auf das Löwenhaus zu, dessen Eingang direkt gegenüber des Seehund-Beckens liegt. Sobald wir drinnen waren, sagte meine Mutter: »Los jetzt!«, diesmal ganz bestimmt. Wir rannten durch das Löwenhaus, in dem sich kaum Besucher befanden, weil die Kätzchen es vorzogen, das warme Wetter im Freiluftkäfig zu genießen. Wir kamen zum anderen Eingang. Mutter hielt auf der Türschwelle an und versteckte sich hinter dem Pfosten. Ich stand kaum verdeckt hinter einem Pfosten auf der gegenüberliegenden Seite. Wir beobachteten die Türen am anderen Ende des Gebäudes. Die Schritte der wenigen Besucher, die sich hereinwagten, um den Souvenirstand zu begutachten, hallten laut auf dem gekachelten Fußboden. Wir warteten so lange, daß wir schon glaubten, uns zu irren.

Mutter deutete mit dem Kopf nach draußen, um zu signalisieren, daß es Zeit wurde zu gehen. In diesem Moment tauchte jemand im Eingang auf der anderen Seite auf. Aus der Entfernung und im Gegenlicht war nicht mal erkennbar, ob es sich um einen Mann oder eine Frau handelte. Die Figur betrat langsam den Raum, und als sie den Eingangsbereich durchquerte, kam plötzlich dieser seltsame Effekt zustande, der einem das Gefühl gab, das Sonnenlicht teile sich wie einst das Rote Meer, und der Mann war endlich ganz zu erkennen. Er ließ seinen Blick durch den Raum schweifen und sah etwas verunsichert aus. Dann schien er die Stimmen vom Souvenirladen wahrzunehmen, ging langsam zu dem Käfig gegenüber und blieb dort stehen. Er dachte offenbar, wir seien in den Laden gegangen, und gab vor, den Käfig zu betrachten, bis wir wieder herauskamen, um sicher zu gehen, daß er uns nicht verloren hatte.

Aber das reichte, um meine Mutter und mich davon zu überzeugen, daß wir tatsächlich verfolgt wurden: Er sah sich einen leeren Käfig an. Meine Mutter warf mir einen Blick zu, ich nickte, und wir verließen das Gebäude durch den Hintereingang. Vor der Tür blieben wir kurz stehen, um uns an das grelle Licht zu gewöhnen, dann hörte ich Schritte, die sich sehr bestimmt dem Ausgang näherten, durch den wir gerade gekommen waren. Meine Mutter zog mich fort.

Wir schoben uns durch die Masse der Wochenend-Zoobesucher in geblümten Hemden und Shorts, die verschiedene Arten Sonnenbrillen trugen und meistens Kinder hinter sich her zerrten oder in Kinderwagen oder Buggies vor sich herschoben. So ungefähr stellte ich mir die Hölle vor: Auf Ewigkeit dazu verdammt zu sein, sich den Weg durch endlose Massen von kreischenden Kindern und brüllenden Eltern zu bahnen.

»Mein Gott, er ist hinter uns her«, sagte ich, ohne einen Blick zurückgeworfen zu haben.

»Keine Sorge, ich weiß einen Ausweg«, sagte Mutter.

Wahrscheinlich hätten sich die meisten Menschen sicher gefühlt, wenn eine Mutter ihnen etwas derart Beruhigendes gesagt hätte. Ich fühlte mich jetzt eher wie Ethel Mertz auf Drogen.

Wir liefen weiter und verzichteten darauf, so zu tun, als wären wir zum Vergnügen hier. Mutter rannte zielstrebig auf das Affenhaus zu. Drinnen war es wie üblich sehr heiß, vollgepackt mit Besuchern und nach Tieren stinkend. Mutter führte mich hastig die Rampe hinauf ins obere Stockwerk und blieb da stehen, wo sie das obere Level erreichte. Ein paar Besucher schienen sich mehr für meine Mutter als für die Affen zu interessieren: Sie hockte da, spähte um die Ecke des oberen Teils der Rampe und beobachtete den Eingang. Kurz darauf kam der Knetmensch herein und suchte mit den Augen den Raum ab. Er zögerte, als wüßte er nicht wohin oder ob er überhaupt weitergehen sollte. Glücklicherweise entschloß er sich, die Menge im Erdgeschoß abzusuchen, was ihm angesichts der vielen Menschen und Kinderwagen nicht leicht fiel. Wir warteten, bis er um eine Ecke verschwunden war, dann rannten wir die Rampe wieder hinunter, ohne uns um die Proteste der heraufkommenden Leute zu kümmern.

Als ich sagte, daß er sich glücklicherweise entschlossen hatte, uns unten zu suchen, meinte ich das nicht, weil er im Erdgeschoß blieb, sondern weil er offensichtlich nicht mitbekommen hatte, daß der Rundgang wieder zum Eingang führte. Hätte er einfach an der Tür gewartet, wären wir nicht davongekommen.

Wir rannten hinaus, Mutter immer voran, sehr zum Mißfallen einer übergewichtigen Frau in Leggings mit einem Baby auf dem Arm. Die Beine des Babys ruhten auf dem mächtigen Bauch der Frau, die schon überfordert genug schien, ohne von einer flüchtenden Mutter mit ihrem Sohn angerempelt zu werden.

Wir bewegten uns sehr schnell zum Südausgang des Zoos: Es ist ein kleiner Durchgang, etwas seitlich versteckt, weshalb man ihn leicht übersieht, wenn man nach Süden geht. Wer sich im Zoo nicht gut auskennt, kann diesen Ausgang leicht verfehlen, selbst wenn er direkt daneben steht. Wir rannten hinaus und erwischten ein Taxi, das auf der Stockton nach Norden unterwegs war, auf dieser kurvenreichen Straße durch den Lincoln Park, stiegen ein und nannten dem Fahrer unsere Adresse.

Mir war klar, daß ich meine Einschätzung bezüglich Mutter und mir in den Rollen von Lucy und Ethel noch mal überdenken mußte: Ihr Plan hatte funktioniert.

4

Das Taxi zu nehmen, war ein Fehler. Der Weg durch das samstägliche Verkehrschaos um den Park und auf der Fullerton bis nach Hause dauerte viel länger als zu Fuß. Ich erwartete fast, daß einer unserer Verfolger ganz gemütlich neben unserem Wagen herlaufen und uns bis zu unserer Wohnung begleiten würde. Aber nichts dergleichen geschah. Entweder hatten wir ihn dank der ausgefeilten Strategie meiner Mutter wirklich abgehängt, oder sein Kumpel hatte uns übernommen und folgte uns immer noch, oder er hatte sich überlegt, daß es nicht der Mühe wert war, weil er längst wußte, wo wir wohnten. Keine dieser Erklärungen gefiel mir besonders gut.

Im Taxi spürte ich mein Herz pochen, mein rotes Hemd war schweißnaß, und ich konnte ein Keuchen kaum unterdrücken. Mutter dagegen strahlte geradezu: Ihr Gesicht leuchtete und sie lächelte fröhlich.

»Mein Gott, habe ich Hunger!« rief sie.

Ich warf ihr meinen ungläubigsten Blick zu und sagte: »Wie kannst du in so einer Situation nur ans Essen denken? Was um Himmels Willen machen wir denn jetzt?«

»Nun, wir werden darüber nachdenken«, meinte sie, und wieder spürte ich mein Herz in die Hose rutschen. »Wir werden uns in Ruhe hinsetzen und Schritt für Schritt rekonstruieren, was passiert ist, als du in dieser Bar warst.«

Ich seufzte schwer. »Das habe ich doch schon ein paarmal durchgekaut. Ich hab' Peter alles erzählt und dir und Martin, und jetzt habe ich die Schnauze voll!«

Mutter sah mich verächtlich an: »Wenn wir schon wie ein

McGuffin in einem alten Spionagefilm gejagt werden, dann sollten wir uns alles noch mal genau ansehen, finde ich.«

»Aber –«

»Kein aber, mein Junge. Ich muß dich wohl nicht daran erinnern, daß du derjenige bist, der uns in diese Geschichte reingeritten hat.«

Der Taxifahrer warf mir durch den Rückspiegel hindurch einen Blick aus seinem teigigen Gesicht zu, als müßte er damit rechnen, womöglich demnächst über diese Unterhaltung vor Gericht aussagen zu müssen, und wollte deshalb sichergehen, daß er mich auch identifizieren konnte. Ich warf ihm eine Kußhand zu und er richtete seinen Blick wieder auf die Straße.

»Wir wissen ja nicht einmal, in was wir da verwickelt sind«, gab ich zu bedenken.

»So ist es. Und da es ganz offensichtlich eine Spur zu gefährlich geworden ist, sollten wir der Angelegenheit auf den Grund gehen.«

Das Taxi hielt vor unserem Haus. Ich bezahlte den Fahrer und gab ihm ein extragroßes Trinkgeld, damit er sich, so malte ich mir aus, wie ein Sexobjekt fühlte, und stieg aus. Mutter und ich gingen die Stufen hinauf, ich holte meine Schlüssel hervor, schloß auf und stieß die Tür auf.

Wir erstarrten noch auf der Schwelle. Alles im Wohnzimmer und im Eßzimmer war durcheinander geworfen: Stühle waren umgekippt, Kissen umher geschmissen, die Schubladen des antiken Sekretärs herausgezogen und ihr Inhalt auf den Fußboden des Wohnzimmers ausgeschüttet worden. Wir haben eine ziemlich große Audio-Video-Anlage, so ein furnierter Schrank, in dem sämtliche elektronischen Geräte übereinanderstehen, und ich stellte erleichtert fest, daß Fernseher, Videogerät und Stereoanlage nicht demoliert oder zu Boden geworfen worden waren. Aber immerhin lag die ganze Videothek von ungefähr dreihundert Filmen auf dem Boden verstreut.

Wir betraten den Raum vorsichtig, als hätten wir uns stillschweigend geeinigt, so leise wie möglich zu sein und zu horchen, ob der Eindringling noch anwesend war. Wir durchquerten das Wohnzimmer und den Eßbereich und gingen in die Küche, wo wir feststellten, daß die Hintertür zur Frühstücksnische mit plumper Gewalt aufgebrochen worden war. »So ist er also hereingekommen«, dachte ich mit dieser typischen Formulierung aus einer TV-Krimiserie. In der Küche fiel uns noch etwas auf: Der Raum war nur teilweise durchsucht worden. Von den vielen Schubladen unter der Arbeitsfläche waren nur ein paar herausgezogen und zu Boden geworfen worden, die restlichen hatte er offensichtlich unangetastet gelassen, ebenso die Fächer des Geschirrschranks auf der anderen Seite der Küche.

»Oh, mein Gott, Alex, sind wir dumm gewesen.«

»Wie meinst du das?« fragte ich ziemlich perplex. Mir war völlig unklar, wie wir diesen Einbruch hätten vorhersehen können.

»Verstehst du denn nicht? Dein Freund – dieser ›Knetmensch‹ im Zoo – war nicht dort, um uns etwas anzutun, er sollte uns nur beobachten. Jede Wette, daß er im gleichen Moment, als er uns verloren hat, seinen Komplizen anrief und ihm sagte, daß er abhauen soll!«

Es dauerte eine Weile, aber was sie sagte, leuchtete mir ein. Ich ging in die Frühstücksnische und ließ mich auf einen der Stühle fallen.

»Herrje«, stöhnte ich. Der Ernst unserer Lage wurde mir wohl erst in diesem Augenblick so richtig bewußt.

»Ich frage mich nur ...«, sagte meine Mutter, während sie mit geschürzten Lippen und zusammengezogenen Brauen den Raum absuchte.

»Was?«

»Ich frage mich, ob sie wissen, wonach sie suchen.«

»Was meinst du damit?«

Die Idee schien ihr immer besser zu gefallen. »Nun, der einfachste Weg wäre doch, uns zu töten.«

»Also bitte, davon möchte ich nun wirklich nichts hören.«

»Doch, das mußt du aber. Sieh mal, sie könnten uns doch

ganz still und leise umbringen, uns aus dem Weg schaffen und dann in aller Ruhe das Haus von oben bis unten durchkämmen und würden finden, was sie suchen, während wir verwesen.«

»Oh, vielen Dank«, sagte ich und rümpfte die Nase, »für dieses überaus anschauliche Bild.«

»Tja, wenn man bedenkt, daß ich gar keinen Job habe und du Freiberufler bist, könnte es glatt ein paar Wochen dauern, bis irgendwem auffiele, daß wir nicht mehr da sind.«

»Du baust mich wirklich richtig auf, ist dir das klar? Und außerdem hast du Peter vergessen. Morgen hat er frei, aber Montag muß er wieder arbeiten, also würde es nur einen Tag dauern, bis uns jemand vermißt.« Plötzlich wurde mir klar, was ich da gerade gesagt hatte: »Oh, bitte, es kann doch nicht wahr sein, daß wir über so etwas reden.«

»Sie hätten trotzdem noch genügend Zeit, das Haus zu durchsuchen, ohne fürchten zu müssen, entdeckt zu werden, ohne diese lächerliche Prozedur, zuerst abzuwarten, bis wir weggehen, um mit der Suche anfangen zu können.«

»Warum haben sie uns also nicht umgebracht?«

»Dafür fällt mir nur ein Grund ein.«

Sie macht eine bedeutungsschwere Pause, was mich nur noch mehr irritierte.

»Was!«

»Vielleicht wissen sie nicht nur nicht, was sie suchen, sondern auch noch nicht mal, was dieses ›was‹ überhaupt ist.«

»Was soll das denn nun wieder heißen?«

»Nun, sie haben dich doch gefragt, was der Mann in der Bar zu dir gesagt hat, und genau das hat auch Mr. Martin wissen wollen. Vielleicht können sie uns gar nicht umbringen, oder zumindest nicht dich, weil sie glauben, daß dieser Mann – Hacheck – dir irgendwelche mündlichen Informationen zukommen ließ.«

Ich sah, daß sie es ganz ernst meinte. Ehrlich gesagt, kam mir ihre Erklärung auch ziemlich plausibel vor.

»Das ist ja wirklich toll«, stellte ich fest. »Ich fühle mich gleich viel sicherer. Sollten wir nicht irgend jemanden informieren?«

Dieser Gedanke nahm uns beiden den Wind aus den Segeln. Normalerweise wäre in so einer Situation mein erster Gedanke gewesen, die Polizei anzurufen, aber da war ich mir nicht mehr so sicher.

»Wen sollten wir informieren?« frage Mutter zögernd.

»Ich weiß nicht!«

»Sollen wir die Polizei anrufen oder eher diesen Mr. Martin?«

»Keine Ahnung. Martin meinte, wir sollten ihn anrufen.«

»Er sagte, du sollst ihn anrufen, wenn du dich an irgend etwas erinnerst, nicht wenn wir überfallen werden. Außerdem mag ich ihn nicht besonders. Ich traue ihm nicht. Diese ganze Geschichte, die er uns erzählt hat, kommt mir ziemlich fadenscheinig vor. Mir gefällt die Idee nicht, daß wir uns ihm jetzt schon ausliefern.«

Wir schwiegen eine Weile.

»Also«, sagte ich vorsichtig, weil ich wußte, daß ihr diese Idee nicht gefallen würde, »ich kenne eine Möglichkeit, die Polizei heranzuziehen ... inoffiziell.«

»Wie meinst du das?« fragte Mutter in einem Ton, der deutlich machte, daß sie bereits wußte, was ich meinte, es aber nicht wissen wollte.

»Ich meine, wir könnten Frank anrufen.«

Einen Moment lang lag die Idee im Raum wie ein kaputtes Ei, während meine Mutter mich ansah, als seien mir plötzlich Hörner gewachsen.

»Nein, können wir nicht.«

»Natürlich können wir das«, sagte ich aalglatt. »Er ist jetzt ... Commander, stimmt's?«

»Alex ...« Sie dachte kurz nach, dann sagte sie: »Nein, das können wir nicht.«

»Er war in dich verliebt, hab' ich recht?« Ich sah sie an wie Earl Holliman in »Der Regenmacher«. Mutter fand das nicht lustig.

»Ich kann doch keinen alten Liebhaber anrufen und ihn bitten, den Einbruch in mein Haus zu untersuchen.«

»Mein Gott, du sollst ihn doch nicht als Leibgardisten einstellen! Er wird das bestimmt verstehen.«

»Vielleicht versteht er es falsch.«

»Was meinst du damit?«

»Er denkt vielleicht, es sei nur ein Vorwand, wieder was mit ihm anzufangen.«

»Mutter, ich bezweifle stark, daß Frank so eitel ist zu glauben, daß du unser ganzes Haus demolierst, nur um deine Affäre mit ihm wiederzubeleben.«

Sie nahm mein Gesicht in ihre Hände, die immer leicht nach Oil of Olaz riechen, und schüttelte lächelnd den Kopf. »Ich brauche nicht noch mehr Komplikationen in meinem Leben, mein Junge: Du und Peter, ihr seid mir schon kompliziert genug.«

Ich faßte sie an den Handgelenken, schob ihre Hände vorsichtig fort und zog sie zurück ins Wohnzimmer, in der Hoffnung, daß der Anblick unserer verstreuten Habseligkeiten sie zur Vernunft bringen würde.

»Was soll nun also geschehen?« fragte ich. »Du willst nicht, daß wir Mr. Martin anrufen – und in dieser Hinsicht bin ich ganz deiner Meinung – und wir wissen nicht, welche Probleme es mit sich bringt, wenn wir die Polizei alarmieren. Was sollen wir also tun? In diesem Durcheinander herumsitzen und heulen?«

Mutter musterte das Zimmer mit einem Gesichtsausdruck, den man nur als angeekelt beschreiben konnte, und schien sich endlich zu einem Entschluß durchzuringen.

»Nein«, sagte sie mit einem tiefen Seufzer, der beinahe die restlichen noch aufrecht stehenden Möbel umgeworfen hätte. »Du hast recht. Ich rufe Frank an.«

Frank O'Neil war nicht im Dienst, aber zu Hause, und er hatte Zeit. In weniger als zwanzig Minuten nach dem Anruf meiner Mutter war er da, was mich eigentlich hätte überzeugen sollen, daß etwas dran war an den Bedenken meiner Mutter, er könne immer noch schwer was für sie übrig haben.

Sie hatten sich in einem Abendkurs über »Die Größen der Englischen Literatur« kennengelernt. Frank ist der Typ Mann, für den ich mich vielleicht begeistern würde, wenn ich im Alter meiner Mutter wäre: Er ist so eine Art wettergegerbte Schönheit. Er hat graues Haar mit Überbleibseln von Braun, seine Stirn ist zerfurcht, weil er sie zu oft runzelt, seine Augen sehen aus, als seien sie mal blau gewesen, inzwischen aber verblaßt, weil sie zuviel von dem gesehen hatten, was in der Welt vorgeht. Trotzdem machte ihn das alles nicht zum alten Mann, sondern verlieh ihm einen Hauch weltgewandten Wissens.

Mutter machte auf und ließ ihn herein. Als er sich vorbeugte, um ihr einen Kuß zu geben, schob sie ihm ihren Wangenknochen so heftig entgegen, als wolle sie ihm die Lippen aufschlagen. Aber er war zu geschickt für sie. Er bewegte den Kopf leicht zur Seite und küßte sie auf den Mund. Sie nahm es mit Haltung, aber ich bemerkte eine gewisse Traurigkeit in ihren Augen. Ich glaube, Frank sah es auch, denn er ließ plötzlich von ihr ab und kam ins Wohnzimmer.

»Herrjeh! Ich habt wirklich keine Witze gemacht, hier ist eingebrochen worden. Hallo, Alex.«

»Hallo, Frank«, sagte ich, gab ihm die Hand und hoffte, daß meine Augen nicht ebenfalls traurig aussahen.

»Wann habt ihr das entdeckt?«

Mutter folgte ihm ins Zimmer und sagte: »Vor etwas mehr als einer halben Stunde.«

»Also habt ihr noch keine Zeit gehabt herauszufinden, ob etwas fehlt?«

»Eigentlich nicht. Ich habe die paar Wertsachen durchgesehen, die wir besitzen, und es scheint alles da zu sein.«

Frank schwieg einen Moment und durchmaß vorsichtig den Raum, wobei er gelegentlich ein »Hm« von sich gab. Dann sagte er: »Ja, das Silber ist verstreut worden, aber nicht gestohlen – und auch das hier ist alles noch da.« Er deutete mit der Hand auf die Audio-Video-Anlage.

»Ja?« sagte Mutter.

»Tja ... wißt ihr, wonach mir das hier aussieht?«

Plötzlich spürte ich, daß wir beide, meine Mutter und ich, Angst vor dem hatten, was er nun sagen würde. »Was denn?« platzte ich heraus.

»Für mich sieht das hier so aus, als hätte jemand nach etwas ganz Bestimmtem gesucht.«

Keiner von uns antwortete, und nach einer spannungsvollen Pause drehte sich Frank zu mir und fragte: »Was ist denn mit deiner Lippe passiert?«

»Nichts«, sagte ich und sah zu Boden: Ich bin nun mal kein besonders guter Lügner, das steht fest, und ich glaube nicht, daß ich besser bin, wenn ich vor einem Polizisten stehe, ob er nun was mit meiner Mutter hatte oder nicht. »Ich bin gegen die Badezimmertür gerannt.«

»Aha«, sagte er und machte klar, daß er mir nicht glaubte. Er wandte sich an meine Mutter und sagte: »Wie sieht es denn im zweiten Stock aus?«

»Oh, ich bin gleich hinaufgegangen, nachdem wir dich angerufen hatten. Der Einbrecher ist jedenfalls nicht so weit gekommen. Dort ist alles unberührt.«

»Hm«, meinte Frank grübelnd. »Möglicherweise habt ihr ihn überrascht.«

»Oh nein«, sagte meine Mutter und warf mir einen schuldbewußten Blick zu, »ich bin sicher, daß wir ihn nicht überrascht haben.«

»Sie will damit sagen, daß wir niemanden gehört haben, als wir nach Hause kamen.«

Der Blick war ein Fehler gewesen. Frank war lange genug Polizist, um solche Blicke zu registrieren, wie ihn Mutter mir gerade zugeworfen hatte. Er ließ die Arme hängen und sagte: »Jean, willst du mir nicht erzählen, was hier eigentlich passiert ist?«

»Wie meinst du das?« Sie klang viel zu aufgeregt. Engländerinnen können es in punkto Scheinheiligkeit nicht mit den Southern Belles aufnehmen.

»Ich habe so das Gefühl, daß ihr mehr darüber wißt – zum Beispiel, wer das hier getan hat.«

»Also wirklich, Frank, du kennst mich doch viel zu gut, um zu glauben, daß ich mich mit Leuten abgebe, die in Häuser einbrechen.«

Ich schwör's, ich dachte, jeden Moment würde sie anfangen, von den Lilien auf dem Felde zu reden.

Frank seufzte laut und sagte: »Ich kenne dich gut genug, um zu merken, wenn du mir gegenüber nicht aufrichtig bist. Tut mir leid, Alex.«

Mutter warf mir einen Blick zu, nicht um sich meiner Zustimmung zu versichern, sondern um mir mitzuteilen, daß sie trotzdem weitermachen würde, und begann nach einem übertriebenen Seufzer mit der Schilderung der Geschehnisse der letzten vierundzwanzig Stunden. Ehrlich gesagt kam es mir vor, als sei mein Abenteuer auf der Klappe inzwischen so oft breitgetreten worden, daß es bereits zur Legende geworden war. Trotzdem schien Frank außerordentlich an der Geschichte interessiert, obwohl Mutter es sorgfältig vermied, James Martins Besuch zu erwähnen. Frank sah aus, als bezweifelte er ernsthaft, daß seine alte Flamme ihm die ganze Geschichte erzählt hatte.

»Das klingt, als könntet ihr mitten in eine Drogengeschichte geraten sein.«

Ich war überrascht. Er war auf dieselbe Idee gekommen wie ich zu Anfang. Das war beinahe eine Erleichterung ... aber natürlich wußte er nicht alles.

»Glaubst du wirklich?«

»Ja, das wäre eine Möglichkeit. Vor allem diese Sache mit der Verfolgung und dem Einbruch. Wahrscheinlich glauben sie, daß ihr die Drogen habt.« Er wandte sich an meine Mutter. »Weißt du, das gefällt mir überhaupt nicht. Ihr könntet in Gefahr sein.«

»Oh ...« Mutter sah sich im Zimmer um, »ich glaube nicht. Sicherlich werden sie inzwischen bemerkt haben, daß es sich um ein Versehen handelt, und nicht wiederkommen.«

Sie warf mir wieder einen Blick zu, während sie das sagte, und ich merkte, daß sie eher sich selbst als Frank überzeugen wollte. Dann fügte sie halbherzig hinzu: »Abgesehen davon könnte es auch einfach nur ein Zufall sein, daß gerade jetzt eingebrochen wurde. Nur ein Zufall.«

Frank kniff die Augen zusammen und starrte sie an. Er machte eine von diesen langen Pausen, um zu zeigen, daß man jemanden nicht für dumm verkaufen kann, wenn man es selbst schon weiß. »Das könnte sein, aber die Drogengeschichte erscheint mir plausibler.«

Er wandte sich zu mir und dann wieder an meine Mutter, und plötzlich wurde mir seine Wortwahl unangenehm.

»Es sei denn«, fügte er langsam hinzu, »ihr habt mir nicht alles erzählt.«

Mutter gab ein kurzes Lachen von sich, daß selbst bei einem schlechten Tourneetheater peinlich gewirkt hätte.

»Wieso denn, aber nein! Wir haben dir alles erzählt, stimmt's, mein Junge?«

Sie nickte heftig zu mir herüber, und ich flötete nur: »Oh, ja, gewiß.«

Frank verzog den Mund und machte glucksende Geräusche, dann sagte er: »Und warum habt ihr mich dann angerufen?«

Mutter antwortete zögernd. »Nun, wir dachten, du könntest uns vielleicht sagen, was wir jetzt unternehmen sollen.«

»Neue Schlösser an der Tür anbringen. Euch einen Hund anschaffen. Aber zu allererst solltet ihr Anzeige erstatten.«

Mutter und ich schrien gleichzeitig »Nein!«, und wir hätten bestimmt nicht schuldiger aussehen können, selbst wenn wir uns darum bemüht hätten. Ich begann sofort, meine Schuhe eingehend zu untersuchen, aber ich muß meine Mutter loben: Ihre Augen funkelten, als sie Frank kühn auf den Kopf zu sagte: »Wir sind wohl ein bißchen nervös nach alledem.«

»Wißt ihr«, sagte Frank, der von Minute zu Minute besorgter und mißtrauischer aussah, »das gefällt mir überhaupt nicht. Offensichtlich seid ihr auf die eine oder andere Art in eine Sache verstrickt, und ich glaube, ich sollte mich besser mal darum kümmern.«

»Das ist nicht nötig, Frank«, sagte Mutter, die ihr Lächeln wieder soweit Griff hatte, aber immer noch zu dick auftrug, was das Funkeln betraf.

Er senkte die Stimme und sagte: »Ich mache mir Sorgen um dich. Du weißt ja, daß sich meine Gefühle für dich seit unserem letzten Treffen nicht geändert haben.«

»Könntest du uns vielleicht mal eine Minute allein lassen, Alex?« fragte Mutter.

Ich ging in die Küche und blieb an der Tür stehen, nicht etwa in der Absicht zu horchen, sondern um so nahe wie möglich zu sein, falls es nötig sein würde, die Ehre meiner Mutter zu verteidigen. Aber ich konnte nichts von dem verstehen, was sie sprachen. Ich ging nicht zurück ins Wohnzimmer, bevor ich gehört hatte, wie Frank durch die Haustür die Wohnung verließ.

»Wieviel hast du mitgehört?« fragte Mutter mit einem zaghaften Lächeln.

»Wieviel ich mitgehört habe? Ich hab' überhaupt nichts gehört! Was glaubst du denn, was für ein Mensch ich bin?«

Sie verschränkte die Arme und ihre Augenbrauen hoben sich in der Mitte, während die Enden beinahe über ihre Augen rutschten. »Ich weiß nicht, Alex. Sicher nicht einer von denen, die ihr Ohr gegen die Küchentür pressen, während der Schatten der großen Füße sich unter dem Türspalt hindurchmogelt.«

»Ich habe keine großen Füße!«

»Wieviel hast du mitgehört?«

Ich versuchte, mich irgendwie herauszuwinden, aber es war vergebens. »Ich habe überhaupt nichts gehört. Ich wollte nur sicher gehen, daß deine Ehre während dieser Unterredung nicht angetastet würde.«

»Meine Ehre, lieber Sohn, ist ganz allein meine Sache.«

»Was ist passiert?«

»Genau das, was ich befürchtet habe«, sagte sie, während sie auf den Sessel sank. »Er denkt, wir könnten unsere Beziehung zu neuem Leben erwecken.«

»Es gibt Schlimmeres.«

»Alex, mein Junge, es ist nicht angebracht, dich in das Liebesleben deiner Mutter einzumischen.« Sie seufzte und fügte hinzu: »Ich glaube, es war ein Fehler, ihn anzurufen, wie auch immer.«

»Was meinst du damit?«

»Ich habe ihm erklärt, daß ich nicht beabsichtige, den Einbruch anzuzeigen. Ich habe ihn gebeten, in dieser Angelegenheit nichts zu unternehmen. Aber das heißt noch lange nicht, daß er es wirklich bleiben läßt.«

»Was kann er schon tun?«

»Ich weiß es nicht. Aber ich möchte nicht, daß er in dasselbe hineinstolpert wie du. Es könnte gefährlich sein. Noch schlimmer wäre, wenn diese Leute glauben, daß wir ihretwegen die Polizei alarmiert haben.«

Jetzt war ich mit Seufzen an der Reihe. »Was tun wir jetzt? Rufen wir Mr. Martin an?«

Mutter stand auf, erhob sich zu ganzer Größe und sah mir streng wie eine Gefängniswärterin in die Augen: »Noch nicht. Erstmal erzählst du mir alles, was gestern abend passiert ist. Und wenn ich alles sage, dann meine ich auch alles.«

Angesichts ihrer Verfassung war jeder Protest nutzlos. Sie nahm mich geschlagene vierzig Minuten lang auseinander. Mit dem FBI wäre es leichter gewesen, wenn ich etwas zu verbergen gehabt hätte.

Sie unterbrach mich bei jeder Gelegenheit und stellte Tausende Fragen, um sämtliche Details der Geschichte abzuklopfen: Wie der schwabbelige Mann ausgesehen hatte; wer neben uns gestanden hatte, als wir uns unterhielten; ob ich sicher war, daß er mir nichts gegeben hatte; was genau die Knetmenschen auf der Toilette zu mir gesagt hatten (diese Szene hatte ich inzwischen so oft erzählt, daß sie in meinem Kopf surreale Ausmaße angenommen hatte, und längst schon war ich es nicht mehr, dem das passiert war). Sie lehnte sich in ihrem Sessel zurück und seufzte.

»Ich glaube nicht, daß uns das weiterbringt.«

Eine Weile saßen wir schweigend da. Mein Kopf fühlte sich an, als würde ein Tornado darin wüten. Als ich das Schweigen meiner Mutter nicht mehr länger ertrug, sagte ich: »Was machen wir jetzt?«

Mutter betrachtete niedergeschlagen den Zustand des Zimmers, sah mich über die Schulter an und sagte: »Saubermachen.«

5

Wir hatten bereits einen Großteil der Restaurierungsarbeiten in unserem schönen Heim erledigt, als Peter um halb fünf von der Arbeit nach Hause kam. Er schlenderte herein, unter dem Arm die Frühausgaben der Sonntagszeitungen, in eine Plastiktüte verpackt, um seinen Anzug zu schützen. Er blieb stehen, als er die Überreste des Durcheinanders sah. Um es milde auszudrücken: Peter mochte die Neuigkeiten ganz und gar nicht. Wir entschieden uns, die übriggebliebene Unordnung für morgen aufzuheben und setzten uns an den Küchentisch, mit einem Krug Eistee und den Zeitungen.

Während Mutter sich über die Titelseite der »Tribune« hermachte, blätterte Peter unkonzentriert im Feuilleton. Bei mir dauerte es etwas länger als üblich, bis ich mich ganz in die Verkaufsanzeigen versenkt hatte, die für mich der Hauptgrund für den Kauf einer Sonntagszeitung sind. Nachdem ich sie durchgearbeitet und nichts Interessantes gefunden hatte, nahm ich mir die »Sun-Times« vor und blätterte sie durch, wobei ich überlegte, ob ich vielleicht etwas über einen Russen finden würde, der in Chicago vermißt wurde. Die einzige Meldung in dieser Richtung war die eines entführten Amerikaners, der in Rußland freigelassen worden war.

Ich hatte die Zeitung halb durch, als ein Artikel meine Aufmerksamkeit erregte. Es ging um einen Mord: Ein nicht identifizierter Mann war am Morgen auf der Wells Street hinter »Charlene's« erstochen aufgefunden worden. Die spärliche Beschreibung der Leiche reichte aus, um mich davon zu überzeugen, daß es sich um den schwabbeligen Mann handelte. Ich schrie kurz auf.

»Was um Himmels Willen ...«, sagte Mutter, deren Aufmerksamkeit von den neuesten trüben Wirtschaftsaussichten abgelenkt wurde.

»Hier, hier«, sagte ich und tippte wie wild mit dem Zeigefinger auf den Artikel, »das ist der Mann in der Bar! Für den sich alle interessieren! Er ist tot!«

Mutter und Peter nahmen sich den Artikel gemeinsam vor. Peter schüttelte den Kopf und sagte: »Wie kannst du dir danach so sicher sein? Er wird ja kaum beschrieben.«

»Er ist es!«

»Es heißt hier, daß sie ihn nicht identifizieren konnten. Ach komm, Alex!«

»Er ist es!« wiederholte ich, schob geräuschvoll die Zeitungen zusammen und warf sie zurück auf den Tisch. »Ich gehe hin.«

»Wohin?« fragte Mutter.

»Ins ‹Charlene's›. Den Ort des Verbrechens! Ich werde mit denen dort reden und herausfinden, was sie wissen.«

»Das wirst du ganz bestimmt nicht tun!« sagte meine Mutter in ihrem gebieterischsten Ton. Sie deutete Richtung Wohnzimmer, wo noch immer die Überreste des Durcheinanders zu sehen waren, und ergänzte: »Du weißt doch, was schon alles passiert ist!«

»Genau deshalb werde ich mich einmischen. Ich glaube, es wird Zeit, daß wir ein paar Fragen stellen.«

»Wir?« fragte Peter.

»Na ja, du und ich«, stellte ich dämlich fest. Als ich aufgesprungen war und mich entschieden hatte, die Initiative zu ergreifen, war ich automatisch davon ausgegangen, daß ich es nicht allein tun würde.

Peter sah mich mit seinen tiefgrünen Augen einen Moment prüfend an, als hätte er sich nicht schon alles an mir eingeprägt. Dann sagte er: »In Ordnung.«

»Seid ihr von allen guten Geistern verlassen?« fragte Mutter, als sie merkte, daß wir es ernst meinten.

»Ich will es so, Mutter. Ich bin es leid, im Dunkeln zu tappen. Ich will wissen, in was wir – ich – da hineingeraten bin.«

Mutter sah von mir zu Peter, dann wieder zu mir, mit einem stoischen Gesichtsausdruck, den man unmöglich ergründen konnte. Nach einer Weile nahm sie einen Schluck Tee aus dem Glas, auf dessen Rand eine schwankende Zitronenscheibe saß, dann setzte sie es wieder ab.

»Na gut, ich höre«, erwiderte sie schlicht.

Das Glitzern in ihren Augen gefiel mir gar nicht. Es gab mir im wahrsten Sinne des Wortes zu denken. Ich zögerte, dann sagte ich: »Wir gehen einfach mal hin und reden mit Ernie, dem Barkeeper. Vielleicht hat er etwas bemerkt.«

»Hmhm«, machte meine Mutter ausdruckslos.

»Ich kann mir nicht vorstellen, daß uns das in noch mehr Schwierigkeiten bringen könnte.«

»Hmhm.«

Ich zögerte wieder. »Wirklich.«

»Hmhm.«

»Wir sind bald zurück. Es wird nicht lange dauern.«

Ohne einen weiteren Laut von sich zu geben, wandte sie sich wieder ihrer Zeitung zu.

»Was wirst du tun, solange wir fort sind?« fragte ich vorsichtig.

»Dies und das«, antwortete sie, ohne aufzusehen.

Großer Gott, dachte ich, da kommt noch einiges auf uns zu.

Wir erreichten das »Charlene's«, noch bevor es für den Abend öffnete. Ich klopfte an die Tür, bekam keine Antwort und schlug fester dagegen. Nach einer Weile, als wir schon dachten, daß »keiner zu Hause« war, tauchte in dem rautenförmigen Guckloch der Tür Barkeeper Ernies Gesicht auf, als wäre er Rausschmeißer in einer Spelunke. Wenn ich in fröhlicherer Stimmung gewesen wäre, hätte ich gesagt: »Joe hat mich geschickt.«

»Wir haben noch nicht geöffnet, Alex«, brüllte er durch die Tür.

»Wir müssen mit dir reden.«

»Wir haben noch nicht geöffnet«, wiederholte er, dann hob er den Arm und tippte auf seine Uhr, als ob mir das etwas sagen sollte.

»Ernie, wir müssen mit dir reden.«

Er verzog das Gesicht und verschwand aus dem Guckloch. Ich dachte schon, er würde uns einfach so stehen lassen, aber plötzlich hörten wir, wie das Schloß betätigt wurde, und die Tür ging auf.

Ernie hatte einen sehr runden Kopf und einen ausrasierten Nacken, der unsereinem vielleicht ganz gut steht, ihn bei seinem Körperumfang aber eher wie Curly von den Three Stooges aussehen ließ. Bestimmt ist Ernie nicht sein richtiger Name oder jedenfalls nicht sein ursprünglicher. Ich glaube, er nannte sich Ernie, weil es für einen Barkeeper einfacher war, egal in was für einer Bar man bediente. Aber er hieß eigentlich bestimmt nicht Ernie, denn kein selbstbewußter Schwuler, der mit so einen unglücklichen Namen geschlagen war, würde ihn behalten.

Er trat zur Seite, als wir hineingingen, warf lautstark die Tür hinter uns zu und schloß wieder ab. Es war ein bißchen entmutigend, das immer noch strahlende frühabendliche Tageslicht mit der Dunkelheit der Bar zu vertauschen. Mir kommt eine leere Bar immer vor wie eine leere Kirche, nur nicht so bedrohlich. In beiden ist es ähnlich still, ähnlich leergefegt und wohl auch ähnlich dunkel.

Statt des ohrenbetäubenden Lärms der Siebziger-Jahre-Musik der letzten Nacht erklangen nun ganz kühl und leise Manhattan Transfer. Ernie begleitete uns zur Theke und ging dahinter, während wir uns auf die Stühle davor setzten. An seinem linken Ohr trug er einen großen Goldring, der im grellen Arbeitslicht glitzerte. Die Lichter bewirkten, daß der Raum schwarz glänzte. Hinter der Bar griff Ernie mit den Händen in das trübe Wasser, das einen Teil des dreiteiligen Spülbeckens füllte, und fuhr mit der Arbeit fort, bei der wir ihn unterbrochen hatten: schmutzige Gläser spülen, die aus unerfindlichen Gründen von der letzten Nacht noch übrig waren.

»Was wollt ihr?« fragte er, ohne zu verbergen, daß ihm die Störung nicht paßte.

»Tja, also«, sagte ich mit einem Seitenblick auf Peter, »ich wollte dich nach dem Typen fragen, der heute morgen hinter dem Haus gefunden wurde.«

Er unterbrach seine Arbeit und sah mich aus seinen verquollenen Augen durchdringend an.

»Oh, mein Gott! Ich hab' mich den ganzen verdammten Morgen mit der Polizei herumgeschlagen, versteht ihr? Sie wollten das gleiche wissen. Als ob ich schon deshalb etwas darüber wissen müßte, weil dieser Scheißkerl da hinten gefunden wurde.«

»Und? Weißt du etwas?«

Er stellte das Glas, das er gerade gespült hatte, geräuschvoll beiseite und nahm das nächste. Das saubere Glas rutschte auf dem Wasserfilm ein Stück, bevor es stehenblieb. »Nein! Verdammt, nur weil sie ihn da hinten gefunden haben, muß das doch noch lange nicht heißen, daß er hier war!«

»Aber er war doch hier«, platzte ich heraus.

Ernie hielt wieder inne, und seine goldener Ohrring wackelte eine Weile hin und her, während er still dastand. »Woher weiß du das?« fragte er, und seine Augen sahen mich noch durchdringender an. Es gefiel mir gar nicht, so angesehen zu werden. Ich sehe Ernie mehrmals im Jahr, jedenfalls oft genug, daß er sich meinen Namen merken kann und ich mir seinen, aber ich glaubte nicht, daß er sich bis zu diesem Moment jemals näher mit mir befaßt hatte. Ich hatte gehört, daß er sich mehr für Jüngere interessierte: nicht für Minderjährige, verstehen Sie das nicht falsch, aber jung genug, daß sie noch nicht den weichen Flaum verloren haben. Ich finde ihn nicht besonders attraktiv und kann mir überhaupt nicht vorstellen, was ein knackiger Junge an ihm finden könnte – aber das würde ihn kaum hindern, scharf auf ihn zu sein. Und wie ich ihn so vor mir sah, mit diesem bohrenden Blick, konnte ich mir durchaus vorstellen, daß für ihn der Reiz darin bestand, Macht über jemanden zu haben, auch wenn es nur die Macht des Älteren war.

»Woher willst du das wissen?« wiederholte er, da ich noch nicht geantwortet hatte.

»Ich war hier, Ernie. Du hast mich doch gesehen.«

Er lächelte. »Nein, hab' ich nicht.«

Meine Brauen zuckten, und ich sagte: »Aber natürlich hast du mich gesehen, ich saß genau hier. Drei Bier habe ich getrunken.«

»Ich hab' dich nicht gesehen«, wiederholte er und wandte sich wieder den Gläsern zu.

»Aber du hast doch mit mir gesprochen ...«

Ernie antwortete nicht.

Peter mischte sich ein: »Ich glaube nicht, daß Ernie überhaupt jemanden bemerkt, der hier reinkommt, stimmt's?« fragte er Ernie.

Ernie grinste breit. »Ich weiß auch nicht warum. Ich kann mich einfach nie daran erinnern, wer hier war und wer nicht.«

»Wie gut für dich«, stellte Peter fest.

»Könnte mich mal jemand aufklären?« warf ich ein. Immerhin war ich derjenige, der die Ermittlungen führte, und es irritierte mich, daß andere besser Bescheid zu wissen schienen.

»Ich glaube«, sagte Peter, »in einer besseren Welt würde Ernie sich viel besser erinnern können.«

»Genau so ist es«, stimmt Ernie zu und lachte. Es klang wie das Bellen eines Schäferhundes.

»Soll ich euch beide allein lassen?« fragte ich gereizt.

Ernie stellte das Glas vor mir ab, das er gerade in Arbeit hatte, breitete die Hände aus, legte sie auf den Tresen und lehnte sich zu mir herüber.

»Wenn jemand herkommt und mich nach einem anderen fragt – oder irgendwas über jemanden wissen will – zum Beispiel die Polizei oder sonstwer, dann leide ich unter rapidem Gedächtnisverlust. Es ist immer noch eine gottverdammte Scheiße, daß sie uns nach wie vor das Leben schwer machen wollen, aber so ist es nun mal. Ich hoffe nur – und bete dafür –, daß sich das irgendwann ändert. Die Bullen fragen mich immer wieder mal, ob dieser oder jener hier gewesen ist, und ich sage dann immer: ›Tut mir leid, ich hab leider nichts mitbekommen.‹ Und du kannst dir gar nicht vorstellen, wie übel es erst zugeht, wenn sie eine Leiche in der Nähe deiner Bar finden.«

Ich sah Peter an, der immer noch lächelte, inzwischen aber bewundernd, und sah dann wieder zu Ernie. Er schaute kurz weg und fuhr dann fort, die Gläser zu polieren.

»Aber wir müssen etwas über diesen Kerl erfahren.«

»Warum?«

»Nun ja ...« Ich sah hilfesuchend zu Peter, aber von da kam keine Unterstützung. »Wir müssen halt.«

»Wir wollen alle eine Menge Scheiß haben, den wir nicht kriegen«, meinte Ernie.

Schließlich ergriff Peter das Wort. »Ernie, wir müssen was über ihn herausbekommen, weil die Polizei uns nach ihm gefragt hat. Und sie glauben nicht, daß wir nichts über ihn wissen.«

»Ist das nicht lustig!« sagte Ernie und lachte wieder bellend. »Und ich dachte schon, ich bin der einzige!«

»Sieh mal, du kennst uns doch schon eine ganze Weile, du weißt, daß wir zur Familie gehören. Kannst du uns nicht aus der Patsche helfen?«

»Eure Namen kenne ich schon eine Weile. Das heißt nicht, daß ich euch kenne.«

Einen Moment lang dachte ich schon, er wolle auf was ganz anderes hinaus, aber dann merkte ich, daß er nur meinte, uns nicht unbedingt trauen zu können.

Peter legte seinen Kopf etwas zur Seite und sagte: »Du kannst uns also gar nichts erzählen?«

Ernie zuckte nur die Schultern.

»Und du hast der Polizei genauso wenig erzählen können?«

»Was glaubt ihr denn, was mir passiert, wenn ich plötzlich zur Plaudertasche werde? Die werden dann andauernd hier aufkreuzen und mir Löcher in den Bauch fragen. Ich hätte keine Ruhe mehr – und meine Gäste auch nicht.«

Er sah mich an, und das machte mich etwas lockerer. Dann sah er Peter an, und ich merkte, daß das Eis gebrochen war. Schließlich lächelte Ernie breit und zuckte mit den Schultern.

»Aber ihr seid schon ganz in Ordnung. Ich kann euch zumindest erzählen, was die Polizei noch nicht weiß.«

»Wirklich?« sagte ich, weil ich mir nicht ganz sicher war, wie er das meinte oder woher er es wußte, aber Peter schien die Lage besser einschätzen zu können. Er sagte: »Erzähl schon.«

»Also, die Bullen kennen weder den Namen dieses Typen noch sonst etwas über ihn. Wahrscheinlich haben sie mir deshalb so zugesetzt – als ob ich mehr über ihn wüßte – als ob wir alle in so einer Art Geheimgesellschaft organisiert sind und uns alle untereinander kennen. Mein Gott! Ich hab ihnen überhaupt nicht weiterhelfen können.«

»Hmhm.«

Er machte eine Kunstpause und sagte dann, an Peter gewandt: »Sie wissen auch nicht, daß er sich mit deinem Freund unterhalten hat.«

»Wieso zum Teufel glauben bloß alle, daß dieser Kerl mit mir gesprochen hat?« rief ich wütend.

Ernie lehnte sich über den Tresen: »Wahrscheinlich weil er in deine Richtung gesehen hat, als er die Lippen bewegte.«

Mit einem Schlag wurde mir klar, wie ich in diese Sache hineingeraten war: Ich rekapitulierte den letzten Abend und realisierte, daß jeder, der uns aus einer gewissen Entfernung oder aus der Nähe beobachtet hatte, annehmen mußte, daß ich mich mit Hacheck unterhielt, aber keine Ahnung haben konnte, worüber wir sprachen. Jetzt kam es mir nicht mehr ganz so idiotisch vor, daß keiner glauben wollte, wie unwichtig die kurze Unterhaltung gewesen war.

Peter bekam das bestätigt, als er Ernie ansah und fragte: »Hast du gehört, worüber sie gesprochen haben?«

Ernie zog ein Gesicht, als wäre Peter nicht ganz dicht: »Soll das ein Witz sein? Bei dem Lärm?«

Wir entschieden uns, noch eine Weile zu bleiben, falls jemand auftauchte, der gestern abend da gewesen war und ein besseres Erinnerungsvermögen hatte als Ernie, auch wenn dessen lückenhaftes Gedächtnis allmählich etwas Liebenswertes bekam.

Ich überlegte, daß ich diesen Hacheck am liebsten selbst umgebracht hätte, wenn es nicht schon eine anderer getan hätte. Falls er wirklich eine Art ausländischer Agent gewesen war oder einfach nur ein halbwegs intelligenter Mensch, der der amerikanischen Regierung Informationen verkaufen wollte, dann hätte er wissen müssen, daß seine Verfolger, nachdem er mit mir gesprochen hatte, annehmen würden, er habe mir diese Informationen übergeben. Ich war mir immer sicherer, daß er mich absichtlich hineingezogen hatte, um sich selbst aus der Schußlinie zu bringen.

Und das hatte nicht geklappt. Er war trotzdem umgebracht worden. Und ich war immer noch in die Sache verwickelt. Ich wünschte fast, er hätte mir doch irgend etwas mitgeteilt. Dann hätte ich wenigstens etwas gehabt, was ich diesen dämlichen Agenten erzählen konnte, oder was sie sonst waren, um sie loszuwerden. Andererseits, wenn sie erstmal die Information hatten, würden sich mich nicht mehr benötigen ... und vielleicht beseitigen.

Ernie versorgte uns mit ein paar Bieren auf Kosten des Hauses, dann schaltete er die Arbeitsbeleuchtung aus, die Barbeleuchtung an und legte die übliche Musik auf, was wieder die Hits aus den Siebzigern waren. »Don't Bring Me Down« von ELO brandete auf und schien unter diesen Umständen ausgesprochen passend.

Eine halbe Stunde später kamen die ersten Gäste. Ich bemerkte niemanden, der auch gestern abend dagewesen war und überlegte, ob etwa am Freitagabend alle ihr Glück gefunden hatten und nicht mehr kommen mußten. Ein angenehmer Gedanke. Trotzdem wurde es ab sieben ziemlich voll.

Kurz danach kamen Jo und Sheila. Nach eigener Einschätzung sind sie ein alterndes Lesbenpaar. Wir kennen sie schon seit Jahren, sehen sie aber nicht besonders oft. Sheila arbeitet als Kellnerin in einem Restaurant, an dessen Namen ich mich nicht erinnere, und Jo gehört eine Boutique für »elegante Freizeitkleidung« für Männer und Frauen. Vor der Eröffnung war sie ziemlich unruhig gewesen, aber wie so oft war bald die ganze Szene dort, und über die Jahre war es zu einem gutgehenden Geschäft für Homos und Heteros geworden. Die beiden Frauen standen eine Weile am Tresen, um sich an die Partyatmosphäre zu gewöhnen, dann bemerkten sie uns und kamen mit ihren Bierflaschen an unseren Tisch.

»Du siehst ja interessant aus«, sagte Jo und deutete auf meine Lippe.

»Ich hatte eine kleinen Zusammenstoß auf der Toilette«, antwortete ich.

Jo hob eine blonde Augenbraue: »Tatsächlich? Ich dachte, das hättest du aufgegeben, als du deinen kleinen Peter kennengelernt hast.«

So war Jo nun mal. Immer bereit, irgendwas vom Hörensagen für bare Münze auszugeben.

»Er ist nur ganz zufällig an jemanden geraten«, erklärte Peter.

»Soso«, meinte Sheila und nahm einen großen Schluck Bier.

Wir scherzten noch eine Weile herum und brachten uns gegenseitig auf den neuesten Stand. Einen kurzen Moment lang wurde der unablässig pulsende Baß unterbrochen, und »Take My Breath Away« ergoß sich aus den Lautsprechern. Peter und ich sahen uns an. Er nahm meine Hand, und wir gingen auf die Tanzfläche. Das war einer dieser Augenblicke, in dem ich mich ihm sehr nahe fühlte. Mitten unter all diesen gutaussehenden jungen Kerls, die nach dem Mann fürs Leben suchten, wurde mir plötzlich bewußt, welches Glück ich hatte.

Kurz nach acht fühlte ich mich mehr als nur ein wenig aufgekratzt nach dem ganzen Bier, das wir getrunken hatten, als die Tür aufging und ich in ein bekanntes Gesicht schaute. Es gehörte dem jungen Mann, der gestern abend ein ungewöhnliches Interesse an meinen Schuhen gezeigt hatte. Er trug ein weißes Hemd und eine weiße Hose. Auch ohne seine Schuhe zu sehen, war mir klar, daß sie makellos sein würden. Er sah wesentlich unsicherer aus als beim letzten Mal. Ich warf Peter einen Blick zu und deutete mit dem Kopf zur Tür.

Ich fragte mich gerade, wie ich den jungen Kerl ansprechen sollte, als er mich sah und Panik sich auf seinem Gesicht ausbreitete. Er machte auf der Stelle kehrt.

Ich sprang von meinem Stuhl auf, rannte durch den Raum und die Tür hinter ihm her. Als ich vom Tisch weghastete, hörte ich noch Jo sagen: »Na, das war ja diskret!«

Ich verfolgte ihn jetzt draußen. Dank seines weißen Outfits war es ziemlich einfach, ihm über die Wells Street in Richtung Süden zu folgen.

Ich rannte ihm nach, und obwohl ich etwas älter war, war ich offenbar der bessere Läufer. Vielleicht hatte mich die ganze Sache inzwischen auch so aufgeputscht, daß mich das Adrenalin mit der nötigen Energie versorgte. Ich rief ihm hinterher, er solle anhalten und daß ich nur mit ihm reden wollte. Aber er ignorierte die Aufforderung. Schließlich holte ich ihn ein und schaffte es, noch immer mitten im Laufen, sein Hemd zu packen. Das reichte, um ihn festzuhalten und zum Stehen zu bringen.

»Laß mich los!« schrie er.

»Was ist denn?« fragte ich.

»Laß mich los!«

»Warum bist du weggelaufen, als du mich gesehen hast?«

»Wenn du mich nicht losläßt, schreie ich!«

Er wand sich so sehr unter meinem Griff, daß mein Handgelenk schmerzte und sein Hemd sich total verknäulte. Während wir miteinander rangen, konnte ich sein Gesicht betrachten. Obwohl es verzerrt war vor Ärger oder Angst – was genau ließ sich kaum sagen –, konnte ich deutlich sehen, daß er geschlagen worden war. Gestern abend hatte er noch nicht so ausgesehen.

»Was ist mit dir passiert?« fragte ich und versuchte, meinem Erstaunen einen mitfühlenden Unterton zu geben.

Er hörte auf, sich zu wehren, sah mich direkt an und sagte: »Du! Du bist mir passiert! Jetzt laß mich endlich los!«

Ich ließ sein Hemd los, und kaum war er frei, rannte er auch schon weg.

Er lief über die Straße, schlängelte sich durch den dichten Verkehr und verschwand.

In diesem Moment holte Peter mich ein.

»Das war aber eine ganz gewaltiger Gefühlsausbruch«, sagte er lächelnd.

»Hm?«

»Du hast ausgesehen wie ein sexgieriger Habicht.«

»Ach komm, hör doch auf«, sagte ich irritiert.

»Was war denn los?«

»Ich weiß es nicht. Keine Ahnung. Ich weiß nur, daß er gestern abend in der Bar war. Und weißt du was, Peter? Gestern hat er diese Verletzungen im Gesicht noch nicht gehabt.«

»Tja ...« Peter schien erst genau zu überlegen, bevor er etwas sagte. »Nur weil er in eine Schlägerei geraten ist, muß er nicht unbedingt mit der Sache zu tun haben. Vielleicht ist er einfach an den Falschen geraten.«

»Doch, er hat was damit zu tun. Ich habe ihn gefragt, was ihm passiert ist, und er sagte: ›Du bist mir passiert!‹«

Es entstand eine Pause, während der Peter in die Richtung blickte, in die der junge Kerl geflohen war, als ob er einen Kondensstreifen hinterlassen hätte.

»Gehen wir nach Hause.«

Peter bestand darauf, daß wir noch kurz in der Bar Halt machten, um uns von Jo und Sheila zu verabschieden und ihnen das Ganze irgendwie zu erklären.

»Alex hatte sich eingebildet, er würde ihn kennen ...«

»Aus meiner Schulzeit«, bestätigte ich.

»Soso«, meinte Jo und hob ihre Bierflasche zum Mund.

»Ich hab' ihn lange nicht gesehen und wollte ihn unbedingt sprechen.«

»Schien mir auch so«, sagte Jo und grinste. »Schien aber auch, als hätte dein ›Freund‹ keinen Wert auf diese Unterredung gelegt.«

Peter warf mir einen Blick zu und sah für seine Verhältnisse ungewöhnlich unsicher aus. Dann sagte er: »Nun ... ja, es hat sich herausgestellt, daß es nicht wirklich ein Freund war.«

»Ja«, erklärte ich dümmlich, »ich weiß gar nicht, wer das überhaupt gewesen ist.«

»Aber ich«, sagte Jo und grinste noch mehr, während sie sich einen weiteren Schluck aus der Flasche genehmigte, die ich ihr nur zu gern in den Rachen geschoben hätte, wenn sie nicht so ein guter Kumpel gewesen wäre.

»Wer denn?« fragte ich aufgeregter, als ich hätte sein sollen.

»Also wirklich, Alex! Direkt hier vor deinem Freund!« sagte Sheila lachend.

Peter hatte sich wieder einigermaßen im Griff und übernahm die Regie: »Das ist schon in Ordnung. Tatsächlich wollen wir beide wissen, wer das ist. Woher kennst du ihn?«

»Ich kenne ihn nicht direkt. Aber er arbeitet ab und zu in meinem Laden. Ich bin mir ziemlich sicher«, fuhr Jo fort und deutete zur Tür, als könne man den jungen Typen dort immer noch sehen, »daß dieses Hemd, das er trug, aus unserer Kollektion stammt.«

»Weißt du, wie er heißt?«

»Klar, er heißt Jerry ... Lasker?« Sie rieb sich das Gesicht und versuchte, sich genauer zu erinnern. »Nein, ich glaube, der Nachname stimmt nicht.« Sie legte das Kinn auf die Hand, rieb sich die Augenbrauen und sah Sheila an: »Hieß er nicht Lasher?«

»Wie die Peitsche? Ich glaube jetzt denkst du an deine Zeit in den Lederbars zurück.«

Jo sah auf und schüttelte den Kopf. »Sein Vorname ist Jerry, aber ich erinnere mich nicht an seinen Nachnamen. Irgend so was Ähnliches wie Lasher oder Lasker.«

»Es ist sehr wichtig«, sagte Peter.

Jo überlegte einen Moment, dann hellte sich ihre Miene auf. »Immerhin schreibt er Rechnungen, ich müßte noch eine haben, falls euch das wirklich so wichtig ist.«

»Es ist sehr wichtig«, wiederholte Peter und nickte. »Falls es dir nicht so viel ausmacht.«

»Ich sehe mal nach.«

Wir sagten den beiden auf Wiedersehen, und Peter bestand darauf, am Tresen Ernie tschüs zu sagen. Dann verließen wir das Lokal.

Gegen zehn waren wir zu Hause. Als wir um die Ecke bogen, bemerkte ich, daß alle Lichter im Haus eingeschaltet waren, was mir nicht allzu merkwürdig vorkam: Mutter war nicht gern allein im dunklen Haus. Aber als wir eintraten und ich nach ihr rief, blieb es ruhig. Ich war sofort alarmiert und spürte, daß auch Peter sich anspannte. Ich rief wieder nach Mutter, aber sie antwortete nicht. Wir nickten einander zu und er ging in den oberen Stock, während ich unten alles absuchte. Ich überprüfte sogar die Schränke im Korridor (obwohl ich wirklich nicht weiß, wie ich darauf kam, daß sie ausgerechnet dort sein könnte), das Wohnzimmer und den Eßbereich (immerhin widerstand ich dem Drang, die Geschirrschränke aufzumachen), dann ging ich durch die Schwingtür in die Küche. Sie war nirgends zu finden, weder in der Vorratskammer noch in der Frühstücksnische, und mehr Versteckmöglichkeiten gab es hier nicht. Ich war schon soweit, allen Mut zusammenzunehmen, um im Keller nachzusehen (wo ich sowieso immer eine Leiche erwartete, selbst wenn meine Mutter nicht gerade verschwunden war), als Peter durch die Schwingtür trat.

Ich war so erschrocken, daß ich mit einer Hand zum Herz griff und aufstöhnte. Als ich Peter erkannte, dankte ich Gott, daß ich meine Blase so gut unter Kontrolle hatte.

»Mein Gott, hast du mich erschreckt! Ich hab dich überhaupt nicht kommen gehört.«

»Ich hab nur versucht, leise zu sein«, erwiderte er und sah mich besorgt an.

»Warum zum Teufel kannst du nicht ganz normal gehen?« fragte ich, als mein kurzer Panikanfall in Verärgerung umschlug. Ich merkte, wie mein Gesicht heiß wurde.

»Ich wollte nicht, daß mich jemand hört.«

»Ich bin dein Mann!« sagte ich und merkte irritiert, wie absurd das Ganze allmählich wurde. »Ich will dich hören.«

»Ich meinte, damit niemand sonst mich hören kann«, sagte er ruhig.

»Ich weiß, was du gemeint hast. Sobald mein Herz aufgehört hat rumzuhämmern, suchen wir weiter.«

»Sie ist nicht im ersten Stock. Aber es ist nirgends etwas Ungewöhnliches zu sehen.«

» Hier unten ist sie offenbar auch nicht.«

»Hast du im Keller nachgesehen?«

Ich hoffte, daß dieses ängstliche Zucken in meinem Gesicht nicht allzu deutlich zu sehen war. »Nein, aber ich wollte gerade runtergehen, als du kamst.«

»Ich komme mit«, sagte er, und wir gingen zur Kellertür links neben dem Herd.

Als ich gerade nach dem Türknopf griff, hörten wir, wie die Haustür aufgeschlossen wurde, dann die Stimme meiner Mutter. Wir sahen uns gleichzeitig an und brachen fast in Lachen aus, aber dann hörten wir eine männliche Stimme. Ich legte den Zeigefinger auf meine Lippen. Wir gingen zur Küchentür und horchten. Wir hörten, wie meine Mutter sich fröhlich unterhielt.

»Ihr geht's gut«, sagte Peter leise und wollte schon die Küchentür aufstoßen, aber ich faßte seine Hand und hielt ihn zurück.

»Sie hat einen Mann dabei!« sagte ich, während ich immer noch an der Tür horchte.

»Ach komm, sei nicht so puritanisch, Alex. Deine Mutter ist immer noch jung.«

»Pssst.«

»Möchtest du etwas trinken?« fragte Mutter ziemlich launig.

Wir hörten eine gedämpfte männliche Stimme, die wir beide augenblicklich wiedererkannten.

»Es ist Frank«, stellte Peter fest und hob die Hand, um die Küchentür anzustoßen.

»Warte!« sagte ich.

»Warum? Frank findet es doch völlig in Ordnung, wenn wir jetzt hier durch die Tür kommen.«

»Aber Mutter vielleicht nicht.«

Wir hörten weitere gedämpfte Geräusche aus dem Wohnzimmer, die für meine Begriffe verdächtig nach Zärtlichkeiten klangen.

»Sie küssen sich«, meinte Peter.

Ich starrte ihn an und sagte: »Das ist das zweite Mal heute, daß ich die beiden durch die Küchentür hindurch belausche, ich komme mir allmählich vor wie ein neugieriges Stubenmädchen.«

Die ganze Situation wäre mir ziemlich peinlich erschienen, wenn ich nicht das Grinsen auf Peters Gesicht bemerkt hätte, was mir zeigte, daß das Ganze nicht so ernst war, wie es vielleicht aussah.

»Sie kommen jetzt ins Eßzimmer«, flüsterte Peter.

»So, Frank, ich glaube, hier ist es bequemer für uns.«

»Ich hab' mich auf dem Sofa aber ganz wohl gefühlt.«

»Ich aber nicht«, sagte sie munter. »Jetzt setz dich mal an den Tisch, und ich hole dir was zu trinken.«

»In Ordnung«, antwortete Frank.

»Sieh mal, mein Lieber«, fuhr Mutter fort, während man das Geräusch von Stühlerücken hörte und wie sich jemand setzte. »Ich habe dir gesagt, als wir telefoniert haben, daß ich möchte, daß wir wieder zusammenkommen ... als Freunde. Ich habe das heute nachmittag durchaus ernst gemeint.«

»Hmhm«, sagte Frank.

»Ganz ernst. Als ich sagte, daß wir ... auch wenn unsere Beziehung sich geändert hat, trotzdem Freunde bleiben können.«

»Ich muß gleich kotzen«, flüsterte ich.

»Meinst du, daß wir das schaffen, Frank?«

Der Stuhl knarrte, als hätte Frank sich zurückgelehnt, und er sagte: »Ja, klar. Wir sind Freunde.« Es klang, als versuchte er fröhlich zu klingen. Aber er war nicht sehr erfolgreich damit.

»Was möchtest du trinken?«

»Scotch, pur«, antwortete er und fügte in einem seltsam traurigen Unterton hinzu: »Das weißt du doch noch.«

Wir hörten, wie Mutter eine Flasche und ein Glas aus dem Schrank holte, dann das Klingen von Glas auf Glas. Währenddessen erklärte sie mit jener typischen Nonchalance, mit der die Briten alles in eine Farce verwandeln können: »Weißt du, ich habe heute nachmittag einen sehr interessanten Artikel in der Zeitung gelesen, über eine Leiche, die letzte Nacht ...«

Mir fiel die Kinnlade herunter. Peter mußte sich die Hand vor den Mund halten, um ein Lachen zu unterdrücken, was er kaum schaffte. Seine Augen leuchteten, als er mich ansah und sagte: »Nur deine Mutter ...«

»Welche Leiche?« fragte Frank.

»Oh«, erwiderte Mutter leicht nervös, »die man in einer Querstraße gefunden hat.«

Eine Pause entstand, dann sagte Frank: »Wieso interessiert dich das?«

Sie hüstelte geziert. »Weil es in dieser Gegend war ...«

Es gab eine weitere Pause, in der ich versuchte, mir Franks Gesichtsausdruck vorzustellen. »Du meinst doch nicht den Mann, der hinter dieser Bar aufgefunden wurde ... hinter dieser ganz bestimmten Bar.«

»Nun ...«

»›Charlene's?‹«

»Nun ...«

Frank nahm sie wie ein Staatsanwalt ins Verhör. »Als ich heute nachmittag mit dir gesprochen habe, hast du erwähnt, daß Alex in einer Schwulenbar angegriffen worden ist. War diese Bar etwa ›Charlene's‹?«

»Nun ... in der Tat, so ist es. Deshalb frage ich ja auch. Weißt du, Alex ist nämlich in dieser Bar gewesen, und nun mache ich mir große Sorgen, weil er an einem Ort war, wo neuerdings Leichen gefunden werden.« Sie machte eine Pause und fügte hinzu: »Als Mutter macht man sich Sorgen.«

Jetzt konnte sich Peter kaum noch halten, aber ich war so angespannt, daß ich beinahe an die Decke ging. Ich sah mich schon in Ketten abgeführt.

Ein längeres Schweigen entstand, bevor Frank mit größtmöglicher Ernsthaftigkeit erwiderte: »Jean, glaubst du, es gibt irgendeinen Zusammenhang zwischen Alex' Anwesenheit in dieser Bar und der Leiche, die dort gefunden wurde?«

»Nein, natürlich nicht! Daß Alex damit etwas zu tun hat, ist doch völlig abwegig.«

»Es würde mir gar nicht gefallen, wenn er mit dieser Sache in Verbindung stünde.«

»Nein, nein, nein! Ich mache mir einfach nur Sorgen. Ich frage mich, was das wohl für Lokale sind, in die mein Sohn geht.«

Frank fuhr in seinem ernsthaften Ton fort: »Denkst du denn ... oder weißt du ... daß der Tote einer der Männer war, die Alex angegriffen haben?«

»Nein, ich glaube bestimmt nicht, daß er einer von ihnen war.«

»Wie kannst du dir da so sicher sein?«

»Ich bin doch seine Mutter!«

»Wir kommen ins Gefängnis«, sagte ich leise zu Peter. »Ich weiß es, wir werden alle im Gefängnis landen.«

»Jean ... wir haben den Mann, der hinter dieser Bar erstochen wurde, noch nicht identifizieren können. Du weißt nicht zufällig, wer das war?«

»Aber nein, natürlich nicht!« sagte Mutter. Dabei klang sie aber nicht besonders überzeugend. Mir wurde plötzlich klar, daß dies wahrscheinlich das erste Mal in unserem Leben war, daß wir etwas wußten, das die Polizei nicht wußte. Mir wurde auch klar, daß wir zum ersten Mal die Polizei anlogen, auch wenn es sich hier nur um Frank handelte.

»Und die beiden Männer ... die beiden, die Alex überfallen haben ... weiß denn niemand von euch, wer sie waren und was sie eigentlich wollten?«

»Nein ...«, sagte Mutter langsam. »Natürlich nicht. Wie kommst du denn darauf?«

»Du willst mir also erzählen, daß es nur ein Zufall war, daß Alex in der Bar überfallen wurde, hinter der später jemand tot aufgefunden wurde, und daß anschließend in euer Haus eingebrochen wurde?«

Mutters Stimme klang, als wollte sie das einfach abtun: »Wir hatten wirklich ziemliches Pech.«

»Vielleicht sollte ich mal mit Alex reden«, sagte er plötzlich.

Ich japste so laut nach Luft, daß man es kilometerweit hören konnte, ganz zu schweigen vom Nebenzimmer. Mutter antwortete nicht.

Nach kurzem Schweigen sagte Frank liebevoll: »Jean, falls du jemals in Schwierigkeiten kommen solltest, weißt du doch, daß du dich immer an mich wenden kannst, nicht wahr? Egal, worum es sich handelt? Auch wenn wir einfach nur noch ... Freunde sind.«

»Aber selbstverständlich«, sagte meine Mutter sanft. »Und du weißt, wie sehr ich das schätze.«

Peter legte einen Finger an den Mund und deutete auf die Hintertür. Ich runzelte die Stirn, weil ich nicht verstand, was er wollte, aber er nahm mich am Arm, und wir stahlen uns leise hinaus. Peter holte seine Schlüssel aus der Tasche, griff nach dem Türknopf und betätigte ihn lautstark, dann zog er die Tür auf und klimperte mit den Schlüsseln. Er stieß mir den Ellbogen in die Seite und ich sagte: »Oh«, und rief dann laut: »Mutter, wir sind zurück!«

Mutter und Frank waren schon aufgestanden, als wir den Eßbereich betraten, und Frank schien zu denken, er hätte mit etwas mehr Zeit die Wahrheit schon aus ihr herausbekommen. Da wäre er aber enttäuscht worden.

Er murmelte, daß er sowieso gerade gehen wollte, und Mutter begleitete ihn entschuldigend zur Haustür und gab ihm einen Kuß auf die Wange, bevor sie die Tür hinter ihm schloß. Die ganze Szene wirkte peinlich und unbeholfen und war ziemlich quälend anzusehen.

Mutter blieb kurz an der Tür stehen, mit dem Rücken zu uns, drehte sich dann um und fragte: »Wieviel habt ihr mitgehört?«

»Was?« sagte ich. Peter lachte.

»Ich hab' euch schon mal gesagt, daß ihr eure großen Füße nicht direkt vor den Türspalt stellen sollt, wenn ihr diskret sein wollt. Also, wieviel habt ihr gehört?«

»Genug, um zu wissen, daß du dich schämen solltest«, konterte ich.

»Wir bitte?«

»Du hast dich benommen wie eine greise Mata Hari!«

Mutter blickte empört drein: »Eine heiße vielleicht, keine greise.«

»Wie kannst du nur so etwas tun? Du sagst dauernd, das mit Frank sei längst beendet – wie kannst du dann so mit ihm umspringen, nur um Informationen aus ihm herauszukriegen? Du hast ihn benutzt!«

Sie kniff die Augen zusammen. «Oh ja, ich bin eine herzlose Person. Ich bin eine Hexe. Ich nehme mir die Männer, sauge sie aus, und dann spucke ich sie aus wie einen alten Kaugummi!«

Daß ich in echten Schwierigkeiten bin, weiß ich immer dann, wenn sie mir auf die ›herzlose‹ Tour kommt.

»Ich hätte nie gedacht, daß ich den Tag noch erleben würde, an dem mich mein eigener Sohn beschuldigt, einen Mann zu benutzen.«

»Aber du hast ihn doch benutzt!« brauste ich auf.

»Ich benutze ihn nur ein ganz kleines bißchen«, sagte sie bestimmt. »Und abgesehen davon entsprach es durchaus der Wahrheit, was ich ihm sagte: Ich möchte, daß wir Freunde bleiben. Aber ich will auch ein paar Informationen. Ich hatte wirklich gehofft, sie hätten inzwischen herausgefunden, daß die Regierung in diese Angelegenheit verwickelt ist. Dann hätten wir ihm alles erzählen können.«

»Statt dessen hast du ihm suggeriert, ich sei in irgendeine gräßliche Sache verwickelt!«

Mutter schwieg einen Augenblick, dann sagte sie: »Ja, das war ungünstig, nicht wahr?«

Ich seufzte.

»Mach dir nichts draus, mein Junge«, sagte sie und machte eine wegwerfende Handbewegung. »Er glaubt bestimmt nicht, daß du mit dem Tod des Mannes etwas zu tun hast. Du warst nur zufällig gestern abend in dieser Bar. A propos: Habt ihr irgend etwas herausgefunden?«

Peter antwortete: »Nun, zum einen haben wir herausgefunden, daß die Polizei nichts davon weiß, daß Alex mit dem Toten gesprochen hat. Anscheinend wissen sie überhaupt nichts.«

»Das ist alles? Sonst nichts?«

»Nein, aber wir hatten eine kurze Begegnung mit einem arg mitgenommenen jungen Kerl, mit dem Alex gestern abend geredet hat.«

Mutter sah mich fragend an.

»Er war noch nicht verprügelt worden, als ich ihn kennenlernte«, sagte ich, »aber irgendwas ist ihm letzte Nacht passiert. Wir müssen ihn ausfindig machen und rauskriegen, was geschehen ist.«

»Warum? Was macht denn das für einen Unterschied?«

»Weil ...« begann ich und verstummte. Plötzlich hatte ich diesen Anfall von Reue, den man manchmal bekommt, wenn man merkt, daß man versehentlich jemandem weh getan hat. Trotz dieses Gefühls wußte ich, daß es unangebracht war, denn ich hatte ihm nichts weiter als ein nette Abfuhr erteilt. Aber andererseits hatte ich auch Victor Hacheck nur eine nette Abfuhr erteilt, und nun war er tot.

»Alex?« fragte Mutter mit sorgenvollem Blick.

»Weil er gesagt hat, daß das, was ihm passiert ist, nur meinetwegen passiert ist.«

Mutter sah mich eine Weile nachdenklich an, dann sagte sie: »Wie ist das denn möglich?«

»Ich weiß es nicht. Ich weiß überhaupt nicht, was zum Teufel gestern abend in dieser Bar vorgefallen ist, aber aus irgend einem Grund hat meine Anwesenheit einige Leute in Schwierigkeiten gebracht, und wir müssen herausfinden warum.«

»Kann man ihn überhaupt finden?« fragte Mutter.

»Ja«, meinte Peter, »die Befreiungsbewegung von Lesbos arbeitet bereits an seiner Identifizierung.«

»Die was?« fragte Mutter erstaunt.

»Jo und Sheila«, erklärte er, »erinnerst du dich an sie? Sie glauben, daß sie ihn kennen, und wollen herausfinden, wer er ist.«

»Jede Wette, daß sie das schaffen«, sagte ich.

Mutter überlegte einen Augenblick und seufzte dann. »Vielleicht sollten wir wirklich diesen Mr. Martin anrufen und ihn bitten, die Sache zu erledigen.«

»Also, ich weiß nicht«, meinte Peter kopfschüttelnd. »Mir gefällt nicht, daß die Polizei nicht weiß, wer noch in der Sache drinsteckt. Ich habe den Eindruck, daß wir alle hintergehen.«

»Eins verstehe ich überhaupt nicht«, meldete ich mich zu Wort.

»Nur eins?« fragte Mutter trocken.

»Na ja, Hacheck wurde gestern abend umgebracht. Wieso hat Martin das nicht gewußt? Er hat nur gesagt, daß Hacheck vermißt wird.«

Peter zuckte mit den Schultern: »Vielleicht wußte er es nicht.«

»Ach, komm!«

»Vielleicht wollte er nicht, daß du es weißt. Vielleicht befürchtete er, es würde dir Angst machen.«

»Falls er das dachte, lag er richtig!« Dann fiel mir noch etwas anderes ein. »Aber Moment mal, falls Hacheck hinter der Bar umgebracht wurde, dann muß es passiert sein, kurz nachdem er gegangen ist ... und er ging, glaube ich jedenfalls, als ich noch da war.«

»Also?« fragte Peter.

Ich holte tief Luft und sagte: »Nun ja, Martin hat den Eingang der Bar beobachtet – sonst hätte er sich ja nicht die Nummer des Taxis merken können, das ich benutzt habe – und diese beiden Typen waren hinter mir her.«

»Und?« fragte Peter, der mir nicht folgen konnte.

»Peter, das sind die drei Personen, die wir in diesem Zusammenhang kennen. Martin und die beiden Knetmenschen. Wenn sie alle hinter mir her waren, wer hat dann Hacheck umgebracht?«

»Oh Gott!« sagte Mutter.

6

Ich verbrachte eine größtenteils schlaflose Nacht und grübelte nach, ob ich Mr. Martin anrufen sollte, um ihm mitzuteilen, was seit seinem Besuch geschehen war. Ich kam mir vor wie eine Zeichentrickfigur aus den fünfziger Jahren, auf dessen einer Schulter ein kleiner Engel und auf dessen anderer ein kleiner Teufel sitzt, die dem armen Trottel gegenteilige Anweisungen geben. Der kleine Teufel sagte mir, daß es clever war, sich nicht in eine überaus finstere Regierungsintrige hineinziehen zu lassen, und daß niemand mir das verübeln würde. Andererseits (flüsterte der kleine Engel) war es die Pflicht eines jeden, sich einzumischen, wenn man über wichtige Informationen verfügte. Aber tatsächlich, flüsterte der Teufel ganz unschuldig, verfügte ich über keinerlei konkreten Informationen. Der Engel widersprach und wies darauf hin, daß wir ja immerhin verfolgt worden waren und ins Haus eingebrochen worden war – wenn das auch nichts Konkretes war, dann war es zumindest aufschlußreich. Ich konnte mir an dieser Stelle die Bemerkung nicht verkneifen, daß wir, ob wir nun wollten oder nicht, in der Sache drinsteckten – immerhin war es mein Kopf, und ich wollte auch mal eine Meinung haben dürfen.

Ich glaube, ich schlief erst gegen fünf Uhr morgens ein – jedenfalls schaute ich da zum letzten Mal auf den Wecker. Aber ich hatte eine Entscheidung getroffen.

■

Man konnte nicht gerade sagen, daß ich am nächsten Morgen aufwachte. Ich schleppte mich noch eine ganze Weile halbwach durch den Tag. Als ich dann endlich merkte, daß es keinen Zweck hatte, weiter vor mich hin zu dämmern, zog ich mir den schäbigen, babyblauen Bademantel über den nackten Körper, stapfte die Treppe hinunter und ließ den friedlich schlafenden Peter hinter mir. Ich weiß nicht, wie ich aussah, aber ich fühlte mich wie etwas, das die Katze ausgespuckt hat.

Meine Mutter saß am Küchentisch, in einen roten Kimono gehüllt, dessen Ärmel mit goldenen Drachen bestickt waren. Sie aß Toast mit Limonenmarmelade und sah gräßlich lebendig aus, wenn man bedenkt, daß es sieben Uhr am Sonntagmorgen war.

»Wie kommt's, daß du schon so früh auf bist?« fragte sie, schluckte ein Stück Toast hinunter und griff nach der Teetasse.

»Das könnte ich dich fragen.«

Sie zog eine Augenbraue hoch und sagte: »Ich möchte dir ja nicht zu nahe treten, aber du siehst wirklich nicht so aus, als ob du schon aufstehen solltest.«

Ich schenkte mir eine Tasse Tee ein und setzte mich zu ihr an den Tisch.

»Ich hab' nicht besonders gut geschlafen.«

»Dachte ich mir. Hast du dir ein paar Gedanken gemacht?«

Manchmal klingen solche Fragen aus dem Mund meiner Mutter gefährlich trocken. Obwohl ich schon mein ganzes Leben mit ihr zusammen bin, weiß ich nicht immer genau, wann sie einen Scherz macht. Ich entschied mich, es zu ignorieren.

»Ich habe darüber nachgedacht, ob wir Mr. Martin anrufen sollten oder nicht, um ihm zu erzählen, was passiert ist. Ich kann mir nicht vorstellen, daß ihn das wesentlich weiter bringt, aber es kann auch nicht schaden.«

»Und? Bist du zu einer Entscheidung gekommen?«

»Ja. Ob ich will oder nicht, es ist meine Pflicht.«

Mutter setzte ihre Tasse ab und starrte hinein, als könnte die Antwort aus dem Tee auftauchen, wie bei meinem Kinderspielzeug, das immer Antworten ausspuckte, wenn man es umdrehte. Ich wünschte, alles wäre noch immer so einfach.

»Ich glaube, du hast recht«, sagte Mutter schließlich. »Wir kennen ihn nicht, aber er ist von der Regierung, und er hat uns gebeten, ihn auf dem laufenden zu halten.« Ihr Tonfall in Kombination mit dem ernsten Gesichtsausdruck ließ erkennen, daß sie mit mir einer Meinung war, auch wenn sie es nicht mochte. »Aber mußt du damit nicht bis morgen warten?«

»Ich weiß nicht – ich dachte eigentlich, daß beim CIA immer jemand da sein müßte, meinst du nicht?«

Sie zuckte mit den Schultern und biß wieder in ihren Toast. Es gibt nichts, was Mutter den Appetit verderben könnte.

»Aber zumindest warte ich bis nach dem Frühstück.« Vielleicht würde ich meine Entscheidung nach ein paar Happen umstoßen. Ich aß eine Schale Müsli, zwei Toasts, ein hartgekochtes Ei, eine Banane und trank eine Dose Cola, während ich die Reste der Sonntagszeitung durcharbeitete, die wir tags zuvor gekauft hatten, und die ganze Zeit versuchte, die eigentliche Sache zu ignorieren. Gegen neun Uhr kramte ich den Papierfetzen hervor, auf dem Martin seine Telefonnummer notiert hatte, wählte und wartete. Ganz kurz fragte ich mich, ob der CIA wohl Anrufbeantworter hatte, und ob jemand, der noch ganz richtig im Kopf war, dort überhaupt eine Nachricht hinterlassen würde. Dann fiel mir ein, daß sie ja sowieso alle Telefonate aufzeichneten. Auch das war kein sehr angenehmer Gedanke. Jemand nahm ab und sagte nur ein Wort: »Ja?«

»Mr. Martin?«

»Ja?«

»Hier spricht Alex Reynolds.«

»Ja.«

»Es ist einiges passiert, seit Sie gestern hier waren, und ich dachte, wir sollten es Ihnen vielleicht mitteilen.«

»Sprechen Sie weiter.«

Ich erzählte ihm die ganze Geschichte, angefangen mit der Verfolgung durch die Knetmenschen und wie wir sie losgeworden waren, bis zu unserer Heimkehr, dem Einbruch und dem ganzen Durcheinander im Haus.

Als ich ihm von dem Einbruch erzählte, unterbrach er mich: »Haben Sie die Polizei eingeschaltet?«

»Nein«, antwortete ich und hoffte, daß es nicht zu schuldbewußt klang. Immerhin hatten wir es ja nicht der Polizei gemeldet, sondern nur Frank erzählt, was nicht das gleiche war. Außerdem wollte ich nicht, daß dieser Typ von Frank erfuhr, weil ich aus dem Kino und aus Büchern wußte, daß sich die Bundesbehörden und die lokale Polizei nie grün waren.

Ich fuhr fort und schilderte Martin, wie wir gestern abend noch mal im »Charlene's« gewesen waren (allerdings erwähnte ich nicht, daß wir dort ermittelt hatten), und daß ich diesen jungen Typen getroffen hatte, diesen Jerry Soundso, der aus irgendeinem Grund zusammengeschlagen worden war, warum und von wem auch immer. Martin gab ein paar Laute von sich, die wohl andeuten sollten, daß er für nebensächlich hielt, was Jerry passiert war. Das ärgerte mich, denn offenbar ging Martin davon aus, daß unsereins ohnehin damit rechnen mußte, von Zeit zu Zeit zusammengeschlagen zu werden.

Als ich mit meinem Bericht und unseren Interpretationen der Geschehnisse am Ende war, folgte eine lange Pause, und ich merkte, daß Martin irritiert war – warum, war mir allerdings schleierhaft. Schließlich sagte er: »Mr. Reynolds, angesichts dieser Entwicklungen möchte ich Sie nochmals fragen, ob Sie sich ganz sicher sind, daß Victor Hacheck Ihnen nichts gegeben oder mitgeteilt hat, das darauf schließen ließe, welche Informationen er bei sich trug?«

»Nein«, rief ich. Diese Frage hing mir allmählich zum Hals raus. »Aber eins weiß ich.«

»Was denn?«

»Victor Hacheck ist tot. Es stand gestern in der Zeitung.«

Ein langes Schweigen entstand, eins von der Sorte, die viele Amerikaner paranoid machte, dann sagte er: »Ja, ich weiß.«

Ich wollte fragen, seit wann er das wußte, oder warum er es mir nicht gesagt hatte, aber ich wußte, er würde ohnehin nichts dazu sagen, also ließ ich es bleiben. Es gab wieder eine Pause, dann sagte Martin mit einer Stimme, die verdächtig freundlich klang: »Nun, wenn Sie sicher sind, daß Hacheck nichts gesagt und Ihnen nichts gegeben hat, dann können wir wohl davon ausgehen, daß die Sache mit ihm gestorben ist.«

»Er hat mir nichts gegeben«, antwortete ich und fügte hinzu: »Aber was ist mit den Leuten, die unser Haus auf den Kopf gestellt haben? Sind wir in Gefahr?«

Sein kurzes Zögern ließ mein Herz heftiger schlagen, dann sagte er sachlich: »Ich glaube nicht. Die werden wahrscheinlich inzwischen gemerkt haben, daß es ein Fehler war. Bestimmt werden sie Sie nicht mehr belästigen, aber rufen Sie mich an, wenn es doch der Fall sein sollte.«

»Ja also, Moment mal –« sagte ich hastig. Ich war durchaus nicht in der Lage, seine Versicherungen so locker hinzunehmen, wie er sie geäußert hatte.

»Und«, unterbrach er mich, »ich kann verbreiten, daß Sie nichts anzubieten haben.«

Irgend etwas in der Art, wie er es sagte, machte mir klar, daß er das tatsächlich konnte, und diese Erkenntnis verursachte mir ziemliche Bauchschmerzen.

»Werden Sie denn überhaupt jemals herausfinden, worum es hier eigentlich gegangen ist?«

Kurzes Schweigen, das Geräusch tiefen Einatmens, dann sagte er: »Mr. Reynolds, wir bedanken uns für Ihre Kooperation in dieser Angelegenheit.«

Und dann war die Verbindung unterbrochen.

Ich muß zugeben, daß ich mir fallengelassen vorkam. Angesichts des Schreckens der letzten Tage war es direkt erleichternd. Man gerät nicht oft in einen Hitchcock-Film, ohne ein Drehbuch in der Hand zu haben. Aber es war vorbei, und wir würden wieder ganz normal weiterleben. Gleichzeitig mußte ich ein Gefühl der Enttäuschung bekämpfen. Natürlich hatten wir uns in Gefahr befunden, war ich um mein Leben gerannt, hatte zusammen mit meiner Mutter einen Agenten abgeschüttelt und unsere Wohnung durchwühlt vorgefunden: Und doch, wie Mutter sagen würde, war das mal was anderes. Aber gleichzeitig hatte ich nicht nur das Gefühl, gegen meine Enttäuschung angehen zu müssen, sondern ebenso gegen den Eindruck, ernsthaft aus dem Gleichgewicht geraten zu sein. Konnte man sich wirklich so schnell daran gewöhnen, daß sich das eigene Leben in Aufruhr befand? Wahrscheinlich war das nicht ganz normal.

Ich schaltete den Fernseher ein und starrte abwesend darauf. Nicht ganz abwesend, denn sie zeigten einen alten Sherlock-Holmes-Film mit Basil Rathbone, aber nach einer Stunde merkte ich, daß ich gar nicht mitbekommen hatte, welcher Film es war. Aber ich wußte, daß wir ihn auf Kassette hatten. Wenn man eine ganze Stunde in einer Art semikomatösem Zustand vor dem Fernseher verbringt und einen Film ansieht, der alle zehn Minuten von fünf Minuten Werbung unterbrochen wird, dann ist etwas nicht mit einem in Ordnung, vor allem dann, wenn man den Film ohne Unterbrechungen auf Video hat. Ich hatte plötzlich eine nostalgische Anwandlung, als ich an die ganzen Filmkassetten dachte, die auf den Boden geworfen worden waren, als sehnte ich mich nach der Zeit zurück, als wir noch von Verbrechern gejagt wurden.

Sonntag ist einer von Peters freien Tagen, und wenn er frei hat, schläft er aus. Das ist auch so eine Veranlagung, um die ich ihn beneide, denn ich kann einfach nicht weiterschlafen, wenn die Sonne erstmal aufgegangen ist. Ich kann nicht mal schlafen, wenn die Sonne aufgegangen sein müßte. Der Film war um elf zu Ende, und ich ging nach oben in unser Zimmer, wo er immer noch vor sich hin schlummerte. Es hätte mich vielleicht geärgert, daß er nicht aufgestanden war, um mich zu trösten, wenn er nicht so süß ausgesehen hätte, wie er da schlief. Es spielte keine Rolle, daß er noch nicht wußte, daß der Fall abgeschlossen war – obwohl ich zugeben muß, daß ich diesen flüchtigen, abwegigen Gedanken hatte, daß er es eigentlich schon wissen müßte, wenn er mich wirklich liebte.

Wie dem auch sei, er räkelte sich, als ich hereinkam. Er muß irgendwie meinen sorgenvollen Gesichtsausdruck durch seine halbgeöffneten, schläfrigen Augen bemerkt haben, und ich setzte mich auf den Bettrand und berichtete ihm von meinem Gespräch mit Martin. Als ich damit fertig war, strich er mit seiner Hand über meinen Unterarm und sagte sanft: »Tut mir leid.«

Deshalb sind wir schon so lange zusammen. Er versteht mich.

Der positive Effekt von Peters Mitgefühl hielt nicht lange an. Den ganzen Tag war ich völlig niedergeschlagen. Um meine Enttäuschung zu überwinden, schlug Peter vor, in ein Straßencafé zu gehen. In Chicago ist ein Straßencafé normalerweise ein Restaurant, das ein paar Tische und Stühle auf den Gehsteig stellt, die dann den Passanten im Weg sind und mit Busabgasen vollgeblasen werden. Aber es ist romantisch. Nach dem Mittagessen vertrieben wir uns die Zeit mit der offenbar populärsten Freizeitbeschäftigung von Schwulen an einem heißen Sonntag: Wir spazierten durch Marshall Field's. Niemand folgte uns. Niemand jagte uns. Niemand beobachtete uns verstohlen über den Rand einer Zeitung hinweg.

Kurz vor sechs waren wir wieder zu Hause, und an der Tür überkam mich die leise Hoffnung, daß wir das Haus erneut durchsucht vorfinden würden und unser kleines Abenteuer noch nicht beendet war. Aber meine Hoffnungen wurden sofort enttäuscht, als wir die Tür aufschlossen: Alles war noch an seinem Platz.

Ich glaube, daß ich es trotz gegenteiliger Kommentare genossen habe, in so eine Sache hineingezogen zu werden, bei der ich vielleicht die Gelegenheit gehabt hätte, eine ausländische Verschwörung zu enttarnen, die von den zuständigen Behörden übersehen worden war. Ich wollte zwar nicht unbedingt Amerikas erster Special Agent in leichtem Schuhwerk werden, aber das ist Cary Grant ja auch nicht geworden, als man ihn in »Der unsichtbare Dritte« für einen Spion hielt. Zum ersten Mal verstand ich, wie Cary Grant sich gefühlt haben mußte, als der Film zu Ende war – beziehungsweise wie der Mann sich fühlte, den er spielte. Nach der ganzen aufregenden Jagd nach Agenten quer durch die Vereinigten Staaten, nachdem er die Liebe von Eva Marie Saint gewonnen hatte, was sollte er danach für ein Leben führen? Würde sie ihr Leben als Mata Hari aufgeben, um ihm in Zukunft zum Frühstück Haferbrei zu kochen? Und was war mit Cary? Würde die Rückkehr zu seinem Leben als Werbeleiter sich nicht ziemlich dröge anfühlen nach dem ganzen Aufruhr? Nach all dem würde ich den Film mit ganz anderen Augen sehen.

Als ich abends im Bett lag, neben mir Peter, der leise und rhythmisch schnarchte, bemerkte ich, daß genau das jene irritierenden Gedanken waren, die einen die ganze Nacht hindurch wachhalten konnten.

Wahrscheinlich bin ich doch eingeschlafen, denn irgendwann war es viertel vor sieben Uhr morgens. Peter schnarchte nicht mehr und sein Atem ging so flach, daß ich mich zu ihm herüberlehnen und mein Ohr direkt vor seinen Mund halten mußte, um zu überprüfen, ob er wirklich atmete. Er schmatzte ein paarmal und drehte sich dann auf die andere Seite.

Ich lag auf den Rücken, starrte eine Weile zur Decke und entschied schließlich, daß es mir nicht guttun würde, wenn ich jetzt noch versuchte zu schlafen: Immerhin war die Sonne schon aufgegangen. Also war dies der zweite Morgen in Folge, an dem ich mehr tot als lebendig aus dem Bett kroch, um dem Tag ins Antlitz zu schauen. Nur daß heute die einzige interessante Aussicht war, wieder an die Arbeit gehen zu müssen, um diesen blöden Prospekt fertig zu machen.

Ich ging leise zum Kleiderschrank, trug meinen Wäschekorb nach unten und setzte mich an den Küchentisch. Unsere Waschmaschine und der Trockner stehen in der kleinen Kammer neben der Küche. Montag morgens erledige ich immer meine Wäsche. Dann habe ich das Gefühl, die Woche frisch und sauber zu beginnen.

Mutter war noch nicht auf, würde aber sicherlich bald kommen. Montag morgens macht sie sich normalerweise an den Hausputz. Sie hätte sich eine Putzfrau leisten können, aber wie die meisten Briten scheut sie harte Arbeit nicht, und außerdem hätte wohl niemand ihren Ansprüchen genügt. Wenn sie es selbst tat, ersparte sie sich eine Menge Ärger.

Ich holte mir eine Dose Cola aus dem Kühlschrank, machte sie auf und nahm einen großen Schluck. Dann setzte ich mich an den Tisch, klappte den Wäschekorb auf und begann, die Klamotten zu sortieren. Ich warf die Hosen auf einen Haufen, Hemden, Unterwäsche und Socken auf einen anderen. Ich meide weiße Unterwäsche und weiße Socken, die man extra waschen muß. Ich stöhnte angesichts der Riesenmenge, die ich zu waschen hatte.

Ich trug den Stapel Hosen in die Waschkammer und warf ihn auf den Boden, dann öffnete ich die Waschmaschine, nahm einen Meßbecher Waschmittel, das immer in einer Kiste bereitstand, und drehte den Knopf auf »normal«. Dann legte ich die Hosen sorgfältig in die Trommel. Als ich bei den schwarzen Jeans angelangt war, die ich am Freitagabend in der Bar getragen hatte, warf ich sie in die Maschine, die sich langsam mit Wasser füllte und berührte dabei zufällig die linke Tasche. Zu meiner großen Überraschung stellte ich fest, daß etwas darin war.

Ich war ganz erstaunt, denn als Rechtshänder stecke ich niemals etwas in meine linke Tasche. Ich zog die Hose wieder aus der Waschmaschine, wobei die schon nassen Beine gegen meine nackten Schenkel klatschten, und schob die Hand in die Tasche. Was sich darin befand, fühlte sich wie ein Stück Pappe an. Ich holte es heraus, und als ich sah, was es war, ließ ich die Hose fallen und wäre ihr fast gefolgt. Alle Kraft schien aus meinen Beinen gewichen zu sein.

In meiner Hand hielt ich ein Streichholzheftchen. Ein Streichholzheftchen mit glänzendrotem Umschlag. Die Streichhölzer, mit denen Victor Hacheck mir Feuer gegeben hatte.

7

Victor Hacheck hatte mir seine Streichhölzer nicht gegeben, ich hatte sie nicht genommen, und deshalb konnte ich sie auch gar nicht haben. Und jetzt waren sie doch da. Ich sah mir den kleinen roten Gegenstand in meiner Hand an, und da überkam mich plötzlich dieses überwältigende Gefühls des Schreckens: Jetzt endlich, viel zu spät, wurde mir klar, daß ich aus gutem Grund verfolgt worden war. Es war ganz beruhigend gewesen, alles als ein Versehen zu betrachten. Mit einem Mal kam ich mir vor wie eine Zielscheibe – ich hatte das Gefühl, von sämtlichen ausländischen Agenten des Landes umzingelt zu sein, die jeden Augenblick mit Maschinengewehren im Anschlag die Waschkammer stürmen würden. Ich rannte durch die Küche und das Wohnzimmer, die Treppen hinauf in unser Schlafzimmer. Peter hatte sich auf die Bettdecke gerollt, schlief aber noch. In meinem völlig aufgelösten Zustand bemerkte ich kaum, wie reizend er in seinen Khaki-Boxershorts aussah. Ich sprang aufs Bett und schüttelte ihn.

»Wach auf!« flüsterte ich laut.

»Waaa?« murmelte er, während er die Augen einen winzigen Schlitz breit öffnete.

»Wach auf!«

»Waaa?«

Ich wußte, daß ich keinen Erfolg haben würde, solange er nicht fähig war, das »s« am Ende des Wortes auszusprechen, also schüttelte ich ihn heftiger. Ich flüsterte noch lauter: »Wach auf!«

»Was?« fragte er.

Geschafft.

»Ich muß dir was zeigen! Wach auf!«

»Was ist denn? Wie spät ist es?« sagte er, drehte sich und richtete sich mühsam halb auf.

»Es ist fast halb acht. Aber das ist egal. Sieh mal!« Ich schob ihm das Streichholzheftchen zu.

Durch müde Augen sah er mich an, als sei ich völlig verrückt geworden.

»Und?«

»Das war in meiner Hosentasche. In der Hose, die ich neulich abends in der Bar anhatte.«

»Hmhm?«

»Das Streichholzheftchen. Mit dem mir dieser Typ – Victor Hacheck – in der Bar Feuer gegeben hat.«

Peter nahm das Heftchen, drehte es um und sagte: »Hast du nicht gesagt, er hätte dir nichts gegeben?«

»Hat er auch nicht! Keine Ahnung, wie es da hingekommen ist.«

»Du meinst, er hat es dir in die Hosentasche gesteckt und du hast es nicht bemerkt?« fragte er mit hämischem Unterton.

»Mein Gott, es waren Zigmillionen Leute in der Bar! Ständig ist jemand gegen mich gestoßen oder gefallen! Ich hätte Sex mit jemandem haben können, ohne es zu merken.«

»Klar«, meinte Peter und sah noch hämischer aus.

»O Gott!« Ich sank aufs Bett. »Was für ein furchtbarer Gedanke.«

»Was?«

«Ich würde es eigentlich ganz gerne mitkriegen, wenn sich jemand in meinen Taschen zu schaffen macht. Jetzt weiß ich jedenfalls, wie Taschendiebe arbeiten.«

»Mit dem Unterschied, daß dir niemand was aus der Tasche geholt, sondern etwas reingetan hat«, betonte Peter und gab mir das Heftchen zurück. »Hast du reingesehen?«

»Nein.«

Wir sahen beide das Streichholzheftchen an, als vermuteten wir darin eine Briefbombe, von der wir nicht wußten, wie wir sie entschärfen konnten. Schließlich sagte Peter ziemlich kleinlaut: »Na los, mach es auf, es wird schon nicht beißen.«

Ich starrte das Streichholzheftchen auf meiner linken Handfläche an. Nach kurzer Bedenkzeit entschied ich, daß Peter wahrscheinlich recht hatte und keine Bombe in etwas versteckt sein konnte, das Informationen enthielt, und schnippte es mit dem rechten Daumen auf. Ich starrte weiter auf das geöffnete Streichholzheftchen, und Peter reckte den Hals, um zu sehen, was wir nun gefunden hatten: absolut gar nichts. Die Hälfte der Streichhölzer war benutzt, und die übriggebliebenen sahen ganz normal aus. Die Papphülle war völlig intakt und ohne besondere Kennzeichnung.

Ich weiß nicht, was ich erwartet hatte, aber ich gebe gern zu, nach all der Zeit, in der ich mir Filme aus den 40er Jahren angesehen hatte, etwas mehr erwartet zu haben: einen Code, eine Reihe verschlüsselter Zahlen, Namen oder sonst irgend etwas auf der Innenseite, selbst wenn es nur die Telefonnummer eines Strichers gewesen wäre, den der Typ in der gottverdammten Bar getroffen hatte. Aber da war gar nichts! Eine herbe Enttäuschung. Aber eins war jetzt klar: Ich hatte nicht bemerkt, wie das Streichholzheftchen in meine Tasche gesteckt worden war, aber die Knetmenschen hatten es möglicherweise mitbekommen, also waren sie nicht komplett irre gewesen, als sie behauptet hatten, gesehen zu haben, wie er mir etwas gegeben hatte. Ich weiß nicht, warum ich das beruhigend fand, wo ich doch in meiner Hand einen Gegenstand hielt, wegen dem mindestens ein Mann ermordet worden war.

Es klopfte an der Schlafzimmertür, und Mutter rief vorsichtig: »Jungs, ist alles in Ordnung?« Als hätten wir verschlafen.

Peter rief: »Komm rein«, und sie trat ein, diesmal in einem blauen Satin-Kimono mit silbernen Drachen auf der Brust, die aussahen wie dämonische Geckos, die sich an ihren Busen schmiegten.

»Ich habe euch gehört. Ist alles in Ordnung?«

Ich sprang vom Bett und zeigte ihr, was ich gefunden hatte.

Sie nahm es in die Hand, starrte es an und drehte es zwischen den Fingern.

»Ein Streichholzheftchen?«

»Nicht ein Streichholzheftchen«, sagte ich aufgeregt. »*Das* Streichholzheftchen!«

Mutter sah wieder auf das glänzend rote Ding und ihr erstaunter Gesichtsausdruck wurde spöttisch.

»Also, ich muß schon sagen, das sieht nicht sehr beeindruckend aus.«

»Herrgott noch mal!« stieß ich hervor und nahm ihr das Ding wieder ab. »Es ist mir scheißegal, wie beeindruckend das aussieht, denn darum geht es in diesem ganzen dämlichen Mantel-und-Degen-Blödsinn! Wegen diesem Ding ist Victor Hacheck ermordet worden!«

»Nun, und was gedenkst du in dieser Angelegenheit zu unternehmen?«

»Das wollten wir gerade besprechen, als du hereingekommen bist«, sagte Peter, während er aus dem Bett kletterte. Er nahm ein zerknülltes T-Shirt vom Boden und zog es an.

»Ich glaube nicht, daß wir darüber großartig diskutieren sollten«, sagte meine Mutter eindringlich. »Ich glaube, wir sollten es aus dem Haus schaffen.«

»Jetzt, wo wir dieses verdammte Ding gefunden haben, können wir doch einfach Martin vom CIA anrufen und es ihm geben«, schlug Peter vor.

»Richtig«, stimmte Mutter zu und sah mich dabei drohend an, damit ich ihr ja nicht widersprach.

»Nein«, sagte ich.

»Was?« Sie sah mich entgeistert an.

»Nein, ich werde überhaupt niemanden anrufen. Ich finde auch, wir sollten dieses Ding unbedingt aus dem Haus schaffen, und zwar jetzt sofort. Ich werde diesen Mr. Martin nicht anrufen, ich werde ihm dieses gottverdammte Ding bringen.«

»Du weißt doch gar nicht, wo er überhaupt ist«, sagte Peter.

»Er gehört zum CIA. Also muß er im Federal Building sitzen, im Gebäude der Bundesbehörden. Wo sonst sollte der CIA denn sein?«

Mutter verzog fragend das Gesicht, ihre Augenbrauen zogen sich in der Mitte zu einem Dach zusammen, dann sagte sie: »Warum rufen wir den Mann nicht einfach an und lassen ihn herkommen, um das Ding abzuholen?«

»Weil ich es nicht darauf ankommen lassen will ...«, antwortete ich. Ich sah auf das Streichholzheftchen in meiner Hand, dachte einen Augenblick nach und versuchte, meine Gedanken zu ordnen, damit ich mich klar ausdrücken konnte. Dann fuhr ich fort: »Also, nach allem, was Martin mir sagte, als ich ihn gestern anrief, schienen alle Beteiligten zufrieden zu sein ... jedenfalls zufrieden damit ... daß Hacheck mir nichts übergeben hat und wir nicht in der Sache drinstecken. Aber wer weiß, ob unser Telefon nicht abgehört wird – ich weiß ja, daß das paranoid klingt – aber was ist, wenn unser Telefon verwanzt ist oder immer noch jemand das Haus beobachtet oder so was? Ich möchte kein Risiko eingehen. Ich möchte nicht, daß irgend jemand außer uns dreien – auch nicht Mr. Martin – weiß, daß ich dieses Ding habe, bis ich es ihm in seinem Büro übergebe, und nicht hier.«

»Nun«, sagte Mutter mit einem Leuchten in den Augen, das Stolz sein mußte, »wenn du dich in der Sache noch mal engagieren willst, werde ich mitmachen.«

»Einen Teufel wirst du tun«, sagte ich.

Sie lächelte nur.

Schließlich mußte ich doch kapitulieren, weil es keinen Zweck hat, mit Mutter zu streiten, wenn sie sich erstmal entschieden hat. Peter hatte vorgehabt, sich krank zu melden oder den Tag frei zu nehmen, aber ich verwarf diese Idee, denn wenn wir auch ziemlich viel durchgemacht hatten in den letzten paar Tagen, erschien es mir doch ziemlich übertrieben, zu dritt ein Streichholzheftchen zum Federal Building zu bringen. Trotzdem ließ er uns nicht ohne das Versprechen gehen, ihn sofort nach unserer Rückkehr anzurufen. Also zog Peter sich an und ging zur Arbeit, während Mutter und ich in einem Taxi zum Loop fuhren.

Das Federal Building ist ein hohes, düsteres Gebäude aus Stahl und Glas, das am südlichen Ende des Loop an der Dearborn Street liegt. Es ist eines von Chicagos berühmten Mies-van-der-Rohe-Gebäuden und soll architektonische Klarheit repräsentieren. Für mich sieht es nur aus wie ein großes, häßliches Bürogebäude.

Wir schoben uns durch eine der Drehtüren und gingen zu dem riesigen Wegweiser. Es überraschte mich, daß darauf kein Hinweis auf den CIA war, aber als ich darüber nachdachte, kam es mir ganz sinnig vor, wo sie doch im Geheimen operierten. Andererseits konnte ich mir nicht vorstellen, warum man ein Büro hatte, wenn man nicht wollte, daß es jemand fand.

Mutter hielt eine blau uniformierte Beamtin an und fragte sie nach dem Büro des CIA. Sie blinzelte mit ihren großen Augen und sah mich schief an, also wollte sie sich erstmal satt sehen an Leuten, die allen Ernstes zum CIA wollten. Sie deutete auf die zweite Reihe Fahrstühle und nannte uns die Nummer eines Büros im 17. Stock.

Wir fuhren schweigend in einem überfüllten Aufzug nach oben mit Leuten, die weniger verschlagen aussahen, als ich es eigentlich erwartet hatte. Ich weiß auch nicht, wieso ich erwartet hatte, daß es im Federal Building keine ganz normalen, durchschnittlichen Angestellten gab.

Im 17. Stock schoben sich die Türen leise ratternd auf, und Mutter und ich liefen einen endlosen, sterilen Korridor entlang, bis wir die Nummer des Büros fanden, die uns die Beamtin genannt hatte. Wir traten ein und standen vor einer mittelalten Sekretärin, die hinter einem industriegrauen Metallschreibtisch saß und über einem Bericht oder etwas ähnlichem brütete. Ihr unnatürlich blondes Haar türmte sich auf ihrem Kopf in einer Weise, die auf eine tödliche Dosis Haarspray schließen ließ. Von den Augen abwärts zu den

Wangen waren zahllose tiefe Krähenfüße zu erkennen und noch tiefere Runzeln auf ihrer Stirn. Als wir eintraten, hob sie ruckartig den Kopf und richtete ihren Blick auf uns. Ihre Augen waren groß, braun und lagen so tief, daß man den Eindruck hatte, die vielen Jahre Geheimniskrämerei hätten sie dazu gebracht, sich in den Augenhöhlen zu verstecken. Sie starrte uns an, als wollte sie uns für zukünftige Begegnungen registrieren.

»Ja?« sagte sie mit müder Stimme.

»Wir möchten zu Mr. Martin. James Martin«, sagte ich.

Sie zögerte, musterte mich von oben bis unten auf eine Art, die mich fürchten ließ, meine Hose stehe vielleicht offen und der kleine Alex habe sich selbständig gemacht.

»Sie haben keinen Termin.«

»Nein«, sagte ich und versuchte, kühl zu wirken, »aber Sie müssen ihm nur meinen Namen nennen, und er wird uns bestimmt empfangen.«

Die Frau saugte an ihrem rechten Mundwinkel: »Und wie ist Ihr Name?«

»Alex Reynolds.« Trotz meines Versuchs, Eindruck zu schinden, kam mir mein Name auf einmal schrecklich lächerlich vor.

Die Sekretärin starrte mich einen Moment lang intensiv an und griff dann, ohne die Augen abzuwenden, zum Telefon auf ihrem Schreibtisch und drückte einen Knopf. Hinter der Tür auf der linken Seite hörte ich ein Summen. Im Hörer meldete sich die Stimme eines Mannes.

»Ja. Entschuldigen Sie, Sir. Aber hier ist jemand, der zu Ihnen möchte.«

Weitere Stimmengeräusche im Hörer.

»Ich weiß. Er sagt, Sie würden mit ihm sprechen wollen. Sein Name ist Alex Reynolds.«

Keine weiteren Geräusche im Hörer. Dieser kurze Moment des Schweigens schmeichelte mir, denn ich malte mir aus, daß dieser oberschlaue CIA-Mann wahrscheinlich ziemlich überrascht war, daß wir hier aufgetaucht waren.

Die Stille wurde von ein paar aus dem Hörer dringenden, hastig gesprochenen Worten unterbrochen. Die Sekretärin lächelte, und ich rechnete schon damit, daß sie Raubtierzähne entblößen würde. Sie stand von ihrem Stuhl auf und wandte sich an meine Mutter: »Darf ich Ihren Namen erfahren?«

»Jean Reynolds.« Sie versuchte, selbstbewußt zu klingen, aber ihre weitaufgerissenen Augen zeigten, daß sie sich hier ziemlich fremd fühlte.

Die Sekretärin schob die Tür zum hinteren Büro auf, rief »Jean und Alex Reynolds« hinein und bedeutete uns einzutreten.

Als wir in das Büro getreten waren, schloß sie die Tür hinter uns mit einem Knall, der mich an die Gefängnisgitter in den James-Cagney-Filmen erinnerte.

Wir blieben stehen, und unsere Kinnladen fielen herunter, als wir den Mann sahen, der zur Begrüßung aufstand, aber hinter seinem Schreibtisch stehenblieb.

»Mr. Reynolds«, sagte er freundlich, »ich fürchte, wir sind uns bisher noch nicht begegnet.«

Es war nicht James Martin.

8

Auf dem Schreibtisch stand ein Namensschild, das schwer genug aussah, um im Bedarfsfall als Waffe zu dienen. Auf schwarz marmoriertem Untergrund war in Messingbuchstaben der Name James Martin zu lesen. Aber der Mann, der da vor uns stand, war nicht derselbe, der uns zu Hause aufgesucht hatte. Dieser Typ hier sah aus wie ein Südstaaten-Senator: Sein Haar war größtenteils grau und wirr, obwohl er anscheinend Pomade benutzte, um es zurückzukämmen. Seine Augen waren blau und traten hervor, und er hatte eine Wampe, die ein Gürtel vergeblich im Zaum zu halten versuchte. Er sah aus wie ein Choleriker. Zu einer hellgrauen Anzughose trug er ein weißes Hemd, das Jackett hing über der Stuhllehne. Er hatte seine Krawatte gelöst, und sie hing schief, was ihm aber nichts auszumachen schien. Damit war klar, daß unser Besuch ihm nicht besonders wichtig erschien.

»Mr. Martin?« fragte ich ungläubig.

»Ja?«

»Mr. James Martin?«

»Ja«, sagte er und sah mich lächelnd an, als hielte er mich für einen Volltrottel.

»Entschuldigen Sie bitte, aber dies ist doch das Büro des CIA, oder?«

»Ja, das stimmt.«

Ich sah ihn einen Augenblick an, dann fuhr ich fort: »Das wird sich jetzt ziemlich dumm anhören, aber ich muß Sie fragen, ob es noch einen anderen James Martin in diesem Büro gibt?«

»Also, hören Sie mal, junger Mann –«

»Entschuldigen Sie«, unterbrach ihn meine Mutter, »aber Sie sind nicht die Person, die wir hier anzutreffen erwarteten.«

Jetzt sah er aus, als würde er gleich explodieren. Seine Augen traten noch weiter hervor, und er glotzte meine Mutter an, wollte etwas sagen, hielt inne und entschied sich ganz offensichtlich für etwas anderes: »Wen haben Sie denn erwartet?«

Mutter kniff ihre Augen zusammen, als sei sie sich nicht ganz sicher, wer hier wen auf den Arm nahm, und antwortete: »Ich hatte erwartet, hier den Mann vorzufinden, der am Samstag bei uns war, sich James Martin nannte und behauptete, er sei vom CIA.«

»Könnte es vielleicht sein«, warf ich ein, »daß Sie hier in Chicago einen anderen Agenten haben – ich meine jemanden, der nicht in diesem Büro arbeitet – der den gleichen Namen hat wie Sie?«

»Ein Agent? Junger Mann, es gibt kein CIA-Büro in Chicago.«

Ich starrte ihn an, dann deutete ich auf das Büro, in dem wir standen: »Und was ist das hier?«

»Dies ist kein richtiges CIA-Büro, dies ist eine Bewerbungsstelle.«

»Eine was?«

»Eine Bewerbungsstelle. Unsere Aufgabe ist es, mögliche neue Mitarbeiter dieser Gegend für den CIA zu suchen. Und was unser Personal betrifft, haben Sie es ja gesehen, es besteht aus meiner Sekretärin und mir, das war's.«

»Wo ist denn dann der CIA?«

»In Washington«, sagte er mit einem Unterton, der signalisierte, daß er mich für ein bißchen unterbelichtet hielt.

»Wollen Sie damit sagen, daß in Chicago keine CIA-Agenten arbeiten?«

»Nein, ich sage Ihnen nur, daß ich, falls es so wäre, nichts davon wüßte. Sie kommen alle aus Washington.«

Mutter richtete sich kerzengerade auf, verschränkte die Arme und sah den Mann durchdringend an: »Mr. Martin, jemand ist zu uns gekommen und hat behauptet, er sei Mr. Martin vom CIA. Finden Sie das nicht ein wenig seltsam?«

Er schnalzte angeekelt mit der Zunge, ließ sich so heftig in den Drehstuhl hinter dem Schreibtisch fallen, daß es laut knirschte, und wedelte mit der Hand in Richtung der beiden dünn gepolsterten Stühle gegenüber. Wir setzten uns.

Martins Schreibtisch war genauso ein Industriedesign-Stück wie der seiner Sekretärin, nur etwas größer, was wahrscheinlich seinen Chefstatus unterstreichen sollte. Er war übersät mit unzähligen Papieren, und in der linken Ecke stand ein altertümlicher Computer, der so aussah, als sei er noch nie abgewischt worden: Es gab keine einzige Stelle ohne dunkle Flecken oder Fingerabdrücke.

»Ich hätte nichts dagegen, der einzige James Martin zu sein«, sagte er mit einem öligen Politikergrinsen, während er auf seiner Tastatur herumtippte, »aber das ist leider nicht der Fall. Den Namen gibt es ziemlich oft. Es wäre durchaus möglich, daß es hier noch einen James Martin gibt.«

Er tippte noch etwas ein, drückte dann auf »Enter« und lehnte sich zurück.

»Das könnte ein paar Minuten dauern.«

Er legte die Hände hinter den Kopf und zeigte die großen Schweißflecken unter seinen Achseln. Das schien er überhaupt nicht zu merken. Er wippte mit seinem Stuhl hin und her und lächelte, als wäre das Warten auf eine Computerantwort eine Art Folter, mit der er uns früher oder später kleinkriegen würde. Nach ein paar Minuten piepte es. Er starrte die grünen Buchstaben auf dem Monitor an, und aus seinem Lächeln wurde augenblicklich ein Stirnrunzeln. Dann machte er einen Laut, der so ähnlich wie «hmmmpf« klang.

Er setzte sich rasch zurecht und drückte wieder die »Enter«-Taste, während sich seine buschigen grauen Augenbrauen noch mehr zusammenzogen.

»Na, das ist ja ... damit hätte ich nicht gerechnet.«

»Was denn?« fragte meine Mutter tonlos.

»Sieht so aus, als sei ich das.«

»Als seien Sie was?« fragte Mutter mit gespielter Geduld.

Er sah ihr direkt in die Augen und sagte: »Der einzige James Martin im ganzen CIA. Also, das ist doch überraschend, oder?«

Mutter und ich sahen uns an. Mir kam der Gedanke, daß dieser James Martin viel weniger nach CIA aussah als der falsche. Aber wie auch immer, der Leiter des Bewerbungsbüros mußte ja nicht mehr sein als ein ganz normaler Personalchef.

Mutter wandte sich wieder an ihn und sagte: »Irgend etwas sehr Merkwürdiges geht hier vor.«

»Tja, vielleicht sollten Sie mir mal erzählen, was dieser Mann von Ihnen wollte, der behauptet hat, er sei ich.«

Ich sah Mutter an und fragte: »Also?«

»Erzähl ruhig, mein Junge. Immerhin ist dies hier das Federal Building, also können wir wohl davon ausgehen, daß dieser Mann hier derjenige ist, der er zu sein behauptet« – sie warf ihm einen zweifelnden Blick zu – »zumindest können wir unterstellen, daß er für den CIA arbeitet.«

Ich holte tief Luft und erzählte die Geschichte von Anfang an. Martin kommentierte sie gelegentlich mit einem »hmmmpf«. Ich brach ab, kurz bevor das Streichholzheftchen in meiner linken Hosentasche hätte erwähnt werden müssen. Meine Mutter warf mir einen zustimmenden Blick zu, dann wandten wir uns beide wieder Martin zu und sahen ihn erwartungsvoll an.

»Das ist alles?« fragte er barsch.

»Sie müssen schon entschuldigen, aber ist das denn nicht genug?« fragte meine Mutter zurück.

Martin stieß sich vom Tisch ab und rollte quietschend zurück, stand aber nicht auf. Er faltete die Hände im Schoß und preßte die Daumen gegeneinander.

»Es ist nicht genug«, stellte er fest, während er seine Daumen ansah, als gehörten sie jemand anderem. »Es erklärt nämlich nicht, wieso Sie heute auf einmal das Bedürfnis hatten, diesen Mann aufzusuchen, der sich Martin nennt.«

Tja, dachte ich, wenn er schlau genug war, das zu kapieren, dann war es vielleicht in Ordnung, ihm von der Entdeckung des Streichholzheftchens zu erzählen.

»Wo ist es jetzt?« fragte er, als ich fertig war.

Ich zog es aus meiner Tasche und übergab es ihm. Er nahm es in die rechte Hand, starrte es an, nahm es dann in die linke und drehte es herum. Er machte wieder »hmmmpf« und schnippte es auf. Er schien nicht sehr beeindruckt.

»Kommt mir nicht sehr bedeutend vor«, sagte er schließlich und warf das Heftchen auf den Schreibtisch.

»Nun«, meinte meine Mutter, die ihre Aufregung nicht mehr unterdrücken konnte, »irgendeine Bewandtnis muß es damit aber haben, sonst wären wir doch nicht verfolgt worden und all das.«

Er sah sie an und fragte: »Sind Sie bis hierher verfolgt worden?«

»Oh ... nein, nein, das glaube ich nicht. Aber wir wurden im Zoo verfolgt und so weiter, und unser Haus ist durchsucht worden.«

Er machte eine schmatzendes Geräusch, dann sagte er: »Ehrlich gesagt, Mrs. Reynolds, Ihre ganze Geschichte klingt irgendwie ... irgendwie ...«

»Ich wage zu behaupten«, unterbrach meine Mutter, »daß diese Geschichte keineswegs abwegiger klingt als alles, was sich sonst tagtäglich beim CIA abspielt. Vielleicht sind Ihre richtigen Agenten mit solchen Angelegenheiten ja vertrauter als Sie.«

Das saß: Man konnte es auf Martins Gesicht deutlich sehen. In diesem Moment kam mir der Gedanke, daß ein Angestellter der Personalabteilung bei der CIA nichts Großartiges war, egal wie wichtig es vielleicht war, die Biographien zukünftiger Agenten abzuklopfen. Schließlich erholte er sich wieder, kratzte sich am Kopf und schnalzte mit der Zunge.

»Da haben Sie vielleicht recht, Ma'am«, sagte er einsichtig. »Ich denke, ich sollte mit einem unserer Leute in Washington reden und es denen überlassen.«

»Das würde ich auch sagen«, erklärte meine Mutter entschieden, in der Absicht, ihn nicht mehr vom Haken zu lassen. »Zumindest dürften Sie ein Interesse daran haben herauszufinden, wer sich als Sie ausgibt!«

»Ja, das auch«, sagte Martin langsam. »Aber genau das ist der Teil der Geschichte, der mir am wenigsten Sinn zu machen scheint. Wieso war sich der Mann so sicher, daß Sie nicht hierher kommen und herausfinden würden, daß er gelogen hat?«

»Oh, das ist einfach zu erklären!« rief ich aus und spürte den Blick meiner Mutter, der ich wohl etwas zu auskunftsfreudig klang.

»Er gab uns seine Telefonnummer. Sehen Sie, wir sind nämlich hierher gekommen, ohne vorher anzurufen, weil wir nicht wollten, daß irgend jemand vom Fund dieses verdammten Streichholzheftchens erfährt, bis wir es endlich wieder los sind. Ich bin mir ganz sicher, daß er damit nicht gerechnet hat.«

»Nun, da kann ich Ihnen sofort helfen«, sagte er, schnappte sich das Heftchen und warf es in seine Schublade. »Ich kann dieses Ding hier an mich nehmen, während ich versuche herauszufinden, worum es hier eigentlich geht.«

Ich weiß nicht wieso, aber so locker, wie er es sagte, kam es mir nicht sehr vertrauenerweckend vor.

»Sie sagten, er habe Ihnen seine Telefonnummer gegeben?«

»Hmhm.«

»Haben Sie sie dabei?«

Ich faßte in meine Tasche und holte das verkrumpelte und inzwischen aufgeweichte Stück Papier hervor, auf das der falsche Martin seine Telefonnummer geschrieben hatte. Ich gab sie dem richtigen Mr. Martin.

»Gut! Vielleicht können wir ihn damit ausfindig machen«, sagte er, schob den Stuhl zurück und stand auf. Er zog die Schublade oben links auf, holte eine Visitenkarte heraus und übergab sie mir. »Ich werde mein Bestes tun, um diese Geschichte aufzuklären und in Erfahrung zu bringen, was das für ein Kerl ist. Falls er einer von uns ist, werde ich veranlassen, daß Sie nicht länger belästigt werden. Falls er keiner von uns ist ... nun, dann werden wir sehen, was wir tun können, um sicher zu gehen, daß Sie nicht mehr belästigt werden. Machen Sie sich keine Sorgen.«

»Es ist recht schwer, sich keine Sorgen zu machen, nach allem, was passiert ist«, gab meine Mutter zu bedenken.

Martin lachte gönnerhaft und legte seine schweißglänzende Hand auf die Schulter meiner Mutter. Mutter erschauerte, was Martin ganz offensichtlich nicht bemerkte.

»Es wird alles sehr bald wieder in Ordnung kommen. Geben Sie meiner Sekretärin Ihre Adresse und Telefonnummer für den Fall, daß wir Sie noch mal erreichen wollen. Ich verspreche Ihnen, daß wir uns darum kümmern.«

»Wann?« Mutter ließ immer noch nicht locker.

»Natürlich so schnell wie möglich, Ma'am.«

»Tja, das war ein bißchen dünn«, stellte meiner Mutter mit ihrem typischen britischen Understatement fest, als wir in ein Taxi stiegen.

»Was hast du denn erwartet? Daß wir sofort ins Allerheiligste des CIA geführt werden?«

»Nein«, sagte meine Mutter niedergeschlagen, »aber ich hatte zumindest gehofft, er wüßte, wovon wir reden. Du kannst dir ja gar nicht vorstellen, wie sicher ich mich fühle angesichts der Tatsache, daß der CIA nicht weiß, was der CIA tut.«

Der Text einer alten Hymne kam mir in den Kopf, als sie das sagte: »So war es am Anfang, so ist es jetzt und so wird es immer sein, jetzt und in alle Ewigkeit, Amen, Amen.«

»Gottverdammt! Mir ist was eingefallen.«

»Ich hasse es, wenn du so fluchst«, sagte Mutter und verzog das Gesicht: »Was denn?«

»Na ja, ich dachte nur, wenn dieser falsche Martin wirklich ein Schwindler ist, dann könnte er mit den Knetmenschen unter einer Decke stecken. Und wenn das stimmen sollte, dann könnte vielleicht sogar er Hachecks Mörder sein!«

»Aber er hat dich doch anhand der Taxinummer wiedergefunden – wie hätte er das tun können, wenn er gleichzeitig diesen Mann umgebracht hat?«

»Ich weiß, daß die Knetmenschen mir gefolgt sind – vielleicht haben sie ihm die Nummer gegeben.«

»O mein Gott,«, sagte Mutter klagend, »es läßt nicht gerade auf gute Menschenkenntnis schließen, daß wir so ahnungslos mit einem Mörder gesprochen haben.«

Als wir wieder zu Hause waren, rief ich wie versprochen Peter im Geschäft an und setzte ihn ins Bild. Peter redet nicht besonders viel am Telefon, und das fehlende Feedback seinerseits war ziemlich verunsichernd, nach allem, was geschehen war. Als ich ihm das Treffen mit dem echten Mr. Martin beschrieben hatte, brach das große Schweigen aus, das erst unterbrochen wurde, als mein Mann mit der Zunge schnalzte.

»Das gefällt mir nicht, Alex.«

»Wem gefällt das schon?« sagte ich irritiert.

»Nichts scheint zu stimmen.«

»Das ist mir klar, aber was können wir schon tun? Jetzt wurde es uns abgenommen, und ehrlich gesagt bin ich erleichtert ...«

Ich konnte beinahe hören, wie Peter lächelte. Es gab eine vielsagende Pause, und dann sagte er betont skeptisch: »Wirklich?«

»Ja. Ich bin ... erleichtert. Ich wünschte nur ...«

»Ja?« Seine Stimme klang immer noch so, als würde er lächeln.

»Ich wünschte nur, es würde nicht einfach so ohne Lösung aufhören. Ich komme mir vor, als müßte ich mitten im Film das Kino verlassen.«

»Ich verstehe«, sagte er sanft.

Ich schwieg einen Augenblick und fügte dann halbherzig hinzu: »Aber ich fühle mich jetzt sicher.«

»Ich weiß, was du meinst.«

Der Nachmittag verlief entsprechend. Mutter befaßte sich mit ihren üblichen häuslichen Reinigungsarbeiten, die sie wegen des Funds des Streichholzheftchens und der anschließenden Fahrt in die Stadt hatte aufschieben müssen. Ich machte mir ein Sandwich und beobachtete sie durch die offene Küchentür. Sie bewegte sich eindeutig mit weniger Begeisterung als sonst, während sie im Wohnzimmer Staub wischte und dabei uninspiriert vor sich hin summte. Es überraschte mich, daß unser Besuch beim CIA auch sie deprimiert hatte, und ich wunderte mich über uns. Ich meine, wie andere freuten wir uns über gelegentliche aufregende Phasen in unserem Leben. Aus unserem jetzigen Verhalten aber hätte man schließen können, wir wären plötzlich abenteuerhungrig geworden.

Ich warf die Reste meines Sandwichs in den Mülleimer und hatte mich selbst ziemlich über. Ich durchquerte das Wohnzimmer, um nach oben zu gehen, und stellte erleichtert fest, daß meine Mutter wieder etwas enthusiastischer summte. Sie war eben doch unverwüstlich.

Ich ging in mein kleines Studio im ersten Stock, wo ein paar Rohskizzen mit Ideen für diese dämliche Firmenbroschüre auf dem Tisch lagen, direkt neben einem Buch mit den Präsentationsstandards der Auftraggeber, die ich bei diesem Projekt beachten mußte. Ich hatte noch nicht die Zeit gehabt, das ganze Buch durchzuarbeiten, denn es war ungefähr so aufregend wie Sand in sich reinzuschaufeln. Aber nun, dachte ich, war der Zeitpunkt gut, um mich wieder damit zu beschäftigen. Ich schlug es auf und las an der Stelle weiter, wo ich aufgehört hatte: Ein widerliches Kapitel über die firmeneigene Farbgestaltung, das Firmenlogo, die firmeneigene Typographie und wie sie benutzt werden konnten oder nicht benutzt werden durften und in den Publikationen der Firma erscheinen sollten. Alles eine Spur zu sehr »Mein Kampf« für meinen Geschmack.

Glücklicherweise wurde ich in meiner Lektüre vom Telefon unterbrochen. Nach einer kurzen Pause rief Mutter herauf in einem Tonfall, der fast schon wieder so melodiös war wie sonst: »Alex, es ist für dich. Jemand namens Jo.«

»Ich nehme ab«, rief ich hinunter und rannte ins Schlafzimmer, um das Telefon am Bett zu benutzen.

»Hallo?« sagte ich, während ich hörte, wie meine Mutter im Erdgeschoß den Hörer auflegte.

»Alex! Bist du das?«

»Ja, wie geht's dir?«

»Mir geht's gut«, sagte sie. »Aber was zum Teufel ist mir dir los?«

»Wie meinst du das?«

»Du klingst, als wäre gerade deine Katze gestorben oder so was.«

Ich hasse es, wenn jemand, den ich nicht besonders gut kenne, meine Stimmung errät.

»Nein, mir geht's gut. Alles in Ordnung. Ich hab nur gerade gearbeitet ...«

»Entschuldige, ich wollte dich nicht stören«, sagte sie leicht irritiert.

»Ist schon in Ordnung. Ich glaube, ich bin beinahe darüber eingeschlafen. Deshalb klinge ich wohl so ...«

»Macht ja nichts«, sagte sie. »Hast du dich inzwischen mit deinem jungen Freund getroffen?«

»Hm?«

»Dein kleiner Freund. Dem du aus der Bar hinterher gerannt bist gestern abend.«

»Oh! Oh, nein. Aber es ist sowieso nicht mehr wichtig. Ich muß nicht unbedingt mit ihm reden.«

»Willst du mich verarschen? Nachdem ich mir so viel Mühe gegeben habe, ihn zu finden?«

»Hm?«

Es gab eine kurze Pause, dann atmete Jo heftig aus und sagte: »Alex, bist du sicher, daß du auch wach bist?«

»Ja, ja, entschuldige.«

»Ich hoffe nur, daß du immer noch wissen willst, wo er ist, weil ich nämlich den ganzen Morgen deswegen meine Unterlagen durchgesehen habe, verstehst du?«

»Oh, ja, danke.« Mein Gott, ich klang wirklich, als wäre ich gerade erst aufgewacht. Ich schüttelte den Kopf, um etwas klarer zu werden.

»Also, ich hatte recht, er heißt Jerry Lasker, und hier kommt die Information ...«, sagte sie in einem Tonfall, der deutlich machte, daß sie es bedauerte, ihre Zeit für uns verschwendet zu haben.

Ich griff nach einem Bleistiftstummel auf dem Nachtschränkchen und kritzelte Adresse und Telefonnummer auf einen kleinen Block, während sie mir alles vorlas. Als sie fertig war, sagte ich: »Danke. Das hilft uns wirklich weiter. Danke.«

»Ja, klar«, sagte sie. »Du schuldest mir ein Bier. Nein, du schuldest mir zwei Bier. Und Sheila schuldest du auch eins.«

»Sheila? Was hat die denn damit zu tun?«

Jo schickte einen tiefen Seufzer durch den Telefonhörer, ganz offensichtlich genervt, daß ich etwas nicht mitbekommen hatte, das eindeutig witzig gemeint war, und sagte: »Sie saß neben mir und hat sich anhören müssen, wie ich dich verflucht habe, als ich mich durch diese Berge von Unterlagen gequält habe!«

Als Peter gegen fünf nach Hause kam, hatte ich einen Riesenappetit – mehr aus Enttäuschung als aus echtem Hunger. Peter zog sich oben um, und Mutter hatte gerade begonnen, das Abendessen vorzubereiten, als es klingelte. Ich ahmte Mutter nach und spähte erstmal durch das Wohnzimmerfenster nach draußen, bevor ich öffnete. Ich seufzte hörbar, als ich sah, wer vor der Tür stand, denn es war kein anderer als der echte James Martin, der Mann aus dem Bewerbungsbüro des CIA.

Meine Mutter kam ins Zimmer, als sie mich hörte, und ich ging zur Tür und machte ihm auf.

»Mr. Martin ...«, begann ich, aber er stürmte einfach wortlos an mir vorbei.

»Ich fürchte, wir haben da ein Problem«, sagte er, als er in der Mitte des Raums anhielt und von meiner Mutter zu mir sah.

»Was könnte das wohl sein?« fragte Mutter.

»Wollen wir uns nicht setzen?« fragte er, ließ seinen Blick durch den Raum schweifen und fügte hinzu: »Und könnten wir vielleicht die Vorhänge zuziehen?«

»Also wirklich, Mr. Martin ...«, sagte Mutter, und ihr Gesichtsausdruck zeigte, wie sehr sie das Mantel-und-Degen-Gehabe dieser Leute allmählich leid war.

»Es ist wichtig, Ma'am«, bat er und senkte etwas den Kopf, als würde er sich einer Frau nicht ohne Not widersetzen wollen. »Ich weiß, daß Ihnen all das merkwürdig vorkommen muß, aber es ist wichtig.«

Mutter zog die Fenster zur Straße so widerstrebend zu, als müßte sie die Wünsche eines unreifen Teenagers erfüllen. Ich führte Martin zum Sofa, auf dem vor zwei Tagen sein falsches Gegenstück gesessen hatte.

Peter kam die Treppe herunter, in Jeans und einem blauen Baumwollhemd, und ich stellte ihm den echten Mr. Martin vor. Peter gab ihm flüchtig die Hand und schob einen Stuhl zum Couchtisch.

Nachdem Mutter die Vorhänge zugezogen hatte, kam sie zu uns.

»Was ist denn los, Mr. Martin?«

Er holte tief Luft und schaute betroffen, als wüßte er schon, daß wir es nicht gern hören würden und er für den Schlamassel nicht verantwortlich war.

»Nun, ich habe mit unseren Jungs in Washington gesprochen, und sie haben mich gebeten, noch mal mit Ihnen zu reden.«

»Worüber?« unterbrach ich ihn. »Ich dachte, die Sache sei für uns jetzt erledigt.«

»Ich wünschte, es wäre so, aber das ist es nicht«, antwortete er.

»Also hören Sie mal», sagte ich, »Sie haben das verdammte Streichholzheftchen bekommen. Was zum Teufel wollen Sie denn noch?«

Mutter sah aus, als wollte sie mir ins Wort fallen, was sie unter normalen Umständen auch getan hätte. Daß sie es nicht tat, zeigte mir, daß auch sie von alledem nichts mehr wissen wollte.

Martin seufzte schwer und begann: »Ich kann Sie ja verstehen ... Ich kann ja verstehen, wie Sie sich fühlen, ganz bestimmt. Aber sehen Sie, die Sache ist die ... es ist alles viel komplexer, als Sie sich denken können – oder wissen können.«

»Na und«, erwiderte ich, obwohl mein Interesse wieder geweckt war, »ich sehe nicht, was wir damit zu tun haben.«

Er seufzte wieder und wurde ziemlich kleinlaut. »Die Sache ist die, es betrifft Sie nicht, nicht direkt. Aber Sie können uns trotzdem helfen.«

»Wie das?« fragte Mutter und zog die Augenbrauen zusammen.

»Nun ... wie es scheint, sind einige unserer Leute hier in der Stadt mit einer bestimmten Angelegenheit beschäftigt.«

»Dann ist dieser andere Martin vielleicht doch echt«, sagte Mutter.

Martin schüttelte den Kopf: »Nein, nein – das nicht. Es gibt keinen anderen James Martin. Ich hatte recht – ich bin der einzige dieses Namens beim CIA. Die Jungs in Washington haben sich mit den Jungs in Verbindung gesetzt, die hier arbeiten, und die waren dann heute nachmittag bei mir. Anscheinend wissen sie auch nicht, wer dieser Mann ist, der meinen Namen benutzt, aber sie wollen es herausfinden.«

»Was ist mit der Telefonnummer?«

»Es ist ein Handy. Sie haben einen Namen – wahrscheinlich einen falschen – und keine Möglichkeit, sein Versteck ausfindig zu machen. Oder seinen Aufenthaltsort.«

»Und was hat das alles mit uns zu tun?« fragte Peter, dem die ganze Sache offensichtlich von Minute zu Minute weniger gefiel.

»Nun, sie haben sich in meinem Büro ausführlich über die Lage unterhalten und sind zu einer Entscheidung gekommen.«

Martin machte eine Pause, offenbar mehr aus rhetorischen Gründen. Dafür hatte er sich allerdings das falsche Publikum ausgesucht: Keiner von uns war besonderes beeindruckt, und die Unterbrechung irritierte uns nur noch mehr.

»Also?« schnauzte Peter ihn an.

Martin drehte den Kopf und sah mich an: »Sie haben entschieden, daß es das Beste wäre, wenn Sie für uns mit ihm Kontakt aufnehmen.«

»Was?« rief meine Mutter und sprang auf. »Einen Teufel wird er tun! Davon will ich nichts wissen!«

»Mrs. Reynolds ...« Martin hob beschwichtigend die Hände.

»Damit können Sie bei mir nicht landen!« Sie ging zu ihm und überragte ihn, wie er da schlapp auf dem Sofa saß. »Ihre Leute werden ausgebildet ... vorbereitet auf solche Situationen! Sie sind die Profis! Sie können doch nicht allen Ernstes erwarten, daß mein Sohn sich für Sie einer solchen Gefahr aussetzt! Kümmern Sie sich lieber selbst um diese Angelegenheit!«

»Ma'am«, sagte er in einem Tonfall, den man nur als gönnerhaft bezeichnen konnte, »es ist bereits ein Mann getötet worden, womöglich von diesem falschen Martin. Wir müssen ihn irgendwie ausfindig machen.«

»Dann tun Sie das!« fuhr Mutter ihn an. »Das ist schließlich Ihre Aufgabe.«

»Mutter, bitte ...«, sagte ich ruhig, »laß uns doch erstmal hören, was er vorschlägt.«

Sie sah mich kurz an, und ich dachte, nun würde sie sich auf mich stürzen, aber überraschenderweise lächelte sie.

»Nun gut«, sagte sie und sah zur Decke, während sie sich wieder in ihren Sessel fallen ließ. Sie nickte Martin aufmunternd zu und sagte: »Fahren Sie fort.«

Martin sah sie zweifelnd an, dann wandte er sich an mich: »Unsere Jungs schlagen vor, daß Sie diesen Betrüger anrufen, diesen falschen Martin. Er hat Ihnen seine Telefonnummer gegeben, also wird er sich nicht wundern, wenn Sie es tun. Wir möchten, daß Sie ihn anrufen und ein Treffen mit ihm vereinbaren –«

Peter unterbrach ihn: »Einen Moment mal –«

»Peter«, sagte ich, um ihn zum Schweigen zu bringen. Ich war es leid, andauernd andere für mich sprechen zu lassen. »Er hat nicht verlangt, daß ich diesen Typen treffe, er hat nur gesagt, ich soll einen Anruf machen.« Ich wandte mich wieder an Martin und sagte: »Richtig?«

Martin zögerte einen Moment, zog ein schmutziges Taschentuch aus der Hosentasche und wischte sich die Stirn. »Dazu komme ich noch.«

Ich gebe zu, daß mich das verblüffte. Wir drei starrten Martin an, als würde er sich auf einer Party lächerlich machen. Er stopfte das Taschentuch wieder in die Tasche und sah mich an.

»Wir möchten, daß Sie sich mit ihm für heute abend um 22 Uhr verabreden, aber nicht hier. Sagen Sie ihm, Sie wollten ihn auf der Kingsbury Street unter der Schnellstraße treffen. Sie wissen schon, unter der Ontario-Street-Überführung.«

»Moment mal«, sagte ich, um Peter zuvorzukommen. »Aus welchem Anlaß soll ich ihn treffen? Und warum sollte er darauf eingehen?«

»Unsere Agenten haben sich darüber schon Gedanken gemacht. Sagen Sie ihm einfach, daß Sie gefunden haben, wonach er sucht. Sagen Sie ihm, Sie haben es gefunden und wollen es ihm geben, aber Sie möchten nicht, daß er zu Ihnen nach Hause kommt.«

»Das meine ich ja – er war schon mal hier. Warum sollte ich nun einen weiteren Besuch ablehnen?«

Martin seufzte tief, diesmal wohl um auszudrücken, daß ich ein bißchen langsam war. »Aus dem gleichen Grund, warum Sie in mein Büro gekommen sind – weil Sie keinen Ärger zu Hause wollen, weil Sie den CIA nicht schon wieder hier haben wollen. Wenn Sie es richtig machen, wird er es schon glauben.« Er lächelte auf eine Art, die wohl Bescheidenheit ausdrücken sollte: »Ich hab's ja auch geglaubt.«

»Und warum wollen Sie ihn nicht hier haben? Wäre es nicht einfacher, ihn hier zu überwältigen – oder festzunehmen oder wie auch immer Sie das nennen – hier in der Wohnung?«

»Nein, wir möchten es gern außerhalb einer Wohnung tun ... falls es irgendwelche Probleme gibt.«

»Irgendwelche Probleme?« fragte Mutter in einem Ton, als hätte sie eine düstere Vorahnung.

Martin zog wieder sein Taschentuch hervor und wischte sich den Nacken. So feucht, wie dieser Stoffetzen schon war, wurde damit der Schweiß nur besser verteilt.

»Deshalb bin ich im Personalsektor tätig. Ich bin nicht für diese Art von Arbeit gemacht!« Er stopfte das Taschentuch wieder zurück und lächelte meine Mutter verlegen an: »Ja, Ma'am, falls es irgendwelche Probleme gibt. Das bedeutet genau das, was Sie sich jetzt vorstellen.«

»Ich wage es kaum auszusprechen«, sagte meine Mutter.

»Ich soll ihn also anrufen und dorthin lotsen, damit der CIA ihn schnappen kann?« fragte ich.

»Genau das.« Er nickte eifrig. Ich wußte, daß er gleich wieder sein Taschentuch hervorholen würde, denn auf seiner Stirn hatten sich neue Schweißtröpfchen gebildet.

»Und sonst nichts?« fragte Peter zweifelnd.

»Nun ...«, sagte er langsam, »ich fürchte, jetzt wird es etwas heikel.«

»Unmöglich«, sagte meine Mutter.

Martin zögerte einen Augenblick, sah sie beide an und ließ seinen Blick schließlich auf meiner Mutter ruhen: »Wir möchten gerne, daß Ihr Sohn sich mit ihm trifft.«

»Absolut unmöglich!« sagte meine Mutter kategorisch.

»Mutter ...«

»Komm mir nicht auf diese Tour«, unterbrach sie, wandte sich an Martin und sagte hastig: »Sie haben selbst zugegeben, daß es möglicherweise gefährlich werden könnte. Deshalb möchten Sie, daß dieses ›Treffen‹ nicht im Haus stattfindet, habe ich recht? Falls es ... einen Schußwechsel gibt oder Schlimmeres? Haben Sie auch nur einen Moment geglaubt, ich würde meinen Sohn in so eine Situation bringen?«

Martin betrachtete sie mit einer Mischung aus Verständnis und Hilflosigkeit. Ich hatte das Gefühl, jetzt schleunigst retten zu müssen, was von meiner Männlichkeit noch übriggeblieben war. Irgend etwas darin, wie meine Mutter mich gegen den Staat verteidigte, gab mir das Gefühl, als wären meine Eier abgefallen und unter den Tisch gerollt.

»Mutter, das ist wirklich nicht deine Entscheidung«, sagte ich so sanft wie möglich.

»Ich meine«, fuhr Mr. Martin fort, das Taschentuch wie befürchtet wieder in der Hand, »wir könnten Ihren Sohn auch einfach nur anrufen, das Treffen vereinbaren lassen und den Kerl dann schnappen, wenn er kommt, aber was würde uns das nützen? Wir könnten nichts beweisen. Wenn Ihr Sohn dort ist, haben wir genügend Munition ...«

Mutter schreckte regelrecht zurück, als er das sagte und hauchte nur: »O Gott, ganz bestimmt!«

»Ich meine, um ihn zu verurteilen, wenn wir ihn erstmal haben. Wenn er dabei beobachtet wird, wie er Informationen entgegennimmt, könnten wir ihn für mehr zur Verantwortung ziehen als nur dafür, sich für mich auszugeben ... ich meine für jemanden vom CIA. Aber wie gesagt, es würde uns sogar schon helfen, wenn er den Anruf macht.«

Ich sah Mutter an und hoffte, daß ich nicht so kindisch aussah, wie ich mich in meiner Erregung fühlte. »Abgesehen davon sind du, Peter und ich die einzigen, die wissen, wie dieser falsche Martin aussieht. Wenn ich nicht hingehe, wird niemand wissen, ob es der Richtige ist.«

»Das kommt noch dazu«, bestätigte Martin.

Mutter hob elegant eine Augenbraue und sagte: »Wer sonst würde wohl nachts um Zehn unter der Ontario Street herumlungern?«

Wir vier schwiegen eine Weile, dann wandte sich Peter an mich und sagte: »Ich tendiere eher zur Auffassung deiner Mutter.«

»Ich kann Ihnen versichern, daß er dort so sicher sein wird wie zu Hause in seinem Bett!« erklärte Martin, und Peter und ich konnten es nicht lassen, einen amüsierten Blick auszutauschen.

Martin bemerkte das und fügte hinzu: »Ich meine damit, daß wir die ganze Gegend überwachen werden. Sie müssen lediglich den Kontakt herstellen, und dann greifen wir ein.«

»Mit gezogenen Pistolen«, bemerkte Mutter sarkastisch.

Ich merkte, daß Martin allmählich die Geduld mit uns verlor, als er Mutter ansah und sagte: »Normalerweise funktioniert es so am besten.«

»Ist schon gut«, sagte ich zu Mutter und wandte mich dann an Martin: »Ich mache mit.«

Martin lächelte breit, rieb sich mit seinem feuchten Taschentuch über die Stirn und sagte: »Sie erweisen Ihrem Land einen großen Dienst.«

»Sie glauben ja gar nicht, wie froh ich bin, das zu hören«, sagte ich.

Kurz darauf machte ich mich ans Telefonieren, in der Hand das inzwischen verkrumpelte Stück Papier, das ich gerade zurückerhalten hatte. Mutter, Peter und Martin rückten mir so sehr auf die Pelle, daß ich mich wie im Schwitzkasten fühlte.

Ich wählte die Nummer, und der falsche Mr. Martin meldete sich am anderen Ende sofort.

»Ja?«

»Hier spricht Alex Reynolds.«

»Ja?«

»Ich ... ich habe was gefunden. Ich glaube, es ist das, was Sie suchen.«

»Was denn?«

Ich weiß auch nicht wieso, aber das war nicht die Reaktion, die ich erwartet hatte. »Ein Streichholzheftchen«, sagte ich.

Er zögerte eine Weile, bevor er antworte: »Ein Streichholzheftchen?«

»Ja.« Aus irgend einem Grund hatte ich das Bedürfnis, ihn zu beeindrucken, damit er auch glaubte, daß es wichtig war. »Es ist das Streichholzheftchen, mit dem Victor Hacheck mir in der Bar Feuer gegeben hat. Er muß es mir in die Tasche gesteckt haben, ohne daß ich es merkte.«

»Sind Sie sicher, daß es das gleiche ist?«

»Da bin ich mir sicher.«

Durch den Hörer hindurch hörte ich, wie der falsche Martin tief Luft holte, dann ausatmete und sagte: »Ich komme gleich rüber und hole es ab.«

»Nein!« rief ich viel zu laut.

Wieder zögerte er kurz, dann sagte er: »Nein?«

»Nein. Ich ... ich will nicht, daß jemand vom CIA hierher kommt. Ich will überhaupt niemanden – egal ob CIA oder sonstwen – hier haben. Wir haben schon genug Ärger gehabt. Ich werde es Ihnen bringen ... ich meine, ich will Sie treffen.«

Ich weiß, daß ich mich ziemlich dämlich anstellte, und ich schnitt eine Grimasse für den richtigen Mr. Martin, der da mitten in unserem Wohnzimmer stand. Er signalisierte mir, einfach weiterzumachen. Peter zuckte mit seinen hübschen Schultern und zwinkerte mir zu, um mich daran zu erinnern, daß es etwas gab, wofür es sich zu leben lohnte. Mutter sah einfach nur besorgt aus.

»Wir treffen uns irgendwo anders.«

Nach einer Pause sagte die Stimme im Hörer: »Warum?«

Ich dachte, eine zornige Reaktion darauf würde die Situation vielleicht glaubhafter machen. Also versuchte ich es auf diese Tour: »Nach allem, was passiert ist, will ich niemanden, der mit der Sache zu tun hat, in der Nähe unseres Hauses haben. Ich muß an die Sicherheit meiner Familie denken ...«

Mutter sah demonstrativ zur Decke.

»Deshalb will ich nicht, daß Sie herkommen. Ich werde es Ihnen übergeben. Irgendwo anders.«

Ich erklärte ihm, daß ich ihn auf der Kingsbury Street unter der Ontario-Street-Überführung treffen wollte. Er machte eine lange Pause, während der ich mir ausmalte, wie der falsche Martin langsam zu einem Entschluß kam. Als er wieder antwortete, erschrak ich wegen seines Tonfalls: Er klang amüsiert.

»In Ordnung«, sagte er, »und wann wollen Sie mich dort treffen?«

»Wann ich Sie dort treffen will?« wiederholte ich laut und sah den echten Martin fragend an. Er bewegte lautlos die Lippen: »Zehn Uhr.«

»Um zehn Uhr«, sagte ich in den Hörer und schimpfte innerlich mit mir, weil ich es mir nicht gemerkt hatte.

»Schön«, sagte der falsche Martin ruhig, als hätte er sich gerade zum Abendessen verabredet. »Also bis dann.« Und er legte auf.

Ich wandte mich wieder den drei angespannten Gesichtern zu und sagte: »Alles klar. Ich treffe ihn um zehn.«

»Gut ... großartig!« sagte Martin, stopfte das Taschentuch in seine Gesäßtasche und machte sich auf den Weg zur Tür, sehr zum Erstaunen meiner Familie.

»Wo gehen Sie denn hin?« wollte meine Mutter wissen.

Martin sah uns auf eine Art an, die wohl Verwirrung demonstrieren sollte, aber eher nach Angst aussah. »Nach Hause.«

»Sie werden doch Alex sicherlich zu diesem ... diesem Treffen begleiten, das er gerade vereinbart hat.«

Martin erstarrte und schaute ängstlich. Nicht gerade ermutigend für jemanden, der gerade ein konspiratives Treffen mit einem Spion verabredet hat.

»Oh nein, nein«, sagte Martin hastig. »Sie wissen doch, daß ich kein richtiger Agent bin – ich bin nur von der Personalabteilung. Ich wurde nur von den anderen hergeschickt, um diese Verabredung zu arrangieren, weil ich sie bereits kenne. Aber ich werde mich nicht daran beteiligen – das wurde ganz oben so festgelegt.«

Sein Gesichtsausdruck machte klar, wie erleichtert er war, von diesem Unternehmen ausgeschlossen zu sein. Mein Selbstvertrauen schwand rasend schnell, als würde es aus jeder Pore meiner Haut gesogen. Und das gerade in dem Moment, wo ich glaubte, wieder ganz der Alte zu sein.

»Na, das ist ja wirklich reizend, nicht wahr?« sagte meine Mutter scharf.

Martin zuckte verlegen mit den Schultern. »Er muß doch nichts weiter tun, als dort hinzugehen, den Betrüger zu treffen, und unsere Jungs werden sich auf den Kerl stürzen wie die Fliegen auf einen billigen Anzug – oder so ähnlich!« Er schlurfte ganz langsam auf die Haustür zu, und ich erwartete schon, er würde einfach hindurchlaufen, wenn niemand für ihn öffnen würde.

»Ich wäre da gar nicht von Nutzen. Unsere Jungs werden das schon regeln.«

Peter schob sich an Martin vorbei und machte ihm die Tür auf. Martin erging sich kriecherisch und übertrieben schuldbewußt in endlosen Entschuldigungstiraden (während er gleichzeitig so aussah, als wolle er so schnell wie möglich verschwinden) und darüber, wie leid es ihm täte, daß er heute abend »nicht im Einsatz« sein würde, und daß er sein ganzes Leben lang beim CIA die Karriereleiter hatte hinaufklettern wollen, damit er irgendwann auch mal da angelangt sein würde, wo was los war, und wie er sich immer wieder übergangen gefühlt hatte, weil die jüngeren Angestellten bevorzugt wurden, die dann ihren Spaß hatten, er aber nicht. Er schaffte es immerhin über die Türschwelle, bevor ich dachte, daß seine Jammerarie ihm noch einen Herzinfarkt bescheren würde. Wir waren alle erleichtert, als er endlich draußen war.

Peter schloß die Tür und drehte sich zu mir um. Ich konnte seinen Gesichtsausdruck nicht deuten, was vermutlich daran lag, daß er nicht wußte, was er davon halten sollte. Mutter sah aus, als wüßte sie sehr genau, was sie davon halten sollte: Die ganze Sache stank.

Ich sah die beiden an und sagte: »Wieso fühle ich mich eigentlich, als sollte ich zur Schlachtbank geführt werden?«

9

Es folgte eine Auseinandersetzung, in der Mutter und Peter ihre Ansichten äußerten. Mutter war eindeutig empört. Sie war der Meinung, der CIA sollte in der Lage sein, seine Probleme zu lösen, ohne irgendwelche jungen Trottel in Aufregung zu versetzen. Sie besaß nicht mal den Anstand zu merken, was sie da gerade gesagt hatte.

Peter wiederum fand, daß ich mich nicht vom CIA instrumentalisieren lassen sollte, weil er offiziell keine Homosexuellen beschäftigte. Er meinte, es sei für den CIA ganz normal, mich zum Mitmachen zu bewegen, weil sie mich einfach nur als »irgendeine Schwuchtel« betrachteten, die man zur Not opfern konnte. Ich konnte dieser Argumentation immerhin entgegensetzen, daß dies vielleicht der erste Schritt zur Integration von Homosexuellen in den Geheimdienst war. Das fand er nicht sehr witzig. Er sah mich vernichtend an und spottete: »Aber klar. Ein kleiner Schritt für die Schwulen und ein großer Sprung für den CIA!«

In einer Hinsicht waren sie einer Meinung: Sie würden mitkommen. Das machte nun aber mich wütend, weil ich nicht einsah, warum wir uns gemeinsam in Gefahr begeben sollten.

»Also, seht mal«, sagte ich, »wir können uns ja gerne darauf einigen, daß ich ein Trottel bin. Aber wenn ich ein Trottel bin, dann bin ich es auch allein. Es wäre doch unsinnig, euch beide auch noch in Gefahr zu bringen.«

»Mein lieber Junge«, erwiderte meine Mutter und verschränkte die Arme vor der Brust, »das hier ist kein Remake von »High Noon«, wenn ich mal ganz offen sein darf. Vergiß es einfach!«

»Du wirst da nicht allein hingehen«, erklärte Peter verärgert. Er sieht schrecklich hübsch aus, wenn er verärgert ist. Seine grünen Augen leuchten noch mehr, und man fühlt sich, als könne man nackt hindurchspringen.

Ich lachte laut und sagte: »Ich glaube nicht, daß es der CIA verkraftet, an einem Tag zwei Schwule aufzunehmen.«

»Alex ...«, widersprach er warnend.

Ich hob eine Hand, um ihm Einhalt zu gebieten. »Seht mal, ich habe mich bereit erklärt mitzumachen. Und wenn ihr darauf besteht mitzukommen, werde ich meine Entscheidung bereuen.«

»Alex ...«, sagte Mutter.

»Und abgesehen davon würde es alles ruinieren. Der falsche Martin erwartet nur mich allein. Wenn er drei Leute sieht, die auf ihn warten, wird er sich nicht zeigen.«

»Hm?« machte Peter.

»Du weißt schon, was ich meine. Er könnte denken, daß etwas nicht stimmt ... falls er das nicht ohnehin schon tut.«

»Wie meinst du das?« fragte Mutter stirnrunzelnd. Mir fiel plötzlich auf, daß ich dieses Stirnrunzeln in den letzten beiden Tagen öfter gesehen hatte als in den letzten zwei Jahren. Ich fragte mich, ob unser Abstecher in die Welt der Geheimdienste sich womöglich negativ auf ihr Gesicht auswirken würde.

»Nun ja, er klang ... mißtrauisch am Telefon. Glaube ich. Ich bin mir nicht sicher. Er klang irgendwie seltsam. Aber er sagte, er würde kommen. Und dann werden da noch die ganzen Agenten sein, um uns zu beobachten. Also wird alles gut gehen. Mir kann nichts passieren. Wirklich.«

Wir standen da, sahen einander an, und die Meinungsverschiedenheit schien in der Luft zwischen uns Risse zu verursachen. Schließlich umspielte ein Lächeln Mutters Lippen, und ich wußte, daß ich verloren hatte.

Um zwanzig vor zehn liefen wir über den kleinen Flecken Land, den wir unseren Garten nennen dürfen, und gingen in die Garage. Mutter setzte sich hinter das Steuer unseres blauen Honda Civic – von dem sie behauptete, ihn ausgesucht zu haben, weil er ihre Augen so gut zur Geltung brachte – während ich das Garagentor öffnete. Sie fuhr den Wagen auf die Straße, und ich schloß das Tor, während Peter sich neben sie setzte. Ich schob mich auf den Rücksitz. Bevor wir das Haus verließen, hatte ich ein halbleeres Streichholzheftchen aus einer Schublade in der Küche geholt, für den Fall, daß ich dem falschen Martin etwas zeigen mußte, bevor die Agenten ihn schnappen würden. Ich fand, daß ich erstaunlichen Scharfsinn bewies.

Wir fuhren die Halsted nach Süden, dann auf die Chicago Avenue, wo wir links abbogen Richtung Kingsbury. Im Wagen war es während der Fahrt totenstill. Mir entging nicht das Absurde an der Tatsache, daß mich meine Mutter zu einem konspirativen Treffen fuhr. Wenn wir die ganze Angelegenheit mit dem echten Mr. Martin besprochen hätten, bevor er so plötzlich entwischt war, als hätte er mit einem Mal erkannt, daß wir irgendwelche Aussätzige waren, hätte er bestimmt sein Veto eingelegt und mir verboten, mich in Gesellschaft zum Treffpunkt zu begeben. Andererseits war es auch wieder ganz gut, nicht mit ihm darüber gesprochen zu haben, weil es ohnehin so gekommen wäre, nur daß auch er noch seine Energie verschwendet hätte.

Mutter bog nach rechts auf die Kingsbury Street, jene Straße, die von alten und neuen Lagerhäusern gesäumt wird und am nördlichen Arm des Chicago River entlangführt. Trotz unseres Schweigens wußte ich, daß die anderen ebenfalls bemerkt hatten, daß die Straßenbeleuchtung hier nicht so hell war wie in der Innenstadt: eine Beobachtung, die mein erlahmendes Selbstbewußtsein keineswegs wiederbelebte. Von weitem sah man die Überführung der Ontario Street, unter der sich Dunkelheit ausgebreitet hatte. Wir fuhren langsam die Zubringerstraße entlang, bis Mutter am Straßenrand neben einem der neueren und besser beleuchteten Gebäude anhielt, ungefähr eineinhalb Blocks nördlich der Ontario Street.

Mutter und Peter schienen jeder vom anderen zu erwarten, daß er etwas sagte. Was mich betraf, so konnte ich mir keine passenden Worte vorstellen, bevor man zu einem konspirativen Treffen aufbrach, deshalb sagte ich nur: »Tja, also dann bis gleich«, so locker es eben ging, und faßte nach dem Türgriff.

»Warte«, sagte Mutter laut.

Ich zögerte, und sie sah mich über ihre Schulter hinweg ungewöhnlich ahnungsvoll an. In dieser Pose verharrten wir eine Weile, dann platzte sie heraus: »Sei bitte vorsichtig!«, zog meine Gesicht zu sich heran und küßte mich.

Als sie mich wieder losließ, sagte Peter: »Also, Junge, komm bald wieder«, streichelte mir mit der rechten Hand den Nacken und gab mir einen Kuß.

Ohne es zu wollen, waren meine beiden liebsten Menschen gerade dabei, mein letztes Quentchen Mut zu ruinieren. Um zu retten, was noch zu retten war, tat ich ein bißchen wütend, schaute genervt und sagte: »Mein Gott, wirklich, ich bin doch gleich wieder zurück.« Immerhin klang das recht zuversichtlich. Und wie jeder gute Psychologe bestätigen würde, ist Zuversicht der erste Schritt auf dem Weg ... wohin, ist mir momentan entfallen.

Ich machte die Autotür auf, trat auf die verlassene Straße, und warf die Tür zu, bevor ich auf andere Gedanken kommen konnte. Dann ging ich los.

Die Straßenlaternen auf der Kingsbury standen etwas weiter auseinander als auf den anderen Straßen von Chicago, was vielleicht daran lag, daß niemand allen Ernstes in dieser Gegend nachts herumlaufen würde. Es gibt hier wirklich nichts zu sehen. Aber die karge Beleuchtung verstärkte natürlich die relative Dunkelheit: Ich sage relativ, weil es in Chicago eigentlich nie wirklich dunkel ist. Auch weniger gut beleuchtete Gegenden werden von dem elektrischen Schimmer erhellt, der die ganze Stadt durchdringt. Man muß schon ziemlich weit aus der Stadt rausfahren, um die völlige Dunkelheit einer typischen Landstraße zu finden. Aber um eine urbane Finsternis zu repräsentieren, war diese Straße hier besser geeignet, als mir im Moment lieb war. Als ich etwa einen Block von der Überführung entfernt war, beschlich mich der Verdacht, daß es immer dunkler wurde.

Ein demolierter, schmutzig-seegrüner Pinto fuhr an mir vorbei und nahm mir mit seinen aufgeblendeten Scheinwerfern die Sicht. Aus den offenen Wagenfenstern drang Rap-Musik, zusammen mit widerlichem Gelächter, das direkt auf mich gemünzt schien. Aus irgendeinem Grund kamen mir die Insassen einfach widerlich vor. Sie hielten nicht an oder verlangsamten die Fahrt: Sie fuhren einfach weiter und lachten die ganze Zeit.

Während ich weiterging, kam mir ein ganz anderes Lied aus meiner christlichen Jugend in Erinnerung:

Jesus ging durch ein einsam' Tal
Er ging dort ganz für sich allein.
Niemand sonst konnt' für ihn gehn.
Er ging dort ganz für sich allein.

Ich merkte, wie ich im Gleichschritt zu diesem Lied aus meiner Kindheit lief.

Ich erreichte die Überführung, und wie befürchtet war es hier noch viel dunkler als auf der Straße. Lagerhäuser in verschiedenen sanierungsbedürftigen Zuständen standen auf drei offenen Seiten des Areals und ließen kein zusätzliches Licht in die zwielichtige Düsternis.

Die Überführung der Ontario Street traf hier auf den Ohio-Zubringer und diente als Auffahrt und Abfahrt des Kennedy Expressway. Die Überführung war gut einen Straßenblock lang, und unter der Brücke befand sich eine Reihe mächtiger, hoher Betonpfeiler von einem halben Meter Durchmesser, die die Überführung stützten. Der Bereich unter der Brücke diente, um keinen Platz zu verschwenden, als Parkplatz. Um diese Zeit war er so gut wie leer. Auf jeder Seite der Überführung und zwischen den Betonpfeilern waren Lampen angebracht, die selbst dann nur ein schwaches Licht verströmt hätten, wenn sie alle funktioniert hätten – was in dieser speziellen Nacht natürlich nicht der Fall war.

Als ich den dunkleren Bereich unter der Fahrbahn betrat, wurde das Pochen in meinem Kopf so heftig, daß ich dachte, das Blut müsse mir aus dem Ohren laufen. Über mir hörte ich den Verkehr, der in beide Richtungen in die Stadt und heraus raste wie ein stetiger Blutstrom und mich daran erinnerte, daß Leben, und vielleicht Hilfe, nicht weit entfernt waren. Ich lief zwischen den hohen Betonpfeilern hindurch und überlegte, ob ich wohl rufen sollte, um zu zeigen, daß ich da war: Es wäre ja möglich gewesen, daß der falsche Martin hinter einem anderen Pfeiler auf mich wartete. Aber dann überlegte ich, daß Rufen sinnlos war, denn wenn dieser Martin hier wäre, würde er mich zweifellos sehen; aber momentan schien niemand sonst da zu sein. Meine fehlende Ausbildung als frischgebackener Geheimagent machte sich bemerkbar, als ich überlegte, ob ich lieber sichtbar oder versteckt warten sollte.

Ich hielt schließlich bei einem der mittleren Pfeiler an und lehnte mich dagegen, im Schatten verborgen. In den Parkbuchten standen nur zwei Wagen, beide in so dunklen Ecken, daß ich nicht mal ihre Farbe erkennen konnte. Ich stand da, versuchte ruhig zu erscheinen, während mein Herz sich aufführte, als wollte es jeden Moment aus meiner Brust hüpfen. Nach einer Weile packte mich dieses Gefühl, das wahrscheinlich jeden anderen in dieser Situation genauso gepackt hätte: Ich fühlte mich beobachtet. Aus dem Schatten heraus suchte ich die Umgebung ab. Eins der Lagerhäuser war ziemlich heruntergekommen und sah aus, als müßte es demnächst abgerissen werden. Ein paar Fenster waren zerbrochen, und die zerschlagenen Scheiben glichen fahlen, scharfen Zähnen. Die Fenster der anderen beiden Lagerhäuser waren noch intakt, aber einige davon standen offen.

Das Gefühl, beobachtet zu werden, hätte mich eigentlich nicht weiter stören müssen, schließlich wußte ich mich von CIA-Agenten umzingelt, obwohl ich versäumt hatte zu fragen, wie viele es wohl sein würden. Aber es war sehr ungemütlich: Die leeren Fenster starrten mich durch die Dunkelheit an wie große, schwarze Augen. Plötzlich wurde mir klar, wie verletzbar ich hier war.

Ich sah auf die Uhr – tatsächlich war es nicht meine Uhr, sondern Peters. Ich besaß eine billige Timex, die ich nur trug, wenn ich Termine einhalten mußte. Jetzt trug ich Peters, weil sie eine Leuchtanzeige hatte und ich mich sicherer fühlte, wenn ich etwas von ihm dabei hatte. Es war viertel nach zehn. Ich bemühte mich, nicht noch ängstlicher zu werden, obwohl der falsche Martin sich bereits verspätet hatte. Ich versuchte mir einzureden, daß er keineswegs mißtrauisch geklungen hatte, als wir am Telefon die Verabredung getroffen hatten, konnte mich aber nicht überzeugen. Dann wieder erklärte ich mir seine Verspätung mit der Tatsache, daß er, schlau wie er war, wahrscheinlich die Lage sondieren würde, bevor er sich zeigte. Vermutlich war er einer von den Leuten, die mich gerade beobachteten. Das half mir auch nicht gerade, meine zunehmende Paranoia zu bekämpfen. Ich stellte mir vor, wie sein finsteres Gesicht mich von irgendwoher bespitzelte, und merkte, daß sich mein Bild von ihm änderte. Jede Bewegung, die er während seines Besuchs bei uns gemacht hatte, jede Handbewegung schien mir jetzt plötzlich von einer finsteren, verschlagenen Qualität. Zwar wußte ich, daß dem nicht so war, aber hier draußen in der Finsternis kam mir alles an ihm noch beängstigender vor.

Zu den Fahrgeräuschen über mir gesellte sich jetzt das Knirschen von Kies ganz in der Nähe. Mein Herz, das eben noch unkontrolliert dahingerast war, wollte plötzlich einfach stehenbleiben. Ich zwang mich, nicht hinter dem Pfeiler hervorzuspähen. Ich schob mich weiter in den Schatten, während ich die Schritte näherkommen hörte. Die Person, die sich näherte, ging eindeutig sehr langsam, als wäre sie extrem vorsichtig.

Die Schritte waren beinahe an dem Pfeiler angelangt, hinter dem ich stand, und meine Finger krallten sich in den Beton, als wollte ich Haltegriffe hineingraben. Eine Silhouette näherte sich vom Bürgersteig her dem letzten Pfeiler und schien einen Moment unsicher zu schwanken. Dann ging er auf den Pfeiler zu, zog den Reißverschluß seiner Hose runter, holte sein Ding raus und erleichterte sich gegen den Pfeiler. Als er fertig war, zog er den Reißverschluß wieder hoch und ging zurück zum Bürgersteig. Er sah nach links und rechts, ging aber nicht weiter.

Eine Minute verging, dann hielt ich es nicht länger aus. Ich schob mich ein Stückchen vom Pfeiler fort und sagte: »Mr. Martin?«

Der Mann wirbelte herum, stolperte und kippte nach hinten auf den Hydranten, der an der Bordsteinkante stand. Ich trat aus dem Schatten des Pfeilers und sah ihn an. Im diffusen nächtlichen Schein konnte ich erkennen, daß er ziemlich derangiert war, dazu noch verängstigt und ziemlich betrunken. Außerdem war es nicht Mr. Martin.

»Was? Lassen Sie mich in Ruhe!« lallte er mit schwerer Zunge.

»Tut mir leid!« sagte ich und lief hin, um ihm aufzuhelfen, weil ich mir vorstellen konnte, daß so ein Pfropfen auf dem Hydranten ziemliche Schmerzen im Hintern verursachen mußte, wenn man das nicht gewohnt war.

»Lassen Sie mich in Ruhe!« schrie er und wehrte mich mit unkontrollierten Handbewegungen ab, als ich näherkommen wollte.

»Es tut mir ... wirklich leid! Ich habe Sie für jemand anderen gehalten.«

»Jesus Christus, ich hätte mir beinahe in die Hose gemacht!« Er übertrieb, da konnte kaum noch was übrig geblieben sein. Er schüttelte heftig den Kopf und versuchte, mich zu mustern. Ich roch seine Fahne, und mir war klar, daß er da nicht sehr erfolgreich sein würde. Aber er schien genug erkennen zu können, um mich als harmlos einzuordnen. Wahrscheinlich lag es am Ausdruck der Verwirrung und des Bedauerns auf meinem Gesicht. Ich streckte nochmals meine

Hände aus, und er hob wieder die Arme und sagte: »Gehen Sie weg, gehen Sie weg! Ich komm schon allein zurecht.«

Ich war mir nicht so sicher, ob er wirklich allein zurecht kam, aber irgendwie schaffte er es, auf die Beine zu kommen und so schnell wie möglich davonzulaufen, wobei er hin und her taumelte und sich an jedem Pfeiler abstützte, den er passierte.

Ich seufzte erleichtert, als er die Kingsbury überquerte und verschwand. Dann sah ich wieder auf Peters Uhr, und es war schon fast halb elf. Ich begann mich zu fragen, ob Martin wirklich noch kommen würde. Offenbar hatte ich mit meinen Befürchtungen recht gehabt: Er hatte die ganze Angelegenheit als Falle erkannt und die Gegend überprüft, ohne es mich wissen zu lassen, und sich dann entschieden, nicht zu kommen. Oder er hatte mich einfach sitzen gelassen und war irgendwo zu Hause in seinem bequemen, klimatisierten Zimmer geblieben und lachte sich ins Fäustchen oder amüsierte sich mit seinen Komplizen darüber, daß ich hier draußen unter dieser verlassen Brücke stand. Ich verfluchte ihn leise.

Ich gab ihm noch zehn Minuten. Ich ging davon aus, daß ich danach nicht nur meine eigene Geduld genügend strapaziert haben würde, sondern daß auch Mutter und Peter sich inzwischen zu Tode geängstigt haben würden. Während die Minuten langsam verstrichen, erwog ich den Versuch, einen der CIA-Agenten ausfindig zu machen, um ihnen meinen Entschluß mitzuteilen. Dann fragte ich mich, wieso keiner von ihnen längst von einem der Lagerhausdächer (wo sie sich versteckt haben mußten) herabgestiegen war, um mich nach Hause zu schicken.

Endlich rückte der Minutenzeiger auf zwanzig vor elf. Ich seufzte tief, hauptsächlich vor Erleichterung, und trat aus dem Schatten. Ich ging auf dem demolierten Bürgersteig am Rand des Parkplatzes entlang, an einem der höchsten Betonpfeiler vorbei, an dem daran anschließenden, in tiefster Dunkelheit liegenden Bereich des Parkplatzes. Als ich am vorletzten Pfeiler vorbeikam, wurde ich plötzlich gepackt und nach hinten in den Schatten des Pfeilers gezogen. Ein Arm legte sich wie ein Schraubstock um meinen Hals, etwas Kaltes, Hartes wurde gegen meine Schläfe gedrückt, und eine Stimme mit schwerem Akzent flüsterte mir ins Ohr: »Schrei, und du bist tot!«

Er faßte mich an der Schulter, drehte mich um und schleuderte mich gegen den Pfeiler. Mein Kopf knallte gegen den Beton mit einem dumpfen Schlag, der sich in meinem Schädel fortsetzte wie das Echo eines Gewitterdonners. Mir gegenüber stand der größere der beiden Knetmenschen.

»Wo ist dein Freund?« fragte er mit einem Akzent, den ich niemals imitieren könnte.

Ich war einen Moment lang ratlos. »Welcher denn?«

»Du weißt, wen ich meine.«

Ich wollte ihm nicht erzählen, daß Peter ganz in der Nähe war. Ich stotterte: »Ich weiß nicht.«

»Macht nichts«, knurrte er ungeduldig. »Also, wo ist es? Wo zum Teufel ist es?«

»Hören Sie ...« sagte ich, wurde aber unterbrochen, als er meinen Kopf wieder gegen den Beton drückte und zwei Schritte zurücktrat. Falls ich noch länger Geheimagent spielte, würde mein Gehirn unweigerlich in Mitleidenschaft gezogen. Jetzt drückte er kein Messer, sondern eine Pistole gegen meine Brust.

»Ich will sofort wissen, was du mit dem Ding gemacht hast, das Hacheck dir gegeben hat.«

Meine Gedanken rasten. Ich fragte mich, was wohl schlimmer war: Wenn er annahm, ich hätte es dabei, oder wenn er erfahren würde, daß ich es nicht dabei hatte. Schließlich kam ich zu folgenden Schluß: Wir waren umzingelt von schwerbewaffneten CIA-Agenten, also mußte ich mir keine Sorgen machen. Angesichts dieser ermutigenden Tatsache entgegnete ich: »Wo ist denn Ihr Kollege?«

Die rechte Seite seines Mundes zog sich nach oben, und er sagte: »Der kümmert sich um den Rest deiner kleinen Familie.«

O Gott, dachte ich, sie werden nicht vom CIA überwacht.

Der CIA wußte nicht mal, daß Mutter und Peter mich hierher gebracht hatten. Jeder einzelne Muskel in meinem Körper strebte nach vorn, wollte zurück zum Auto, aber die Pistole nagelte mich fest. Meine Gedanken müssen mir im Gesicht gestanden haben, denn der Knetmensch bewegte die Pistole, als wäre es ein zweiter Kopf, mit dem er mir zunickte. Natürlich wurde meinem dahinschwindenden Gehirn in diesem Augenblick klar, in welch ungünstiger Situation ich mich befand: Falls er schoß, würde die Kugel mich zweifellos schneller treffen, als der CIA ihn erwischen konnte.

»Du mußt dir um sie keine Sorgen machen«, sagte er, und seine akzentschweren Worte tropften aus seinem Mund wie heißer Teer, »um sie hat sich bereits jemand gekümmert.«

»Mistkerl«, stieß ich hervor.

»Wir haben dich nicht gebeten, dich in diese Angelegenheit einzumischen.«

»Ich habe mich gar nicht eingemischt.«

Er lächelte: »Du bist doch hier.«

Dagegen ließ sich nichts sagen. Ein Teil meines Gehirns fragte sich, wie ich mich arrangieren konnte mit diesem Kerl, der mich zweifellos umbringen würde, wenn diese dämlichen CIA-Agenten nicht endlich aufwachten und ihn schnappten, der andere Teil fragte sich, ob es wohl schon zu spät war, Mutter und Peter zu helfen.

»Woher wußten Sie denn, daß ich hier sein würde?« fragte ich schließlich.

Er grinste noch breiter, und zum ersten Mal bemerkte ich, wie schief und verrottet seine Zähne waren. »Man hat mich hergeschickt, um Sie zu treffen«, sagte er.

Oh Gott, dachte ich, dieser verdammte falsche Martin hat bestimmt gewußt, daß etwas nicht stimmt, als ich angerufen habe. Und warum sollte er mich für meine gottverdammte Dämlichkeit belohnen? Warum hätte ich mich überhaupt an diesem gottverlassenen Ort mit ihm treffen sollen, wenn nicht irgend etwas im Busch war. Mutter wäre bestimmt zusammengezuckt, wenn sie gehört hätte, wie oft ich den Namen des Herrn in einem einzigen Gedankengang mißbraucht hatte.

»So«, sagte er und bewegte seine Waffe, »wir haben jetzt genug von deinen Spielchen. Wir wollen, was Hacheck dir gegeben hat. Und zwar sofort.«

Ich sah ihn an. Falls ich diesem Mann glauben durfte, waren Mutter und Peter bereits tot. Plötzlich durchfuhr mich dieses seltene Gefühl von Wahrhaftigkeit, das ich niemandem jemals wünsche: Ich merkte, daß ich nichts mehr zu verlieren hatte. Ich entschied mich, daß ich ihnen, egal ob die CIA dann etwas gegen diese Mistkerle in der Hand hatte oder nicht, nichts geben würde.

Ich richtete mich auf, wie es meine Mutter immer tat, wenn sie beleidigt war, sah diesem Scheißkerl von einem ausländischen Spion in die Augen und sagte ruhig: »Das habe ich längst dem CIA übergeben.«

Zu meiner großen Überraschung drohte er mir nicht oder erschoß mich auf der Stelle. Er grinste noch breiter und sagte dann: »Nein, hast du nicht.«

»Was?« fragte ich, ohne meine Überraschung verbergen zu können.

Sein Grinsen verschwand, und er umfaßte die Pistole fester. »Ich hab doch gesagt, daß ich genug von deinen Spielchen habe.«

»Aber –«

Er wedelte wieder mit der Waffe und sagte: »Entweder du gibst es mir jetzt, oder du stirbst.«

»Ich hab' doch gesagt, daß ich es dem CIA übergeben habe«, sagte ich und sah ihn geradeheraus an. Es erstaunte mich, daß ich, obwohl ich sterben sollte, mich nicht gerne Lügner nennen ließ.

»Dann müssen wir uns voneinander verabschieden«, sagte er.

Sein Daumen krümmte sich und bewegte sich zum Schlagbolzen. Er tat es ganz langsam, als würde es ihm Freude machen. Ich versuchte, die Pistole zu ignorieren und blickte ihm weiter in die Augen. Ich dachte, daß es ihm vielleicht, nur ganz vielleicht, schwerer fallen würde, mich zu töten, wenn ich ihm in die Augen sah. Seine rechte Augenbraue hob sich leicht, als würde er sich über meine Widerstandskraft wundern, aber es hatte alles keinen Zweck. Seine Augen waren so kalt und tot wie das Metallteil in seiner Hand, als hätten sie in die Seelen vieler Menschen vor mir geblickt und keine davon als lebenswert erachtet.

Er zog den Schlagbolzen zurück, und dann hörte ich den Schuß. Mehrere Dinge passierten gleichzeitig: Kurz vor dem Geräusch des Schusses wurde sein Kopf zurückgeworfen und etwas Rotes, Schmieriges flog von seinem Hinterkopf weg. Dann ruckte sein Kopf wieder nach vorne. Er schwankte einen Moment lang hin und her, als wären seine Beine plötzlich zu Gummi geworden, dann fiel er zu Boden. Wenn ich nicht so schockiert gewesen wäre, hätte ich wahrscheinlich gejubelt. Aber ich blieb gegen den Pfeiler gelehnt stehen und war einen Moment lang unfähig, mich zu bewegen.

Trotz meines Schocks merkte ich, daß irgend etwas nicht stimmte: Ich meine natürlich, abgesehen davon, daß gerade jemand erschossen worden war. Ich erwartete, herbeieilende Schritte zu hören. Ich meine, er war ja tot, also mußten jetzt eigentlich die Scharfschützen aus dem gottverdammten Lagerhaus gerannt kommen, um nachzusehen, ob alles (womit ich mich meinte) in Ordnung war. Aber es blieb still. Und diese Stille machte mir noch mehr Angst.

Ich wollte kein Geräusch verursachen und ging ganz langsam in die Knie. Ich schob mich auf den toten Mann zu und versuchte gleichzeitig, im schrägen, dunklen Schatten des Pfeilers zu bleiben. Ich faßte seine Pistole am Lauf und schüttelte sie ihm aus der Hand. Die Waffe war viel schwerer, als ich gedacht hatte, als sollte das bloße Gewicht daran erinnern, daß man damit töten konnte. So schnell und leise wie ich konnte, huschte ich zurück zum Pfeiler. Dort stand ich dann gegen den Beton gelehnt und wartete, eine Ewigkeit, wie mir schien, obwohl es nur eine Minute war: der Alptraum jeder Werbeagentur, ein schwuler Grafiker mit einer Pistole in der Hand.

Viele Dinge gingen mir durch den Kopf. Am meisten beunruhigte mich der Gedanke, es könnten womöglich nicht die CIA-Agenten gewesen sein, die diesen Mann erschossen hatten. Falls das stimmte, waren sie wahrscheinlich alle in Deckung gegangen, weil sie nicht wußten, woher der Schuß gekommen war, und konnten sich nicht offen zeigen. In diesem Fall hatte ich ein großes Problem: Ich wußte nicht, wann ich mich jemals wieder bewegen durfte. Außerdem kam mir der Gedanke, daß derjenige, der diesen Kerl erschossen hatte, sich möglicherweise hinter einem der Pfeiler verbarg, und mein Leben deshalb, wie meine Mutter zu sagen pflegte, keinen Pfifferling mehr wert war. Ich begann, mich auf die der Straße abgewandte Seite des Pfeilers zu schieben, als ein weiterer Schuß ertönte, eine Kugel gegen die Ecke des Pfeilers knallte und Betonteilchen absplitterten. Angstschweiß lief mir über das Gesicht und in die Augen, so daß ich nichts mehr sehen konnte.

In diesem Moment hörte ich ein Auto kommen. Ich überlegte kurz, daß ich eine Chance hatte, es zu stoppen, wenn ich mich dem Fahrer zeigte. Ich begann, mich zwischen den Pfeilern hindurch Richtung Straße zu bewegen und wurde von Panik erfaßt, als ich merkte, daß der Wagen viel zu schnell näherkam: Ich fürchtete, daß ich es nicht rechtzeitig bis zum Straßenrand schaffen würde. Ich lief, so schnell ich konnte, versuchte, dabei leise zu sein, und schob mich mit dem Rücken am Beton entlang. Mein Herz schlug noch schneller als zuvor, als ich allein in der Dunkelheit gewartet hatte, denn ich wußte, daß ich praktisch direkt vor das Auto laufen mußte, damit man mich sehen konnte. Und wenn ich aus dem Schatten trat, war ich ein ideales Ziel für den Heckenschützen.

Der Wagen bog um die Ecke der Kingsbury, als ich das Ende der Pfeilerreihe erreichte. Ich war bereit, ins Freie zu springen, und wollte es gerade tun, als der Fahrer zu meinem großen Erstaunen auf die Bremse trat und quietschend anhielt.

Die hintere Tür des blauen Civic wurde aufgestoßen und Peter schrie: »Steig ein!«

»Was?« sagte ich ganz perplex, was man unter diesen Umständen wohl entschuldigen darf.

»Steig ein!« drängte Peter.

Ich sah nach rechts und links, um nachzusehen, ob jemand sich zeigte, konnte aber nichts weiter als die leeren Augenhöhlen der verdammten Lagerhäuser erkennen. Ich entschied, daß es kaum gefährlicher war, die wenigen Schritte zum Auto zurückzulegen, als zu bleiben, wo ich jetzt stand, und nach kurzem Zögern rannte ich über den Bürgersteig, warf mich ins Auto und zog die Tür hinter mir zu. Meine Füße hatten kaum den Bürgersteig verlassen, da ließ Mutter den Motor aufheulen und der Wagen schoß mit quietschenden Reifen nach vorn.

»Ich dachte, ihr seid tot!« rief ich mit Tränen der Angst in den Augen. Ich war einem hysterischen Anfall wahrscheinlich nie näher gewesen.

»Wir dachten, du wärst tot«, sagte Peter, während das Auto die Straße entlangschoß. »Wir hörten Schüsse, dann nichts mehr. Wir dachten, wir würden dich sehen oder den CIA oder sonstwen. Aber es kam überhaupt niemand! Nichts!«

»Wir konnten nicht mehr länger warten und sind einfach dazwischen gegangen!« sagte Mutter mit einer Stimme, die wie ein frischer Windstoß klang. Sie lenkte den Wagen auf die LaSalle und fuhr nach Norden, ohne sich um die Geschwindigkeitsbegrenzung zu scheren.

»Moment! Was ist mit dem CIA? Sie werden doch mit uns reden wollen oder so was«, sagte ich, Schwierigkeiten befürchtend, weil wir den Tatort verlassen hatten, wo doch alles vom Geheimdienst inszeniert worden war.

»Sie wissen ja, wo sie uns finden können«, meinte Peter. Er sah mich über die Lehne des Vordersitzes hinweg an, und sogar in der Dunkelheit konnte ich erkennen, wie blaß er war.

»Zum Teufel, wir werden doch wohl nicht dort herumlungern, wo geschossen wird!« sagte Mutter. »Was zum Henker glauben die überhaupt, wer sie sind, dich in so eine gefährliche Situation zu bringen! Ich hätte dir das niemals erlauben dürfen!«

»Das war nicht deine Entscheidung«, stellte ich atemlos fest.

»Dann hätte ich es nicht erlauben dürfen!«, sagte Peter und klang zum ersten Mal in seinem Leben entschiedener als meine Mutter.

Ich ließ mich im Sitz zurückfallen. Meine Sachen waren schweißnaß, und ich fühlte mich, wie wenn man das Gefühl hat, daß die Welt sich zu schnell dreht.

»Um Gottes Willen, fahr langsamer!« rief ich meiner Mutter zu. »Wir wollen doch nicht von der Polizei angehalten werden.«

Mutter nahm den Fuß etwas vom Gaspedal, aber ihre Hände umklammerten das Lenkrad so fest, daß die Knöchel sich weiß abzeichneten.

»Was zum Teufel ist denn passiert?« fragte Peter. »Ist jemand erschossen worden?«

»Oh ja, da ist tatsächlich jemand erschossen worden.«

»Glücklicherweise nicht du. Gott sei Dank. Aber wer denn sonst? Martin?«

Ich seufzte und spürte, daß ich vor Anspannung kaum atmen konnte. »Einer von diesen gottverdammten Knetmenschen!«

»Was?« rief Mutter laut und sah mich im Rückspiegel an.

»Martin war nicht da! Es war einer von diesen gottverdammten Knetmenschen. Der größere.«

»Wie zum Teufel – was ist das?« Peter riß die Augen auf und deutete auf die Pistole, die ich in der rechten Hand hielt.

Ich sah sie einen Moment lang an, und in meinem benommenen Zustand dauerte es eine ganze Weile, bis mir wieder einfiel, woher ich sie hatte.

»Das ist eine Pistole«, sagte ich.

»Eine was?!« rief Mutter, während sie auf die Bremse trat, was uns drei nach vorne schleuderte.

»Eine Pistole.«

Peter sah mich mit riesengroßen Augen an, als würde er mich nicht mehr wiedererkennen.

»Eine Pistole? Du hast doch nicht etwa ...«

»Nein, ich habe niemanden erschossen!«

»Woher hast du die?« wollte Mutter wissen.

»Ich hab' sie dem Toten abgenommen.«

»Gütiger Gott«, sagte Mutter, trat wieder auf das Gaspedal und ließ den Wagen nach vorne schießen, »das ist ja noch schlimmer, als ich dachte!«

»Was hat denn dieser Knetmensch dort gewollt?« fragte Peter.

»Ich weiß es nicht! Ich weiß nur, daß ich ewig gewartet habe und niemand kam. Dann ist dieser ausländische Mistkerl aus dem Nichts aufgetaucht und hat mich mit einer Pistole bedroht!«

»Ja, aber ... wer hat ihn denn erschossen?«

»Weiß ich nicht. Er wollte gerade mich umbringen, wurde aber vorher selbst erschossen. Zuerst dachte ich, daß es vielleicht die Leute vom CIA waren, aber ...«

»Aber was?« Peter wurde immer ungeduldiger.

»Aber dann war da noch ein zweiter Schuß. In meiner Nähe. Und die Agenten sind nicht aus ihrem Versteck gekommen, und ... und ich weiß auch nicht ... ich bin ja so froh, daß ihr beide unversehrt seid.«

Ich umarmte Peter fest. Tränen rannen über meine Wangen.

Mutter stoppte an einer Ampel an der Fullerton und sah uns an.

»Was ist denn nun eigentlich passiert?«

Ich ließ Peter los und gab Mutter einen feuchten Kuß auf die Wange.

»Ich dachte, ihr seid beide tot.«

»Tot?« wiederholte sie in einem Ton, als wäre sie Mary Poppins.

Ich nickte und lehnte mich im Sitz zurück, während die Ampel umschlug und Mutter nach links in die Fullerton einbog.

»Warum um alles in der Welt sollten wir denn tot sein?« fragte Mutter, als sie wieder geradeaus fuhr.

»Als dieser ausländische Dreckskerl mich in Schach hielt, behauptete er, sein Partner würde sich um euch kümmern.«

Mutter und Peter sahen sich an, als hofften sie, der andere könnte etwas anfangen mit dem, was ich sagte. Mutter schüttelte den Kopf und sagte: »Nun, uns hat jedenfalls niemand belästigt. Wir haben niemanden gesehen.«

»Niemanden?«

»Nicht mal ein Auto«, fügte Peter hinzu.

»Mit uns ist alles in Ordnung«, sagte Mutter, »du mußt dich also nicht weiter aufregen, hörst du?«

Mein Kopf fiel gegen die Rücklehne, und ich schloß die Augen. Ich war wohl niemals zuvor derart erschöpft gewesen. Und gleichzeitig konnte ich meine Gedanken nicht zur Ruhe bringen. Dieser Mistkerl mit der Pistole hatte so überzeugt geklungen. Und ich konnte mir nicht vorstellen, warum er mir sagen sollte, daß Mutter und Peter tot waren, während er ohnehin gerade dabei war, mich umzubringen. Es sei denn aus reiner Bosheit. Das konnte natürlich sein. Aber irgend etwas stimmte nicht. Ich spürte es.

Dann wurde es mir schlagartig klar. Ich riß die Augen auf und schrie: »Oh, mein Gott! Stop! Halt den Wagen an!«

»Was?« fragte Mutter.

»Halt den Wagen an! Halt an! Stop!«

Wir waren noch etwa zwei Blocks von zu Hause entfernt, als Mutter den Wagen im Halteverbot vor einem Hydranten zum Stehen brachte.

»Was um Himmels Willen ist denn los?« fragte Mutter.

»Dieser Typ, der Knetmensch. Ich hab' ihn gefragt, wo sein Partner ist, und er sagte, er würde sich um meine kleine Familie kümmern.«

»Mein Gott, Alex, er hat wahrscheinlich gelogen«, sagte Peter.

Ich schüttelte heftig den Kopf. »Nein, nein, das glaube ich nicht. Ich glaube, ich habe ihn bloß mißverstanden! Versteht ihr denn nicht?«

»Was?«

»Zu Hause! Er wartet bei uns zu Hause! Sie wußten ja nicht, daß ihr beide mitkommen würdet... Sie dachten, ihr würdet zu Hause auf mich warten. Also ist der Größere der beiden zu dem Treffpunkt gegangen, während der Kleinere ... er muß zu uns nach Hause gegangen sein, um sich um euch zu kümmern!«

Peter und Mutter sahen einander an. Mutters Lippen waren leicht geöffnet, und Peters Backenknochen traten hervor. Ihnen dämmerte, daß ich mit meinem Verdacht recht hatte, und keiner von ihnen fand das besonders toll. Ich natürlich auch nicht. Ich legte eine Hand auf Mutters Kopfstütze und fragte: »Was machen wir jetzt?«

Mutter seufzte wieder und warf einen Blick auf die vier Straßenecken um uns herum. Sie schien nichts Bestimmtes zu suchen, ihre Augen wanderten einfach nur hin und her, während sie nachdachte. Dann faßte sie nach unten und löste den Sicherheitsgurt.

»Wartet hier«, sagte sie, als sie die Tür aufstieß. »Ich bin gleich zurück.«

»Wohin zum Teufel gehst du denn?« fragte ich.

»Keine Sorge, ich bin gleich zurück.«

Sie stieg aus dem Wagen, sah sich um und lief bei Rot über die Straße. Sie ging direkt auf eine Reihe Telefonzellen zu. Eine der Kabinen war frei, die andere wurde von einem jungen Schwarzen benutzt, der ziemlich lautstark ein Ferngespräch führte.

Der Mann musterte meine Mutter, als sie näherkam, dann drehte er ihr den Rücken zu, als könnte sie sein Gespräch so nicht mehr mithören, das er mit voller Lautstärke weiterführte, als ob sie gar nicht da wäre. Mutter griff in ihre Rocktasche und zog ein Taschentuch hervor, hob den Hörer ab, wischte ihn sauber und wählte. Sie sagte kurz etwas in den Hörer, was wir nicht verstehen konnten, obwohl ihr Gesichtsausdruck zeigte, daß sie sehr aufgeregt war. Kurz darauf hing sie wieder auf und kam eilig zum Wagen zurück.

Als sie sich hinter das Steuer setzte, fragte ich: »Wen hast du denn angerufen?«

Sie zuckte mit den Schultern und sagte: »Was sollte ich denn tun? Ich habe die Polizei angerufen und ihnen erzählt, daß ein Mann mit einer Pistole versucht, in unser Haus einzubrechen!«

Peter und ich mußten grinsen.

10

Wir parkten und warteten am Straßenrand in der Nähe unseres Hauses, bis die Streifenwagen kamen. Mutter gab sich zu erkennen und spielte ihre Rolle unglaublich gut, indem sie ein ganzes Drama erzählte: Wie sie ganz allein zu Hause gewesen sei, ein Geräusch gehört, durch die Vorhänge nach draußen gespäht und dort einen Mann entdeckt habe. Sie benahm sich glaubhaft verwirrt, als die Frage aufkam, welches Fenster es denn gewesen sei und woher sie gewußt habe, daß er eine Pistole bei sich trug. Weil es nämlich, wie der rothaarige Beamte mit Sommersprossen erklärte, ziemlich ungewöhnlich für einen Täter war, mit einer Pistole im Anschlag herumzuschleichen, was bei seiner Ausdrucksweise irgendwie obszön klang. Mutter erklärte atemlos, sie hätte einfach gewußt, daß er eine Pistole bei sich hatte, und es gelang ihr, dem Rothaarigen eines von diesen »typisch Frau«-Lächeln zu entlocken, was mich wütend machte, weil er keinerlei Anstalten machte, es zu unterdrücken. Man sollte eigentlich davon ausgehen, daß einer, der von unseren Steuergeldern bezahlt wird, wenigstens nicht so offen zu verstehen gibt, daß er einen für einen kompletten Idioten hält.

»Und wo waren Sie beide, während das alles passierte?« fragte er und wandte sich an Peter und mich.

»Weg«, antwortete Peter lahm. »Wir sind gerade zurückgekommen.«

Der andere Beamte, ein extrem hübscher, italienisch aussehender Kerl mit dunklem Teint, dunklem Schnauzer, dunklen Haaren, dunklen Augen – was mir natürlich alles nicht weiter auffiel – fragte Mutter nach den Hausschlüsseln, und dann forderten uns die beiden Beamten auf, bei ihrem Wagen zu warten, während sie nachsahen. Der Rothaarige murmelte dem Italiener etwas zu, während sie die Stufen hochstiegen, und sie lachten beide verhalten. Aber sie nahmen die Situation nicht so leicht, daß sie keine Vorkehrungen trafen. Sie zogen ihre Pistolen, bevor der Italiener geräuschlos den Schlüssel ins Schloß steckte und öffnete. Nachdem sie kurz gelauscht hatten, verschwanden sie im Haus.

Wenn man nie erlebt hat, wie aufregend es ist, auf Cops zu warten, die gerade das eigene Haus nach einem bewaffneten Mann durchsuchen, kann man es nicht nachvollziehen. Auf der einen Seite, sagte ich mir, war dies vor allem eine clevere Vorsichtsmaßnahme, die meine Mutter sich ausgedacht hatte – um sicherzugehen, daß die Luft rein war. Andererseits war es nur logisch zu glauben, was der inzwischen tote Knetmensch gesagt hatte, daß nämlich sein Partner sich hier befand und zweifellos auch bewaffnet war.

Nach scheinbar endlos langer Zeit tauchte der italienisch aussehende Polizist wieder in der Haustür auf und winkte uns herüber. In seinem ausdruckslosen Gesicht war unmöglich zu erkennen, ob er ein verlassenes Haus vorgefunden hatte oder womöglich eine Leiche.

»Alles in Ordnung«, sagte er, als wir hineingingen, »aber irgend jemand ist ganz bestimmt hier gewesen.«

Er führte uns in die Küche, wo sein Kollege neben der offen stehenden Hintertür Posten bezogen hatte.

»Wir haben das hier entdeckt«, sagte der Rothaarige, während er den Türpfosten untersuchte.

»Oh, mein Gott«, entfuhr es Mutter, und alle Farbe wich ihr aus dem Gesicht, »hier war ja wirklich jemand!«

Der Italiener richtete seine schönen Augen fragend auf meine Mutter und sagte: »Aber Sie wußten doch, daß jemand hier war.«

Sie murmelte, stotterte und schaffte es schließlich »Oh ja, natürlich« hervorzustoßen.

Dann folgte eine längere Befragung, während der Mutter

den Mann beschrieb, den sie gesehen hatte – tatsächlich beschrieb sie den Mann, den wir im Zoo gesehen hatten, da wir ja ziemlich sicher waren, daß er hier eingebrochen sein mußte. Der Rothaarige stellte ein paar Testfragen, weil Mutter die Tatsachen ziemlich vage darlegte, zum Beispiel, aus welchem Fenster sie denn gesehen habe, als sie ihn entdeckte, und natürlich ist es ziemlich schwierig, eine präzise Zeugenaussage zu machen, wenn man gar nicht gesehen hat, was passiert ist. Aber Mutter erzählte eine einigermaßen glaubhafte Geschichte, wie sie ihn durch eins der hinteren Fenster gesehen habe und er sich zur Hintertür geschlichen habe, und wie sie verängstigt aus dem Haus und zur nächsten Telefonzelle gerannt war.

»Und die Tür haben sie hinter sich abgeschlossen, Ma'am?« fragte der Rothaarige skeptisch.

Mutter erstarrte, zuckte dann mit den Schultern und sagte unschuldig: »Aus Gewohnheit.«

Als sie es endlich geschafft hatte, ihnen eine halbwegs plausible Story zu präsentieren, gab der italienische Polizist ihr die Hand und sagte ganz ernsthaft: »Das haben Sie gut gemacht. Sie waren sehr mutig.«

Und dann kam Frank. Zuerst dachte ich noch, es sei bloß ein zufälliger Besuch, und daß Mutters Ängste wegen seiner falscher Hoffnungen hinsichtlich ihrer Beziehung gerechtfertigt waren. Aber er war keineswegs zufällig vorbeigekommen.

»Was machst du denn hier?« fragte Mutter, als er an ihr vorbei ins Wohnzimmer trat.

Die Polizisten grüßten ihn, erklärten, sie seien gerade fertig, und gingen. Frank wandte sich an meine Mutter.

»Ich möchte gern wissen, was zum Teufel hier eigentlich los ist, Jean.«

»Wieso ... kommst du ausgerechnet jetzt vorbei?« fragte sie ausweichend.

»Alle meine Leute haben die Order bekommen, mich zu benachrichtigen, falls ihnen etwas im Zusammenhang mit euch oder eurem Haus unterkommt.«

Mutters Haltung wurde merklich steifer, und sie zog die Augenbrauen zusammen. »Gehst du da nicht ein bißchen weit?«

Frank hatte nicht vor, sich auch diesmal wieder abwimmeln zu lassen. Er hielt ihrem Blick stand. »Nein, ich glaube nicht mal, daß ich weit genug gehe! Zum einen war Alex in einer Bar, als einer der Gäste ermordet wurde. Und er wurde dort verprügelt. Dann ruft ihr mich an, weil in euer Haus eingebrochen und alles durchwühlt wurde. Dann ruft ihr die Polizei und erklärt, jemand mit einer Pistole habe versucht, in euer Haus einzudringen. Man muß schon wesentlich blöder sein als ich, um nicht zu merken, daß hier irgend etwas im Gang ist, und ich will jetzt endlich wissen was.«

Mutter war verblüfft. Wir waren längst an dem Punkt, an dem es geradezu lächerlich gewirkt hätte zu bestreiten, wie sehr wir im Schlamassel steckten. Ich war ja schon froh, daß er den Mord an dem Knetmenschen nicht erwähnt hatte.

Frank brach das Schweigen und sagte: »Hör mal, Jean, falls ihr in Schwierigkeiten steckt, und das ist ganz offensichtlich der Fall, dann erzählt mir davon. Ich bin der Chef dieses Bezirks, zum Donnerwetter, ich kann euch helfen!«

»Frank, ich ... ich kann nicht«, sagte meine Mutter schließlich.

Er fuhr sich durchs Haar und ging zum Fenster. Er zog die schweren Vorhänge ein Stück auseinander und sah nach draußen. Mit dem Rücken zu uns sagte er: »Wißt ihr, die Sache mit diesem Victor Hacheck hat einen ganz interessanten Aspekt ...«

»Wer?« platzte ich allzu schnell heraus.

Frank wandte sich vom Fenster ab und sah mich an. Er lächelte nicht, aber irgend etwas in seinem Gesicht sah triumphierend aus. »Der Mann, der in dieser Schwulenbar umgebracht worden ist. Wir haben herausgefunden, daß er Victor Hacheck hieß. Offenbar hatte er etwas mit dem CIA zu tun.«

»Woher wissen Sie das?« fragte Peter.

Franks Blick wanderte zu Peter. »Weil jemand vom CIA bei mir war und wir darüber gesprochen haben. Offenbar wollen sie nicht, daß wir einfachen Polizisten uns einmischen – sie haben Angst, wir könnten etwas kaputt machen.«

»Mit wem haben Sie gesprochen?« fragte Peter.

»Mit jemandem namens Nelson. Mehr darf ich dazu nicht sagen.«

Peter und ich sahen uns an. Von einem Nelson hatten wir noch nie gehört.

»Du ermittelst also im Fall Hacheck?« fragte ich.

»Nun, wir haben zwar vereinbart, diskret vorzugehen, aber ich habe Nelson klargemacht, daß ich einen Mord in meinem Bezirk nicht einfach ignorieren werde.«

Frank sah uns der Reihe nach an und fuhr dann fort: »Also, ich möchte gerne wissen, was ihr drei mit der Sache zu tun habt. Seid ihr irgendwie darin verwickelt?«

Mutter, Peter und ich sahen einander an.

»Setz dich doch, Frank.«

Mutter erzählte ihm die ganze gräßliche Geschichte, ich hörte zu, und Peter kochte Tee. Es war wirklich eine ziemlich verwickelte Geschichte, mit dem wirklichen und dem falschen Mr. Martin und so weiter, aber in manchen Dingen ist Mutter einfach unübertroffen, zum Beispiel darin, Fakten miteinander zu verbinden, ohne sie zu beschönigen. Dennoch dehnte sie die Wahrheit ein wenig, als sie zu erklären versuchte, warum sie sich ihm nicht früher anvertraut hatte, nämlich weil sie ihn nicht in Gefahr bringen wollte. Ich glaube, sie tat dies vor allem, um den Mannesstolz nicht zu verletzen, den er wie jeder andere Hetero auch hatte. In Wirklichkeit, so vermutete ich inzwischen, hatte sie ihm nichts erzählen wollen, weil sie Spaß an unserem Ausflug in die Welt der Spionage gefunden hatte und nicht wollte, daß Frank sich einmischte.

Sie unterschlug ein paar Details: Vor allem die heutige nächtliche Begegnung und den Mann, der erschossen worden war. Ich weiß nicht, warum sie es tat, aber immerhin war Frank Polizist, und meine Anwesenheit bei zwei Morden innerhalb einer Woche ein bißchen zu viel, auch für jemanden, der sie liebte. Sie erzählte einfach nur, wir wären am Abend auf eine dieser verdächtigen Personen gestoßen und hätten ihn abgehängt, dann aber Angst bekommen, daß der andere vielleicht zu Hause auf uns wartete, weshalb wir die Polizei gerufen hatten.

Als sie fertig war, stand der Tee auf dem Tisch, und wir saßen in einer etwas entspannteren Atmosphäre beieinander, als würden wir über einen Film diskutieren, den wir gerade gesehen hatten.

Frank wandte sich an mich und fragte: »Du sagtest, du hättest der Behörde das Streichholzheftchen überlassen?«

»Ja«, nickte ich.

»Warum hat dann dieser angebliche Agent angenommen, du würdest lügen? Hast du gelogen?«

Unter normalen Umständen wäre ich sicherlich beleidigt gewesen, aber jetzt war ich einfach nur erstaunt. »Nein. Ich habe es Mr. Martin wirklich gegeben – dem echten Martin – im Büro des CIA. Mutter war dabei.«

Sie nickte zustimmend.

»Dann verstehe ich nicht, warum dieser Mann dachte, du hättest es immer noch.«

»Ich verstehe es auch nicht, aber es war so.«

Frank stand auf, schüttelte den Kopf und schnalzte angewidert mit der Zunge. »Es gefällt mir überhaupt nicht, daß ihr in diese Geschichte verwickelt seid.«

»Ich sagte ja bereits«, erklärte meine Mutter wütend, während sie ihn mit ihren kristallblauen Augen ansah, »wir sind ganz zufällig in diese Sache hineingeraten.«

»Na ja, ihr hättet ja nicht dabeibleiben müssen! Ihr hättet euch nicht mit diesen Leuten treffen müssen!«

»Wir haben uns nicht mit ihnen ›getroffen‹! Sie sind zu uns gekommen! Wir haben sie nicht eingeladen!«

»Das habe ich nicht gemeint!« sagte Frank aufgebracht. Seine Haut rötete sich, wenn er wütend wurde. Unglücklicherweise sah es nicht aus, als würde er einfach rot werden, sondern als wäre er chronischer Alkoholiker.

»Das Opfer zur Verantwortung ziehen ...«, murmelte Peter, »typisch.«

Frank sah ihn kurz an und sagte dann zu Mutter: »Ich wollte damit nur sagen, daß ihr euch in dieser gefährlichen Situation an mich hättet wenden sollen.«

»Aber das habe ich doch getan.«

»Du hast mir nicht erzählt, was eigentlich los ist.«

»Darum geht es doch gar nicht.«

»Ihr hättet mir mitteilen müssen, daß ihr in Gefahr seid.«

»Warum?« fragte Mutter kühl. »Um dir eine Gelegenheit zu geben, mich zu beschützen?«

Frank sah zu Boden, seine rote Gesichtsfarbe wurde dunkler. Er verhakte die Finger und enthakte sie wieder. »Nein. Du hättest das ganze einfach nur den richtigen Stellen melden müssen.«

»Die richtige Stelle war in diesem Fall der CIA«, sagte Mutter, ganz die steife Engländerin. »Und nicht wir sind zu ihnen gegangen, sondern sie sind zu uns gekommen.«

»Ein Betrüger ist zu euch gekommen!«

»Nun, das war uns zu diesem Zeitpunkt ja noch nicht klar«, sagte Mutter und wedelte mit der Hand, als wolle sie eine unwichtige Sache beiseite schieben. »Abgesehen davon haben wir dieses fluchbeladene Ding, das Alex zugesteckt wurde, sofort zum CIA gebracht, nachdem wir es gefunden hatten.« Frank wollte etwas erwidern, aber Mutter fügte hastig hinzu: »Zum echten CIA!«

Sie verschränkte die Arme und sah ihn geradeheraus an. Sie ist bestimmt zehn Zentimeter kleiner als er mit seinen einsfünfundachtzig, aber aus irgendeinem Grund wird sie größer, wenn sie ihn ansieht.

»Jean«, sagte er unnachgiebig, »sei vernünftig. Wir sollten wenigstens jemanden das Haus beobachten lassen. Nach all dem müßtest sogar du einsehen, daß ihr Schutz braucht.«

Peter mischte sich ein, bevor meine Mutter antworten konnte: »Nein, niemals!«

»Entschuldigung, aber ...«

»Auf keinen Fall wird die Polizei dieses Haus bewachen!«

»Was geht Sie das denn eigentlich an?« fragte Frank. Er

mochte ja irgendwie liberal sein und in meine Mutter verliebt, und er mochte ja meine Beziehung zu Peter prinzipiell akzeptieren – aber es war doch erstaunlich, wie all das plötzlich Makulatur wurde, als seine Autorität angezweifelt wurde. Sein Gesichtsausdruck und sein Ton gefielen mir gar nicht, als er Peter das sagte, weil er damit ausdrücken wollte, daß Peter seiner Meinung nach nicht hierher gehörte.

»Ich will in keinem gottverdammten Polizeistaat leben! Aus welchem Grund auch immer!« Peter wurde ein bißchen rot im Gesicht, und ich hatte schon Angst, wir könnten jetzt in richtige Schwierigkeiten geraten. Aber ich stimmte ihm zu. Ich wollte nicht in einem Haus leben, das von der Polizei beobachtet wurde, warum auch immer: Es würde mir unangenehmer sein als alle Probleme, die es sonst geben konnte – als würde die Anwesenheit der Polizei schon allein für Unannehmlichkeiten sorgen, statt sie zu verhindern. Das mag vielleicht unlogisch klingen, aber so dachte ich in dem Moment.

»Nun, es ist wohl nicht Ihre Entscheidung, oder?« sagte Frank mit abfälligem Naserümpfen.

Peter sah zu Mutter, sie sah ihn an, lächelte und sagte: »Ist schon in Ordnung, mein Junge, ich finde, du hast recht.«

»Jean, du benimmst dich wie –«

Mutter hob eine geschmeidige, fein manikürte Hand, die Handfläche Frank zugewandt, und sagte: »Franklin, diesen Satz solltest du unter keinen Umständen zu Ende sprechen.«

Frank sah zu Boden und fuhr sich mit der Hand durchs Haar, eindeutig schwer frustriert. Als er wieder zu meiner Mutter aufsah, sah er so verloren aus wie schon einmal. Er sagte leise: »Jean, warum läßt du mich nicht etwas unternehmen?«

Mutter ließ die Arme fallen, und ihr Gesichtsausdruck wurde weicher. In ihren Augen konnte man erkennen, daß die Liebe, die sie vor ihrer Trennung für Frank empfunden hatte, auf anderem Niveau überlebt hatte, es hatte nichts mehr mit Erotik zu tun, war aber noch immer ernst und einfühlsam. Zuneigung, aber keine Leidenschaft. Nach einem kurzen Moment drehte sie sich zu Peter und mir und sagte: »Also, Jungs?«

Peter und ich sahen uns an. Auf seinem Gesicht stand geschrieben: »Laß uns hier abhauen.«

Er wußte ja gar nicht, wie gern ich selbst abhauen wollte. Laut sagte ich: »Oh, ja, also ... wir haben noch was vor.«

Wir gingen durch das Zimmer an Mutter und Frank vorbei, die dastanden und sich schweigend ansahen, gleichzeitig verlegen und aufgebracht. Peter war schon zur Hälfte die Treppe hinauf, als er merkte, daß ich zur Haustür hinauswollte. Wir blieben beide stehen, und Peter warf mir einen fragenden Blick zu, den ich mit einer Kopfbewegung nach draußen beantwortete. Er kam die Treppe wieder herunter, ging an mir vorbei, und ich war schon dabei, die Tür zu schließen, als meine Mutter merkte, daß wir das Haus verließen, und rief: »Moment! Alex, wo geht ihr hin?«

»Wir wollen nur den Wagen holen«, rief ich zurück und zog die Tür hinter mir zu, bevor sie widersprechen konnte. Alles in allem wäre es wohl vernünftiger gewesen, den ganzen Abend zu Hause zu bleiben, aber ich hatte keine Lust, dabeizusein, wenn Mutter und Frank versuchten, ihr Verhältnis zueinander zu klären. Außerdem hatten wir einiges zu tun.

Peter fragte mir schon Löcher in den Bauch, bevor wir das Grundstück verlassen hatten.

»Wohin gehen wir denn? Es ist schon fast Mitternacht!«

»Wir müssen herauskriegen, was hier überhaupt los ist«, sagte ich, während wir den Gehweg entlangliefen. Ich hatte es so eilig, weil ich Angst davor hatte, dieses ganze Durcheinander auf eigene Faust (und mit Mutters und Peters Hilfe) zu klären, und außerdem, weil die Stimmung auf der Fullerton Avenue nachts zum Beeilen animierte. Es war so dunkel, die Villen, Häuser und wuchernden Gärten lagen so dicht beieinander, daß man das Gefühl hatte, ob es nun gerechtfertigt war oder nicht, beobachtet zu werden – wahrscheinlich weil es so viele Möglichkeiten gab, sich zu verstecken. Wenn man rannte, hatte das einen Vorteil: Bewegliche Ziele sind schwerer zu treffen.

»Ich bin ja einverstanden. Wir sollten versuchen herauszufinden, worum es eigentlich geht«, sagte Peter, »und mir ist klar, daß wir uns ganz offensichtlich nicht auf den CIA verlassen können – mein Gott, wir wissen ja nicht mal, wer nun eigentlich ein echter CIA-Mann ist – aber jetzt, mitten in der Nacht?«

»Es ist nicht weit weg.«

»Was ist nicht weit weg? Was hast du vor?«

»Tja, was mich wirklich interessiert, ist, warum Jerry Lasker Angst vor mir hat.«

Während des kurzen Weges zum Wagen bemerkte ich zum ersten Mal, daß ich geradezu gut gelaunt war. Jetzt, wo ich mich entschieden hatte, mein Schicksal selbst in die Hand zu nehmen und herauszufinden, was um uns herum geschah, statt einfach nur zu reagieren, verstand ich plötzlich mein Gefühl bezüglich dem, was in mir und meiner Mutter vorgegangen war. Ich hatte es nur falsch interpretiert. Ich war keineswegs scharf auf billige Sensationen gewesen, als ich so enttäuscht gewesen war, daß der Fall plötzlich beendet schien. Und Mutter hatte nicht nach Abenteuern gelechzt, als ich diesen Glanz auf ihrem Gesicht wahrgenommen hatte, während sie das Gaspedal durchtrat, um vom Tatort zu flüchten. Es war etwas Tiefergehendes gewesen.

Obwohl ich mich über die Jahre als Freiberufler hatte etablieren können und wohl zu recht annahm, daß meine Fähigkeiten in diesem Bereich allgemein anerkannt wurden, konnte ich nicht gerade behaupten, daß das Entwerfen von Firmenbroschüren mir dabei half, die Welt als etwas besonderes oder mich selbst als ... jemand Besonderen zu erleben. Was meine Mutter betrifft, so lebt sie von der Versicherung meines Vaters und muß glücklicherweise nicht arbeiten, und sie ist wahrscheinlich die liebenswürdigste Person, die ich kenne, aber ihr Gesichtsausdruck, als wir die LaSalle entlangrasten, enthüllte etwas, das ich schon viel früher hätte bemerken sollen, da ich sie ja liebte: Irgend etwas fehlte in ihrem Leben. Zum Teufel, nicht nur in ihrem, auch in meinem Leben. Wir lebten beide, zusammen mit Peter, ruhig und bequem dahin, und genau das war das Problem. Ich glaube nicht, daß Mutter oder ich es bemerkt hatten, bevor diese ganze Geschichte anfing, aber unser Leben war bequem und inhaltslos geworden. Und dann wurde mir an einem Abend in einer Bar ein Streichholzheftchen zugesteckt, und plötzlich bekam unser Leben eine neue Richtung.

Deshalb fühlte ich mich jetzt, als wir zum Wagen gingen, plötzlich wie Olivia de Havilland in »Government Girl« – bereit, dem System ein Schnippchen zu schlagen, die großen Jungs herauszufordern und für das Recht zu kämpfen. Natürlich war es in meinem Fall eher »Government Gay«, und ich hatte keine Ahnung, was eigentlich los war und worauf ich mich da einließ. Immerhin hatte ich das Gefühl, etwas Wichtiges tun zu müssen: Herauszufinden, warum Victor Hacheck ermordet worden war und was es mit dem Streichholzheftchen auf sich hatte. Ich zögerte nur einen kurzen Moment, als mir einfiel, daß bereits zwei Menschen deswegen getötet worden waren und man nicht ausschließen konnte, daß wir die nächsten sein würden.

11

Jerry Lasker wohnte östlich der State Street in einem Sandsteingebäude, dessen Wohnungen von großen, luxuriösen Apartments in kleinere schäbigere umgewandelt worden waren. Ich parkte im Halteverbot am Ende des Blocks, Stoßstange an Stoßstange mit einem alten grünen Ford Mustang, der auch schon im Halteverbot stand. Es war das alte Spiel: »Wenn meine Stoßstange seine Stoßstange berührt und diese wiederum die eines korrekt geparkten Wagens, dann kann uns allen nichts passieren.« Als ob es einem Bullen nicht egal war, was man berührte, solange er es nicht war.

Die Adresse, die ich von Jo bekommen hatte, lag in der Mitte des Blocks. Es war ein dunkles, graues Gebäude (keins aus Sandstein, wie ich zuerst vermutet hatte), das eine Sandstrahlkur bitter nötig gehabt hätte, aber dabei wäre wahrscheinlich nur ein hellerer Grauton herausgekommen. Das Haus war drei Stockwerke hoch und so eng zwischen zwei anderen eingezwängt, als versuchten sie, ihm ein weiteres Stockwerk abzupressen. Fünf Stufen führten zur Haustür, was in meinen Augen so aussah, als sei der Eingang in eine Art Burggraben gesunken. Ich fragte mich, ob die Hausbewohner ihn wohl fluteten, wenn ungebetene Gäste klingelten.

Peter war besorgt, weil Mitternacht nicht gerade die richtige Zeit für einen Besuch war, vor allem bei jemandem, der in diesen Fall verwickelt war (er benutzte wirklich das Wort »Fall«). Ich war der Ansicht, es sei längst noch nicht zu spät, stellte aber erleichtert fest, als wir das Haus gefunden hatten, daß in den meisten Wohnungen noch Licht zu sehen war. Wir gingen die Stufen in den Graben hinunter und dann durch die

Tür in die Eingangshalle. Obwohl es von außen so ausgesehen hatte, als ob es bestenfalls drei Wohnungen sein konnten, hingen in der Halle mindestens ein Dutzend Briefkästen, und unter jedem Kasten gab es einen schmutzigweißen Klingelkopf. Und jeder der Klingelknöpfe hatte in der Mitte einen gezackten Riß. Ich fand den von Jerry Lasker und drückte. Der Riß durchlief den ganzen Klingelknopf, weshalb er sich zerdrückt anfühlte.

Die Tür zum Treppenhaus summte und klickte. Peter und ich sahen uns nervös an und fragten uns, wen Lasker denn wohl erwartete, weil wir uns verdammt sicher waren, daß wir es nicht sein konnten. Ich schob die Tür auf und ging rein, Peter folgte mir dicht auf den Fersen und ließ hinter uns die Tür geräuschvoll zufallen. Wir starrten das schmale Treppenhaus hinauf, in dem nicht einmal Platz für ein Geländer war, aber das wäre ohnehin überflüssig gewesen. Falls man stolperte und hinfiel, waren die Wände nahe genug beieinander, um Halt zu geben. Auf den Treppenstufen lag ein rostroter Teppich mit Paisley-Muster, das bestimmt gewählt worden war, um vom Schmutz abzulenken. Was leider nicht funktionierte.

Wir gingen hinauf und vertrauten darauf, daß Lasker die Tür öffnen würde, um denjenigen einzulassen, den er so erwartungsvoll ins Haus gelassen hatte. Natürlich mußten wir bis ganz nach oben laufen, bevor wir die Tür fanden, die einen Spaltbreit geöffnet war.

»Du bist spät dran«, trällerte Lasker und fügte, als er die Tür schwungvoll aufzog, ganz kokett im Stil von Lauren Bacall hinzu: »aber das ist mir egal.« Die plötzliche Verwandlung, die er bei unserem Anblick durchmachte, war immens: Sein ganzer Körper spannte sich schlagartig an, seine Augen traten hervor, und das Blut wich aus seinem ohnehin schon blassen Gesicht, wodurch die purpurnen Male noch deutlicher hervortraten. Er faßte mit beiden Händen nach der Wohnungstür und wollte sie zuwerfen, aber ich war zu schnell für ihn. Ich hatte es vorausgesehen und den Fuß in die Tür gestellt.

Das hatte ich in mindestens tausend Filmen schon mal gesehen. Trotzdem war mir nie klar gewesen, wie weh es tat, eine Tür mit dem Fuß zu blockieren! Vor allem dann, wenn derjenige auf der anderen Seite der Tür nicht die gleichen Filme kannte und deshalb nicht wußte, daß er gleich nach dem ersten Versuch aufgeben mußte. Als die Tür beim ersten Versuch nicht zuging, sah Lasker sie an, als hätte sie etwas gegen ihn, und versuchte es sechs weitere Male, und jedes Mal wurde mein Fuß in Mitleidenschaft gezogen. Dabei schrie er: »Haut ab! Laßt mich in Ruhe!«

Als mir schon die Tränen in die Augen schossen, gelang es mir endlich, die Tür zu fassen und festzuhalten. Ich wollte Lasker nicht noch mehr ängstigen, also schob ich nicht einfach die Tür auf und marschierte rein (wie in den schon erwähnten Filmen). Ich sagte so leise und ruhig ich konnte, daß wir nur mit ihm reden wollten. Ich sah immer noch wenig überzeugt aus und schien mehr als nur ein bißchen verängstigt zu sein.

Schließlich sagte ich: »Jerry, ich weiß nicht, was mit dir passiert ist, aber glaub mir bitte, es hat nichts mit mir zu tun. Trotzdem muß ich unbedingt erfahren, was passiert ist, weil ... es könnte mit dem zusammenhängen, was mir passiert ist.«

Lasker sah mich einen Moment lang ausdruckslos an, dann blinzelte er mehrmals. Ich hatte das unangenehme Gefühl, daß er kurz davor war zu weinen. Aber dann beruhigte er sich doch. Er seufzte heftig und sagte: »Woher wißt ihr, wie ich heiße?«

»Oh«, lächelte ich, »wir haben gemeinsame Freunde. Sie haben dich in der Bar erkannt.«

»Wer?« fragte er mit einer Spur Skepsis in der Stimme.

»Jo und Sheila – du weißt doch, Jo gehört das ›On Our Own‹ – der Laden.«

Daraufhin hellte sich sein Gesicht auf, und er sagte: »Oh, ja! Jo und Sheila! Klar, die kenne ich.«

Er schien sich ein wenig zu entspannen, gab aber die Tür nicht frei. Schließlich sagte ich: »Jerry, wir müssen unbedingt mit dir reden. Wegen dem, was letzten Freitag passiert ist.«

Sein Gesicht verdüsterte sich. »Ihr meint die Sache in der Toilette?«

Das überraschte mich. »Ja. Genau. Dürfen wir reinkommen?«

Er überlegte kurz und machte dann die Tür ganz auf. Wir gingen rein, und Lasker schloß die Tür hinter uns.

Als ich mich zu ihm umdrehte, fiel mir zum ersten Mal auf, wie er angezogen war. Er trug ein schwarzes Nylonkleid (so sollte man es wohl bezeichnen) und darunter einen passenden Bikini. Zwei Nylonschichten ließen nicht mehr viel Platz für Spekulationen, und normalerweise würde ich mich nicht allzu kraß über jemandes Äußeres hermachen, aber falls wir zu Hause mal einen Brand haben sollten, dann würde ich zuerst ihn rufen, dann müßte die Feuerwehr vielleicht gar nicht mehr kommen. Zwei weitere Dinge muß ich noch hinzufügen: Es war mir ziemlich peinlich, einen Fremden in dieser Ausstattung zu sehen, vor allem deshalb, weil es ihm kein bißchen peinlich war. Also hatten Peter und ich alle Hände voll zu tun, den offensichtlichen Stein des Anstoßes zu ignorieren.

»Ich erwarte Besuch«, sagte er, als hätte er meine Gedanken gelesen.

»Ich verstehe«, sagte ich, und merkte plötzlich, wie allgemein das klang und fügte deshalb hinzu: »Ist mir schon klar.«

Noch etwas konnten wir dank seines Outfits erkennen – na ja, es gab mehr als nur eine interessante Sache, aber nur diese war für unsere Ermittlungen wichtig – nämlich, daß an seinem Körper ebenfalls Spuren von Schlägen zu sehen waren: Er hatte starke Prellungen an der Brust und an den Seiten, die sich gerade von violett in gelb zu verfärben schienen, und ein paar an den Beinen, die eigentlich nur von ein paar gutgezielten Tritten kommen konnten. Mir zog sich alles zusammen, als ich das sah.

Ich glaube, ich schwieg etwas zu lange, denn Lasker sagte schließlich ein wenig ängstlich: »Also, es kommt gleich jemand zu Besuch, und wenn ihr mich was fragen wollt, dann solltet ihr es gleich tun.«

Er baute zwei hölzerne Klappstühle auf, die an der Wand gelehnt hatten, und während wir uns setzen, konnte ich zum ersten Mal das Zimmer begutachten. Ich nenne es Zimmer, denn Wohnung konnte man kaum dazu sagen. Ich schätze, so was würde man in einem moderneren Gebäude platzsparend nennen. Es sah aus, als wäre es mal die Hälfte der Küche gewesen, als das ganze Stockwerk noch eine einzige Wohnung gewesen war. Das Zimmer war extrem hoch, was einem das Gefühl gab, auf dem Boden einer Grube zu sitzen. Die Decke war mit Rissen übersät, und die Farbe, in vielen Jahren von Zigarettenrauch dunkel geworden, blätterte ab. Eine niedrige Küchenzeile stand vor der einen Wand und darunter der kleinste Kühlschrank, den ich jemals gesehen hatte. Das vorherrschende Möbelstück war ein Doppelbett, das den größten Teil des Zimmers einnahm. Es war ungemacht, aber teilweise mit einer alten, schlecht erhaltenen Steppdecke bedeckt. Es gab eine Stehlampe mit einem alten kaputten Schirm, dessen Rand mit Gold verziert war. Falls sie für drei verschiedene Glühbirnen angelegt war, mußten zwei davon bereits durchgebrannt sein, denn die Lampe schaffte es kaum, das Zimmer zu erleuchten. Die beiden Fenster nach Osten und Süden halfen da auch nicht weiter. Natürlich war es Nacht, aber das östliche Fenster ging direkt auf eine Hauswand hinaus, und das südliche auf eine Feuerleiter des gegenüberliegenden Gebäudes, das höchstens zwei Meter entfernt war. Selbst am hellichten Tag würde es hier nicht besonders hell werden.

Lasker saß auf dem Bett und fragte mit einem Kopfnicken Richtung Peter: »Wer ist das denn?«

»Oh, tut mit leid – das ist mein Mann, Peter Livesay.«

»Und wer bist du?«

Ich spürte, wie ich rot anlief: »Mein Gott, tut mir leid. Ich heiße Alex. Alex Reynolds.«

Er lächelte, und mir wurde auf einmal klar, daß der Typ viel jünger war, als ich ihn in der Bar eingeschätzt hatte. Damals, als er noch unverletzt gewesen war, hatte ich vermutet, daß er etwa Mitte zwanzig sein mußte. Aber nun, mit den ganzen Prellungen, in diesem diffusen Licht und mit dem verlegenen Lächeln, daß er uns schenkte, wurde mir klar, daß er bestenfalls zwanzig sein konnte. Es machte mich traurig, als ich daran dachte, daß er noch so jung war und schon derartig verprügelt worden war, obwohl ich nicht wußte, was das eine mit dem anderen zu tun haben sollte.

»Freut mich, euch kennenzulernen«, sagte er mit jugendlicher Schüchternheit.

Ich lächelte, und wir schwiegen einen Moment.

»Was wollt ihr von mir?« brach er das Schweigen.

Ich sah Peter an und wußte erstmal nicht weiter. Peters Gesichtsausdruck machte mir klar, daß er lieber zu Hause im Bett gewesen wäre. Es schien das beste zu sein, einfach drauflos zu reden, also fragte ich geradeheraus: »Tja, also, ich würde gern wissen, was mit dir passiert ist.« Ich deutete auf die Verletzungen an seiner Brust: »Deswegen, meine ich. Als wir uns neulich abends sahen, sagtest du, ich sei daran schuld. Was hast du damit gemeint?«

Lasker riß die Augen weit auf wie ein verschrecktes Reh. Er klang beinahe wie ein verängstigtes Kind, als er antwortete: »Ich wurde zusammengeschlagen. Ich wurde von einem dieser Typen zusammengeschlagen.«

»Was für Typen?« fragte ich, obwohl ich natürlich wußte, daß er von den Knetmenschen sprach. Mir war immer noch nicht klar, wieso Lasker mit ihnen aneinandergeraten war.

»Einer von ihnen hat mich verfolgt und zusammengeschlagen.«

Ich warf Peter einen Blick zu, und er wiederholte die Frage.

»Welche Typen?«

Lasker sah mich aus seinen großen braunen Augen an: »Ich mußte pinkeln, und bin zur Toilette gegangen und dort in eine ... private Angelegenheit geraten, glaube ich.«

»Dann bist du also derjenige gewesen, der in die Toilette gekommen ist!« rief ich. In meiner Panik hatte ich überhaupt nicht mitbekommen, wer uns gestört hatte, so froh war ich über die Unterbrechung gewesen. »Na ja, es war eine private Angelegenheit, aber nicht so, wie du meinst.«

»Das glaube ich auch«, sagte er mit traurig klingender Stimme, als würde ihn die Erinnerung an sein Unglück noch immer quälen, »als ich merkte, daß da etwas Seltsames vor sich ging, haute ich ab und rannte aus diesem verdammten Klub, aber einer von diesen Typen hat mich verfolgt.«

Lasker klang völlig unnatürlich, als er fluchte, wie ein Kind, daß ein paar passende Schimpfworte sucht.

»Aber ich verstehe nicht«, schaltete Peter sich ein, »warum er dich verfolgt hat, wo du doch nur zur falschen Zeit in die Toilette gekommen bist.«

Lasker lachte über die Ironie dieser Bemerkung. »Ich hab' ihn gefragt ... ich hab's gesagt, als er ... mich zusammengeschlagen hat. Ich fragte die ganze Zeit: ›Warum tun Sie das?‹«

»Hat er etwas dazu gesagt?«

»Ja. Er behauptete, ich hätte sie verfolgt.« Lasker sah mich wieder an und fügte hinzu: »Sie dachten, daß ich aus irgendeinem Grund zu dir gehöre. Weil ich in die Toilette kam. Er dachte wohl, ich hätte dir helfen wollen.«

Ich schüttelte ungläubig den Kopf. »Aber das verstehe ich nicht. Warum sollten sie so etwas denken? Wir haben uns doch nur unterhalten, bevor sie reinkamen.«

Lasker senkte den Blick und schien sich nur noch für seine Knie zu interessieren, aber an seinem Stirnrunzeln konnte man erkennen, daß er ebenfalls versuchte, es herauszufinden. Peter und ich beobachteten ihn schweigend, um ihm Zeit zu lassen, sich in seinen Erinnerungen zurechtzufinden. Endlich sah er wieder auf, noch immer sehr zweifelnd.

»Nun ja ... sie haben eine Weile neben mir an der Bar gestanden. Ich meine, sie achteten nicht auf mich, aber sie waren ganz in meiner Nähe.«

»Sind sie dir irgendwie interessant vorgekommen?« fragte Peter.

»Oh, also bitte!« rief Lasker und schaute zur Decke. »Wenn du sie gesehen hättest, würdest du nicht so eine Frage stellen!«

»Also ...«, sagte ich mit leichtem Schulterzucken, »war da gar nichts.«

Lasker schüttelte den Kopf: »Nein. Ich meine, also nein. Sie blieben nicht sehr lange neben mir stehen. Aber der eine blieb etwas länger als der andere.«

»Tatsächlich?« fragte ich.

»Ja. Der eine ging weg – der größere, glaube ich.«

Peter und ich tauschten einen Blick aus. Ich glaube, wir hatten beide die gleiche Idee: Der eine Knetmensch war Hacheck aus der Bar gefolgt und hatte ihn umgebracht, der andere war geblieben, um mich zu beobachten.

Peter sah Lasker an und sagte: »Sonst war da nichts? Sie hatten keinen Grund zu glauben, du würdest dich für sie interessieren?« – Lasker wollte wieder protestieren, aber Peter korrigierte sich – »Du hast nicht zufällig irgend etwas gehört?«

»Nein«, antwortete Lasker und nickte einmal heftig, als wollte er seine Äußerung damit unterstreichen. Nach einem kurzen Moment des Schweigens fügte er hinzu: »Ich habe mich eher für den anderen Typen interessiert.«

Ich merkte, wie meine Augenbrauen sich zusammenzogen, ein sicheres Zeichen, daß ich verwirrt war: »Meinst du den, der gegangen ist? Ich dachte, du hättest gesagt –«

»Nein«, unterbrach mich Lasker, »ich meine den anderen.«

»Welchen anderen denn?« fragte Peter.

»Den Hübschen.« Laskers Augen begannen zu glänzen, wie ich das aus meiner Jugend kannte: dieser Glanz, den man bekam, wenn man auf der Suche war und sich eine wunderbare Möglichkeit auftat.

»Vom wem sprichst du denn?« fragte ich.

»Oh, dieser Typ – dieser Typ, der reinkam und mit diesem Ausländer gesprochen hat, der geblieben ist ... mit dem Ausländer, der mich dann verprügelt hat.«

»Jemand kam rein und hat sich mit dem Ausländer unterhalten? In der Bar?«

Lasker sah mich an, als sei ich einer von diesen typisch begriffsstutzigen Erwachsenen.

»Natürlich in der Bar. Dieser hübsche Typ kam rein und sprach mit ihm, während der andere weg war. Ich konnte einfach nicht wegsehen, er war einfach toll. Ich weiß nicht, was er an diesem Ausländer so klasse fand.«

»Hast du verstanden, worüber sie gesprochen haben?«

»Ja, schon«, sagte er, als glaubte er, es könne sich anhören, als hätte er gelauscht, »aber eigentlich nicht viel, denn sie sprachen ja sehr leise, aber dieser Typ ist mir wirklich aufgefallen ... und ich war ... ich wollte ...«

»Du wolltest ihn haben«, sagte Peter ganz freundlich.

Lasker lächelte ihn an. Es war ein nettes Lächeln, als wäre er froh, daß jemand ihn verstand.

»Was war denn so toll an ihm?«

Lasker blickte ins Leere, aber seine Augen waren groß, und er lächelte, als er den geheimnisvollen Schönen beschrieb: »Er war groß und hatte dunkle Haare, ein bißchen gelockt, eher so wellig, und wunderschöne Haut, ich meine so sauber und glatt, versteht ihr? Und er hatte wundervolle Lippen und trug einen teuren Anzug. Er war schick.«

»Schick?« fragte Peter.

»Ja, schick, wißt ihr, was ich meine? Er war ganz einfach schick.«

Peter und ich sahen uns an. Ganz offensichtlich hatten wir den gleichen Gedanken zur gleichen Zeit: Lasker beschrieb den falschen Mr. Martin.

Lasker fuhr fort: »Ich versuchte, ihn auf mich aufmerksam zu machen, aber er interessierte sich nur für diesen Mistkerl.«

»Was hat er gesagt?«

»Das übliche, nehme ich an. Ich meine, das war eindeutig eine Anmach-Aktion.«

»Was hast du denn gehört?« wollte Peter wissen.

Lasker zuckte mit den Schultern und spielte mit dem Saum seines Kleids: »Nicht viel.«

»Na gut«, sagte ich ungeduldig, »und woher wußtest du dann, daß dieser Typ den Ausländer abschleppen wollte?«

Lasker fühlte sich angegriffen, als glaubte er, wir würden

seine Worte anzweifeln. »Ich hab' ein bißchen was verstanden. Nur ein bißchen.«

»Zum Beispiel?« fragte Peter.

»Na ja, zum Beispiel, daß dieser schmierige Ausländer etwas vom Harris sagte.«

»Das Harris Hotel?«

»Ja, irgendwas über das Harris ... oder daß er wollte, daß der junge Typ ihn im Harris besucht ... oder so was in der Art. Versteht ihr? Eine Anmache.«

»Was gab es noch?« fragte Peter.

»Ähm ... ja, also, ich glaube, dieser gutaussehende Typ gab ihm seine Telefonnummer.«

»Tatsächlich?« fragte ich und spürte, wie meine Stirn sich wieder runzelte. Ich wußte, daß ich am Ende dieser Geschichte wie meine Mutter jede Menge Stirnfalten haben würde.

»Ja. Er schrieb sie auf eine Serviette. Ich versuchte, sie zu lesen, aber es ging nicht.«

Wir schwiegen eine Weile. Ich mußte diese Informationen erstmal verdauen, mir darüber klar werden, was sie wohl bedeuteten, und genauso ging es wohl Peter. Lasker spielte weiter mit dem Saum seines Kleids.

»Hast du gesehen, wie einer von ihnen gegangen ist?« fragte Peter schließlich.

»Na klar hab' ich das«, antwortete Lasker mit einem schlauen Lächeln. »Ich hab' den Schicken doch beobachtet. Er hatte einen hübschen Arsch.«

»Ist er durch die Vordertür verschwunden?« fragte ich.

Lasker sah mich an, als sei ich verrückt geworden und sagte: »Ja, durch die Vordertür, wie denn sonst? Und dann ist der andere Ausländer – der größere – zurückgekommen. Beide sind dann zusammen weggegangen.«

»Wo gingen sie hin?«

Lasker sah uns an, als glaubte er, wir würden es wohl nie kapieren: »Die hab' ich doch nicht beobachtet! Mein Gott, ich hab' doch schon gesagt ...«

»Hast du diese Ausländer noch mal gesehen?« fragte Peter.

»Erst wieder, als ich zur Toilette ging.« Lasker sah mich an und fuhr fort: »Dann bist du dort rausgerannt, und ich bin dort rausgerannt, und einer von diesen Typen – der Typ, der mit mir an der Bar geblieben war – kam hinter mir her, erwischte mich und dann hat er mich fertiggemacht. Und währenddessen beschuldigte er mich, ihnen gefolgt zu sein und dir gefolgt zu sein, und fragte mich warum, aber er gab mir keine Gelegenheit zu antworten, er prügelte einfach auf mich ein! Ihr seht ja, wie's war!«

Er deutete mit den Händen auf seinen Körper, als hätte er das durchsichtige Kleid nur angezogen, um uns seine Verletzungen zu zeigen. Er schwieg einen Moment, dann sagte er: »Aber dann habe ich es doch geschafft – ich meine, ich bin weggelaufen. Ich hab' nicht mal versucht, mich zu wehren oder zurückzuschlagen, ich hab' einfach versucht, von ihm wegzukommen, und schließlich hab' ich es auch geschafft. Ich rannte wie wahnsinnig. Er folgte mir eine Weile, aber dann gab er auf und ging wohl wieder zurück, nehme ich an.«

Ich dachte kurz darüber nach. Jedenfalls stimmte es mit dem überein, was ich mitbekommen hatte, und es erklärte auch seine Panik, als er mich an nächsten Tag wiedergesehen hatte. Und es war durchaus glaubhaft, daß er diese Kerle ganz zufällig verärgert hatte, weil mir ja das gleiche passiert war. Es war auch möglich, daß der kleinere von den Knetmenschen den neugierigen Lasker bemerkt hatte und vermutete, er wolle mir helfen, als er in die Toilette kam.

»Eins noch«, sagte Peter, »wieso bist du nach alledem, was dir am Freitagabend in der Bar passiert ist, am nächsten Abend wiedergekommen? Hattest du keine Angst?«

Lasker sah gequält aus und wandte sich ab. Nach einigen Sekunden schluckte er heftig und sagte: »Wo hätte ich denn sonst hingehen sollen?«

Ein betroffenes Schweigen breitete sich aus. Ich hätte ihn gerne getröstet, aber ich spürte, das jeder Kommentar inhaltsleer geklungen hätte. Nach einer Weile stand ich auf, und Peter tat es mir nach.

»Nun ... das ist alles, was wir wissen wollten«, sagte ich zögernd. »Ich weiß es wirklich zu schätzen, daß du mit uns gesprochen hast. Ich bin ... es tut mir leid, daß du da hineingezogen wurdest.«

Lasker erhob sich vom Bett, als er merkte, daß wir gehen wollten. Er sah enttäuscht aus.

»Ihr geht schon?«

»Ich wüßte nicht, was wir dich noch fragen sollten ... und, vergiß nicht, du erwartest Besuch.«

Er warf einen Blick auf den billigen Wecker auf dem Boden neben dem Bett, dessen beleuchtetes Zifferblatt fast soviel Helligkeit verbreitete wie die kränkliche Stehlampe. Sein Gesicht war ausdruckslos.

»Ja, klar, er ist spät dran ... und ich glaube ... na ja, er kommt wahrscheinlich gar nicht mehr.«

Ich sah ihn an und wußte wieder nicht, was ich sagen sollte. Ich brachte nur ein »Oh« zustande.

Er zuckte leicht mit den Schultern, lächelte tapfer und sagte: »Ich hab' ihn gestern abend kennengelernt. Im »Manmade«. Seht ihr? Ich hab' eine neue Bar ausprobiert. Ich schätze, ich darf nicht zuviel erwarten.«

Ich lächelte traurig und sagte: »Offenbar nicht.«

Unten auf der Straße umarmte ich Peter und zog ihn an mich. Es waren nicht viele Menschen auf der Straße, aber es wäre mir auch egal gewesen. In diesem Augenblick war ich so verdammt glücklich, daß ich ihn hatte – ich hätte sogar seinen Hintern im Fernsehen geküßt, wenn er es von mir verlangt hätte.

Als ich ihn wieder losließ, liefen wir die Straße entlang, und er streichelte meine Schulter.

»Ich weiß, was du meinst«, sagt er.

Die kurze Fahrt zurück nach Hause gingen wir durch, was wir gerade erfahren hatten – oder was wir glaubten erfahren zu haben.

»Tja, das war ja eine interessante Enthüllung ...«, begann Peter. Seine Stimme klang leicht ironisch, aber ich war mir nicht sicher, ob er Laskers Outfit oder seine Informationen meinte.

»Na ja, er hat uns nicht gerade mit harten Tatsachen konfrontiert ...«

Peter drehte sich zu mir um, kniff die Augen zusammen und hob eine Braue.

»Schon gut, schon gut«, sagte ich und stimmte in sein Lachen ein, »sein Aufzug war ein bißchen seltsam.«

»Nur für Fremde. Ich wüßte nicht, was dagegen spricht, wenn er so einen Liebhaber empfängt«, fügte Peter hinzu, dessen Lachen einem lüsternen Grinsen wich. »Ich glaube, wir können jetzt ein paar Vermutungen anstellen, nachdem wir mit ihm gesprochen haben.«

»Erstens«, fuhr er fort und setzte sich damit auf Platz eins der Liste der Analytiker, »scheint der größere der beiden Knetmenschen – ich hoffe nur inständig, daß wir bald ihre Namen erfahren, weil ich nämlich keine Lust mehr habe, über sie zu reden wie über zwei Figuren aus ›Flash Gordon‹ ...«

»Du hast sie ja nicht gesehen. Sie sehen genauso aus. Und bewegen sich auch so.«

»Schon gut, schon gut«, entgegnete Peter ungeduldig, was ich darauf zurückführte, daß es schon sehr spät war. »Ich wollte also sagen, daß es so aussieht, als hätte der größere der beiden Knetmenschen Hacheck umgebracht.«

»Ja ... vielleicht. Es sei denn, er hat ihn verloren und war nun hinter ihm her.«

»Hinter ihm her?«

»Tut mir leid, eine bessere Formulierung ist mir gerade nicht eingefallen. Wie dem auch sei, er könnte nach Hacheck gesucht haben.«

»Ja. Nun gut, Lasker hat auch bestätigt, daß der falsche Martin tatsächlich in der Bar war.«

»Ich kann einfach nicht glauben, daß ich ihn übersehen habe.«

Peter legte seinen Ellbogen auf die Rückenlehne und benutzte die Hand, um seinen Kopf abzustützen, als er mich ansah. Es war reine Effekthascherei.

»Du warst ja hinter niemandem her, weißt du noch?«

Ich versuchte, nervös zu lachen wie jemand, der sich verplappert hat, und sagte: »Oh, ja, hab' ich ganz vergessen.«

Er machte eine Pause und sagte dann: »Findest du, daß er wirklich so gut aussieht?«

Ich sah ihn an, um herauszufinden, ob er es ernst meinte, aber er hatte sein Pokerface aufgesetzt, also mußte ich raten. »Ja, aber ihm fehlt deine Persönlichkeit.«

Er lächelte mich an. Ich war erleichtert.

»Na gut«, sagte ich und wandte mich wieder dem eigentlichen Thema zu: »Lasker hat auch bestätigt, daß Martin die Bar durch den Vordereingang verlassen hat, also hat er sehr wahrscheinlich Hacheck nicht getötet.«

»Wenn wir mal davon ausgehen, daß Hacheck die Bar durch die Hintertür verlassen hat.«

»Ja ...« Zum ersten Mal schien ein Licht am Ende des Tunnels aufzutauchen. »Und weißt du was? Es macht sogar Sinn: Nehmen wir mal an, Hacheck ist durch die Hintertür geflüchtet, der große Knetmensch ist ihm gefolgt und hat ihn umgebracht. Das bedeutet, daß er zu diesem Zeitpunkt wußte, daß Hacheck nicht das hatte, wonach sie suchten, und deswegen haben sie dann mich verfolgt.«

Peter freundete sich mit dem Gedanken an. »Deshalb waren sie sich so sicher, daß Hacheck es dir gegeben hat!«

»Dann bleibt nur noch eine Frage. Warum ist der falsche Martin in die Bar gekommen? Warum hat er mit dem kleineren der beiden Knetmenschen gesprochen?« Bevor er mich korrigieren konnte, gab ich zu: »Ich weiß, das waren zwei Fragen.«

»Oh, ich verstehe, warum er das getan hat«, sagte Peter. »Das Lokal war voll. Du hast ja gehört, was Lasker gesagt hat, niemand konnte den anderen verstehen. Er hat kaum etwas aufgeschnappt. Warum sollte er da nicht zu einem Verbündeten gehen und mit ihm reden?«

»Das ist es ja. Er hat sich nur mit einem von ihnen unterhalten.«

Peter seufzte: »Wer weiß warum? Vielleicht war der eine genug.«

»Und was ist das mit dem Harris Hotel? Was hat es damit auf sich? Warum sollte er dem Typen denn erzählen, wo er wohnt? Wieso hatten die Knetmenschen nicht sowieso schon seine Nummer?«

»Weiß ich auch nicht! Vielleicht ist er ja so gerissen, wie du glaubst, und wollte nicht, daß sie seinen Aufenthaltsort vorher schon kennen.«

»Warum hat er es ihnen dann plötzlich erzählt?« hakte ich nach.

»Alex, ich weiß es nicht. Ich bin müde. Sieh mal, das hat Freitag abend angefangen, jetzt ist es Montag nacht ... entschuldige bitte, Dienstag morgen, und wir haben noch immer nichts als Fragen.«

»Und zwei Leichen.«

»Und zwei Leichen« wiederholte er grollend.

Zwischen uns entstand ein gespanntes Schweigen, eins von der Art, das sich zwischen Liebenden einstellt, wenn sie auf der Heimfahrt im Auto etwas Wichtiges diskutieren, obwohl sie dafür viel zu müde sind. Ich ließ die Sache eine Weile ruhen, dann sagte ich: »Du weißt doch, daß wir das alles nicht einfach auf sich beruhen lassen können, oder?«

Er dachte kurz nach, und falls sein Gesichtsausdruck ein Hinweis auf seine Meinung war, dann wollte er eigentlich widersprechen, aber schließlich schüttelte er den Kopf und sagte: »Ja, ich weiß. Aber wir können es für heute nacht erstmal ad acta legen.«

Wir erreichten die Fullerton und fuhren vor dem Haus auf und ab, weil ich erst sehen wollte, ob alles in Ordnung war. Natürlich war es völlig überflüssig, weil alles von außen bestens aussah, mir aber plötzlich einfiel, daß drinnen dennoch ein heilloses Durcheinander herrschen konnte. Wie geweißte Gräber, dachte ich pietätlos, und wunderte mich ein weiteres Mal, wie eine einfache Krise doch die Erinnerung an die Bibel wachrufen konnte.

Als wir hinter dem Haus durch den Garten gingen, nachdem wir den Wagen geparkt hatten, nahm ich Peters Hand und sagte: »Kannten wir nicht mal jemanden, der im Harris arbeitet?«

Peter drehte sich zu mir, und sogar in der Dunkelheit konnte ich sehen, wie sich ein Lächeln auf seinem Gesicht ausbreitete.

»Stevie!« sagte er lachend.

»Ja. Stevie.«

12

Mutter und ich saßen noch beim Frühstück, als Peter Stevie anrief. Peter kannte Stevie schon ziemlich lange. Ich hatte nie nach der Art ihrer Beziehung gefragt, weil der bloße Gedanke daran Bilder in mir heraufbeschwor, die mir viel zu unangenehm waren. Aber ich glaubte nicht, daß sie sich jemals körperlich nahegekommen waren, denn Stevie war nicht Peters Typ. Das soll nicht heißen, daß Stevie nicht attraktiv war oder so, sondern daß er jemand war, den ich mir als Freund vorstellen konnte, aber nicht als Partner. Er war lustig und laut und freundlich, und man hatte immer das Gefühl, daß man sich trotz seiner naßforschen Art auf ihn verlassen konnte und er einen niemals fallen lassen würde, wenn man in Schwierigkeiten kam. Aber er war ganz anders. Im Vergleich zu Stevie waren Peter und ich regelrechte Vorstädter.

Nachdem Peter das Telefongespräch beendet hatte, kam er in die Küche, setzte sich an den Tisch und nahm einen Schluck von seinem Tee. Er trug einen dunkelgrauen Anzug, in dem er aussah wie eine Million Dollar in kleinen Scheinen, die ich gern einen nach dem anderen abgeschält hätte. Dazu hatte er ein strahlendweißes Hemd an und eine Krawatte mit breiten kastanienbraunen und grauen Streifen.

»Na«, meinte Peter, als er seine Tasse zurückstellte, »das war ja interessant.«

»Was?«

»Ich glaube, Stevie Sullivan war zum ersten Mal sprachlos!«

»Leider hast du uns nicht mithören lassen.«

»Jede Wette, daß dieser falsche James Martin im Harris Hotel wohnt!« enthüllte Peter mit einem triumphierenden Lächeln.

»Das darf doch nicht wahr sein«, erwiderte ich. »Willst du damit sagen, daß er sich tatsächlich als James Martin angemeldet hat?«

Mutter wandte sich mir mit amüsiertem Gesichtsausdruck zu: »Alex, mein Junge, James Martin ist sein Deckname, warum sollte er sich nicht unter diesem Namen im Hotel eintragen?«

»Ach ja, klar«, sagte ich und spürte, wie ich rot wurde. Dann drehte ich mich zu Peter und fragte: »Was hat denn Stevie so sprachlos gemacht?«

»Was meinst du denn? Ich hab' ihn gefragt, ob er uns den Schlüssel zu Martins Zimmer besorgen kann.«

»Und was hat er darauf geantwortet – nachdem er sich wieder gefangen hatte, meine ich«, sagte Mutter und nahm noch einen French Toast.

»Er sagte: ›Das soll wohl ein Witz sein‹, was hätte er auch sonst sagen sollen.«

»Aber er macht es trotzdem?«

»Natürlich macht er es. Du kennst doch Stevie! Anstandshalber muß ich aber erwähnen, daß er erst gezögert hat und die Hintergründe wissen wollte, aber am Schluß stimmte er zu.« Er sah Mutter an und fügte hinzu: »Weil er dir vertraut.«

»Na, besten Dank, Stevie!« sagte Mutter und salutierte mit ihrer Gabel.

Peter wandte sich an mich und fügte hinzu: »Er hat außerdem Wert auf die Feststellung gelegt, daß er, falls wir ihn hintergehen und das Zimmer ausrauben wollen, unsere Adresse diesen Skinheads geben wird, mit denen er gerade was hatte.«

Genau aus diesem Grund hatte ich mit Stevie immer Schwierigkeiten. Zu behaupten, mit einer Horde Skinheads ins Bett zu gehen, war reine Angeberei. Das Schlimme daran ist, daß er das glatt tun würde, nur um angeben zu können. Schwer zu sagen.

Ich hasse es, als Trottel dazustehen, aber ich mußte einfach nachfragen: »Schläft er wirklich mit Skinheads?«

»Das habe ich ihn auch gefragt. Er behauptet, er hätte nur

mit einem von ihnen was. Und er behauptet, der fände es geil mit Jungs, während er sie zu Tode prügelt. Ich hab' nicht weiter nachgefragt.«

Wir aßen eine Weile schweigend, dann wandte sich Peter an meine Mutter und sagte: »Jean, das ist wahrscheinlich eine sehr persönliche Frage und du mußt sie nicht beantworten, aber was war denn mit dir und Frank, nachdem wir gestern abend gegangen sind?«

»Ein neuer Anlauf«, antwortete sie nach einer kurzen Pause. »Ich hasse es, alte Beziehungen wiederzubeleben, aber ich fürchte, es ist genau das eingetreten, was ich schon befürchtet hatte: Frank hat die Situation ausgenutzt, um unsere Beziehung aufzufrischen.«

Peter sah sie erwartungsvoll an, als wartete er auf mehr. Als sie nichts weiter sagte, fragte er: »Sonst noch was?«

»Oh ja, bezüglich dieser Geschichte. Frank hat gesagt, daß er mit diesem Mr. Nelson reden will, dem vom CIA, mit dem er zu tun hatte, um herauszufinden, ob das Ganze irgend etwas mit einer ihrer Operationen zu tun hat. Ich war froh, daß ich Frank nichts von unserem kleinen Abenteuer gestern abend erzählen mußte. Mr. Nelson wird ihn schon ins Bild setzen, wenn er es für nützlich hält. Ansonsten ist es mir lieber, wenn Frank nicht erfährt, daß wir bei einem Mord dabei waren.«

»Ich verstehe nicht, warum die Leute vom CIA sich nicht direkt an uns gewendet haben. Es wundert mich, daß sie nicht mit uns reden wollen, und wenn nur, damit wir den Mund halten«, sagte ich.

»Wieder eine der vielen unbeantworteten Fragen«, stellte Peter fest. »Vielleicht habt ihr ja Gelegenheit, etwas herauszufinden.«

Mutter sah ihn an und fragte: »Wann geht Stevie denn zur Arbeit, und was sollen wir machen?«

Peter nahm einen oder zwei Schluck Tee, bevor er antwortete. Er stellte die Tasse ab und sagte: »Er ist schon dort. Er wollte schon mal anfangen und das mit dem Schlüssel vorbereiten, so daß ihr nur hingehen müßt, um ihn abzuholen.«

»Es hat wahrscheinlich keinen Sinn, dich zu bitten, nicht mitzukommen?« fragte ich Mutter.

»Natürlich nicht! Was machst du denn, wenn du erwischt wirst? Es ist besser, wenn ich dabei bin – falls jemand Verdacht schöpft, ist es viel glaubhafter zu sagen, wir hätten uns im Zimmer geirrt. Wer glaubt denn schon, daß jemand seine Mutter zu einem Einbruch mitnimmt?«

Ich stellte mein Glas hin, kniff die Augen zusammen und sah sie an: »Jeder, der uns kennt, Mutter.«

Peter wäre lieber mitgekommen und drohte ein weiteres Mal, sich krank zu melden, aber ich erklärte ihm, daß wir im Falle einer Verhaftung wie eine Schwulen-Gang mit einer britischen Ganovenmutter dastehen würden. Also gab mir Peter einen Abschiedskuß und ging wie üblich zur Arbeit. Zuvor untersuchte er aber noch mein Gesicht und war gar nicht zufrieden mit dem, was er dort entdeckte: dunkle Ringe unter den Augen, die signalisierten, daß diese Sache mich zu stressen begann. Dann begleitete ich ihn nicht wie üblich zur Tür, sondern bis zur Straße und blieb nur halb verdeckt von einem Ahornbaum stehen und sah ihm nach, wie er davonging, bis ich ihn kaum noch sehen konnte. Ich weiß auch nicht wieso, aber mir kam es so vor, als würde mein Rettungsring davonschwimmen.

Meine Ängste bezüglich Peter waren ein weiterer Hinweis darauf, daß ich die ganze Sache nicht so locker hinnahm, wie es vielleicht wirkte. Um ganz ehrlich zu sein, hatten mich die Ereignisse der vergangenen Nacht völlig durcheinandergebracht. Ich hatte miterlebt, wie jemand in den Kopf geschossen wurde, was nicht gerade eine meiner üblichen Alltagserfahrungen war (obwohl mir erzählt wurde, daß so etwas in dieser Stadt andauernd passiert, bin ich noch nie dabei gewesen). Außerdem hatte ich erst am Freitagabend jemanden kennengelernt, der sich Victor Hacheck nannte und kurz nach unserer Begegnung umgebracht worden war, aber das war wenigstens nicht direkt vor meinen Augen geschehen und hatte mein Leben nicht völlig durcheinandergebracht. Hatte ich jedenfalls gedacht.

Aber am frühen Morgen, als Peter und ich endlich im Bett waren, nach der Rückkehr von unserer Unterredung mit Jerry Lasker, war mir erst wirklich bewußt geworden, daß ich erlebt hatte, wie ein Mensch getötet wurde. Das hatte mich total aus dem Gleichgewicht gebracht. Ich konnte überhaupt nicht schlafen, aber als ich dann doch einschlief (ich weiß, daß das ein Widerspruch ist, aber Sie wissen schon, was ich meine), sah ich in der Dunkelheit vor mir, wie dieser riesige Knetmensch in den Kopf geschossen wurde. Manchmal platzte seine Schädeldecke ab wie der Deckel eines Topfes mit Überdruck, manchmal explodierte er nur. Ich wachte schweißgebadet auf, und Peter umarmte mich, bis ich wieder eingeschlafen war. Ich glaubte schon, daß Peter, Mutter und ich uns tapfer verhalten hatten (oder auch dumm, was ungefähr auf das gleiche hinauslief), aber ich war trotz allem nur ein Mensch. An diesem Morgen am Frühstückstisch bemühte ich mich, einen gleichgültigen Gesichtsausdruck aufzusetzen, aber wahrscheinlich konnte das Mutter und Peter nicht täuschen.

Nachdem ich Peter verabschiedet hatte, ging Mutter aus dem Haus, machte die Tür zu, schloß ab und kam zu mir unter den Baum. Sie trug ein helles Bauernkleid, daß ihre eleganten Bewegungen umschmeichelte. Ein Wildledergürtel hielt es zusammen. Sie winkte ein Taxi herbei, und wir machten uns auf den Weg ins Harris Hotel.

Das Harris lag am südlichen Ende der Michigan Avenue. Ich sage südliches Ende, obwohl sich die Michigan Avenue fast die ganze Länge der Südseite von Chicago entlangzog. Trotzdem endete die Michigan für eisenharte Nordstadtbewohner an der Twelfth Street (Roosevelt Road), und die andere Hälfte der Straße war für sie ein unbegehbarer Abgrund. Das Harris war alt, alt und elegant, allerdings nicht von der Klasse des Palmer House. Es war eins der Hotels, wo man den roten Plüschteppich so gut wie möglich in Ordnung hielt, nach dem Motto: Wenn der Teppich nur gut genug aussieht, wird niemand merken, daß der Rest kurz vorm Zusammenbrechen ist. Zum Beispiel war die Vergoldung der Putten, die die hohe kathedralenartige Decke der Eingangshalle verzierten, längst abgeblättert und wurde auch nicht erneuert, ganz nach der Management-Philosophie »Wenn man nicht nah rangehen kann, muß es auch nicht renoviert werden«. Immerhin wurde gelegentlich auftretender Goldstaub auf dem Teppich sofort weggesaugt.

Das Harris hatte wie andere große Hotels, um neugierige Passanten abzuhalten, die Rezeption in den ersten Stock verlegt, ans Ende einer breiten zweiflügeligen Treppe. Natürlich hatte dieses Arrangement zur Folge, daß auch die Hotelgäste überall nach der Rezeption suchten. Ich war nur ein einziges Mal dort gewesen, aber so ähnlich muß sich Aschenputtel gefühlt haben, als sie durch den großen Palast irrte, nur daß im ersten Stock, wo sie ihre gläsernen Schuhe verloren hat, heute Geldwechselautomaten standen. Na gut, so schlimm war es auch wieder nicht, aber sehr geschäftsmäßig. Gäste, Pagen und sonstige Bedienstete hasteten umher wie gutgekleidete Feldmäuse.

Das Rezeptionspult war aus Mahagoni und erstreckte sich entlang der Wand links von der Treppe. Als Mutter und ich ob ankamen, sahen wir Stevie Sullivan, der sich gerade mit einer ältlichen Dame beschäftigte, die wesentlich kleiner war als er und ständig zurückwich, nicht weil er so groß war, sondern wegen seiner beeindruckenden Persönlichkeit.

Jeder Mann namens Steve, den ich kannte, war schwul. Dazu muß ich allerdings sagen, daß ich bisher nur drei Männer namens Steve getroffen hatte, und man möge bedenken, in welchen Kreisen ich mich bewegte. Aber dieser hier war der einzige, der sich auch noch Stevie nennen ließ. Er unterbrach plötzlich seinen Redefluß, als er uns die Treppe heraufkommen sah. Tatsächlich sah er so erschrocken aus, als hätte eine Seifenoper-Orgel mit einem ordentlichen Crescendo unsere Ankunft untermalt. Er fertigte die Dame ab und betätigte einen Klingelknopf. Ein ziemlich gutaussehender Page erschien, übernahm das Gepäck der ältlichen Dame und führte sie zum Aufzug. Sie folgte ihm wie eine watschelnde Ente. Steve sah ihnen mit einem verzückten Gesichtsausdruck nach, ohne einen Zweifel daran zu lassen, wem von beiden sein Interesse galt. Es sprach für seine Konzentrationsfähigkeit, daß sich sein Gesichtsausdruck schlagartig änderte, als er sich vom Hintern des Pagen ab- und uns zuwandte und dabei aussah, als wäre nichts gewesen.

Wir näherten uns dem Pult, und ich rätselte mal wieder darüber, wieso manche Leute eine aufreizende Sexualität ausstrahlten, ohne im geringsten attraktiv zu sein. Stevie war einer davon.

Er hatte große Augen, die hervorzuquellen schienen, obwohl sie das gar nicht taten. Er sah immer so aus, als würde er im nächsten Moment ein schmieriges Gesicht machen wie in einer erotischen Farce. Er war nicht gerade dick, aber auch nicht dünn und fühlte sich in seinem roten Blazer genauso gut, wie er es wahrscheinlich als eine der Frauen in »Tom Jones« getan hätte. Er ging zum einen Ende des Pults, wo niemand stand, und empfing uns dort.

»Hallo Stevie. Erinnerst du dich noch an meine Mutter?«

»Enchanté, Madame!« sagte er und reichte ihr seine Hand, als wollte er sie zum Handkuß auffordern.

Mutter wartete einen Moment, bevor sie zugriff, aber dann drehte sie sie zur Seite, um sie zu schütteln. Sie machte klar, daß er das lieber bleiben lassen sollte.

»Nett, Sie wiederzusehen«, sagte sie und deutete ein Lächeln an.

»Ja, wir haben uns seit letztem Jahr nicht mehr gesehen – beim Barbecue in Ihrem Garten im Sommer. Tja, das war damals, als ich noch zusammen war mit ...« Er legte den gekrümmten Zeigefinger ans Kinn und sah zur Decke, schnippte dann mit den Fingern und sagte: »Robert. Ah ja, Robert. Hat leider nicht lange gehalten.«

Wie immer fühlte ich mich in Stevies Gesellschaft wie in einem schlechten Laientheater bei »Die Frauen«. Unter den Umständen kam es mir allerdings höchst seltsam vor, daß wir Höflichkeiten austauschten, aber Stevie, der noch theatralischer war als sonst (würden Sie ihn kennen, wüßten Sie, wie schlimm das ist), war wahrscheinlich furchtbar nervös und versuchte es zu überspielen. Immerhin baten wir ihn um einen Gefallen, der ihn seinen Job kosten konnte.

»Peter hat erzählt, daß du einen neuen Freund hast«, sagte ich.

Steve schürzte die Lippen und sagte: »Einen Freund kann man das wohl nicht nennen, aber wir sind zusammen, wann immer es nur geht.«

Ich schüttelte den Kopf und lächelte. »Also wirklich, Stevie, ein Skinhead?«

»Ein ehemaliger Skinhead, Alex-Schätzchen!« sagte er dramatisch. »Vielleicht ist es ein bißchen gefährlich, weil man ja nie weiß, ob er nicht einen Rückfall bekommt. Aber es ist der beste Sex, den ich je hatte.«

»Oh ... tja ... also«, sagte ich schulterzuckend.

Wir schwiegen alle drei. Mutter und ich sahen einander an, während Stevie uns aus seinen Froschaugen anglotzte. Schließlich lächelte er breit mit seinen sinnlichen Lippen, die beinahe bis zu den Ohrläppchen reichten. Dann legte er die Hände auf dem Pult übereinander und senkte den Kopf.

»Nun«, meinte er und spähte unter seinen langen, dunklen Wimpern hervor, »ich habe gehört, daß ihr beide euch ein bißchen mit Spionage beschäftigt.« Er betonte die letzte Silbe von ›Spionage‹, so daß es mehr nach einem Bekleidungsstück für Frauen klang.

»Peter hat Ihnen sicherlich schon erzählt, daß es sehr wichtige ist«, sagte Mutter geschäftsmäßig.

»Jawohl«, entgegnete er langsam, »so wichtig, daß ich riskiere, meinen Job zu verlieren.«

»Zwei Menschen wurden ermordet.«

»Es sind schon Millionen ermordet worden, Mutter Reynolds«, antwortete Stevie und richtete sich auf. »Ich lebe weiter und muß über die Runden kommen.«

Mutter lächelte. »Stevie, Sie wissen doch, wie sehr ich es hasse, wenn Sie mich wie eine Nonne ansprechen.«

»Was Mutter Rey– « Ich unterbrach mich und begann von vorn: »Ich glaube, Mutter wollte sagen, daß wir ebenfalls in Lebensgefahr schweben. Jedenfalls nehmen wir das an.«

»Das hat Peter erzählt. Und das ist auch der einzige Grund, meine Lieben, warum ich dieses Risiko auf mich nehme. Das ist vielleicht nicht der tollste Job der Welt, aber er wird gut bezahlt und die Krankenkasse ist prima.«

»Es ist wichtig, Stevie, wichtig!« drängte ich.

Er schaute das Rezeptionspult entlang. Am anderen Ende stand eine schlanke schwarze Frau und kümmerte sich um ein mittelaltes, normal gekleidetes Paar. Stevie schien zufrieden zu sein, daß er ihre Aufmerksamkeit nicht erregt hatte, und zischte uns durch seine kaum geöffneten Lippen zu: »Sotto voce, bitte, sotto voce.« Dann beugte er sich vor und fügte noch leiser hinzu: »Ich weiß, daß es wichtig ist. Und ehrlich gesagt, egal warum ich es tue, ich tue es in erster Linie für Peter, zu allererst, weil wir uns schon so lange kennen –« Er sah mich an und verzog das Gesicht zu einem lasterhaften Grinsen. »Nicht so lange, Alex ...« Ich machte eine Grimasse und bedeutete ihm mit der rechten Hand, sich zu beeilen.

»Und zweitens, weil ich weiß, daß Peter so schrecklich ernsthaft ist. Wenn diese Bitte von jemand anderem gekommen wäre, hätte ich an der geistigen Gesundheit des Bittstellers gezweifelt oder am Zustand der Freundschaft. Das kommt bei Peter aber nicht in Frage. Er ist der einzige, den ich jemals kennengelernt habe, von dessen Aufrichtigkeit ich absolut überzeugt bin.«

Mutter reagierte gar nicht, aber ich konnte nicht anders, als meine Augenbrauen etwas zu heben.

Er fügte eilig hinzu: »Oh, du bist natürlich auch in Ordnung, und deine Mutter ist über jeden Zweifel erhaben.«

Er sah sie an und lächelte breit, die Andeutung eines Zwinkerns im Augenwinkel. Aber sogar dieser kleine Funken erstarb, als er den Blick meiner Mutter auffing: Ganz eindeutig wollte sie ihm zu verstehen geben, daß er uns aufhielt.

Er zwinkerte uns zweimal zu und sagte: »Nun ja ...« und griff unter das Pult, um eine schmale Plastikkarte hervorzuholen, eins von diesen Dingern, die heutzutage als Zimmerschlüssel dienten.

»Der hier«, sagte er und zeigte den Schlüssel, ohne ihn uns gleich zu geben, »ist programmiert und dürfte euch wohl Zugang verschaffen.«

»Vielen Dank, Stevie«, sagte Mutter und griff nach dem Schlüssel. Stevie streckte die Hand nicht weiter aus, und ich bemerkte zum ersten Mal, wie blaß er in den letzten Minuten geworden war. Wir hatten ihn in eine ernste Lage gebracht. Stevie und Mutter sahen sich kurz in die Augen, während sie die Hand ausgestreckt hielt. Dann lächelte sie sanft, beugte sich vor und nahm den Plastikschlüssel an sich.

»Zimmer Elf-zwölf.«

»Vielen Dank«, sagte Mutter einfühlsam.

Wir drehten uns um und wollten gehen, aber Stevie hielt uns zurück. »Wartet!« Als wir uns umdrehten, warf er einen Blick auf die Schwarze am anderen Ende der Rezeption. Sie war immer noch mit dem Ehepaar beschäftigt. Sie schien Stevies Spielchen genauso gewohnt zu sein wie ich und machte sich nicht einmal die Mühe herzusehen. Stevie sah erleichtert aus, als er sich uns wieder zuwandte.

»Was ist?« fragte Mutter.

»Ich muß erst anrufen.«

»Wie?«

»Anrufen! Soll ich denn nicht erst anrufen und nachprüfen, ob jemand im Zimmer ist?«

Ich sah Mutter an und wurde rot, als ich merkte, wie blauäugig wir uns verhielten. Wir seufzten beide, und Mutter sagte: »Ja, bitte, es wäre nett, wenn Sie das tun könnten.«

Stevie nahm den Hörer ab und wählte eine vierstellige Nummer. Er summte eine Melodie, während er den Hörer ans Ohr hielt und den Blick starr auf die rechte Schulter meiner

Mutter gerichtet hielt. Nachdem er es mindestens ein Dutzend Mal hatte klingeln lassen, legte er wieder auf und sagte: »Niemand nimmt ab. Das bedeutet nur, daß niemand abnimmt, seid also bitte vorsichtig, wenn ihr nach oben geht. Vielleicht kommt er gerade aus der Dusche, was ich auch gerne sehen würde, während ihr tut, was ihr tun müßt.«

»Noch mal vielen Dank«, sagte Mutter.

»Falls du ihn reinkommen siehst, ruf oben an«, fügte ich hinzu.

Als wir gingen, fügte Stevie noch hinzu: »Falls ihr erwischt werdet, solltest du deine langjährige orale Praxis darauf verwenden, den verdammten Schlüssel zu verschlucken!«

Ich grinste und folgte Mutter zu den Aufzügen.

Wir nahmen den gleichen Aufzug wie das Paar und der Page, der es auf sein Zimmer brachte. Der Page drückte auf den Knopf für den zwölften Stock und Mutter drückte auf elf. Falls der Page irgendwelche Zweifel über unsere rechtmäßige Anwesenheit im Hotel hatte, zeigte er es jedenfalls nicht. Ich kam mir trotzdem ganz schön verdächtig vor.

Die Fahrt war unerträglich lang, weil der Aufzug ganz sachte nach oben glitt, während die Frau ihren Gatten die ganze Zeit in diesem typischen New Yorker Akzent bequatschte, daß sie, bevor sie sich auf den Weg zu ihrem Zimmer gemacht hatten, besser »'n büschen Wassa« gekauft hätten, was ich mit »ein bißchen Wasser« übersetzte. Sie führte ihrem armen Mann gegenüber weiter aus, daß sie unbedingt »Flaschn'wassa« brauche, weil sie nicht das aus dem »Wassaha'n« trinke. Ich war erleichtert, als ich endlich aussteigen durfte.

Wir schauten den Korridor entlang, während die Türen des Aufzugs sich hinter uns mit einem arthritischen Knacken schlossen. Ein kleines, mattglänzendes Messingschild zeigte die Richtung an, in der wir unsere Zimmernummer finden würden, und wir gingen den glücklicherweise verlassenen Flur bis ans Ende. Dort befand sich eine Tür, über der das Schild mit dem Wort »Notausgang« leuchtete und wahrscheinlich ins Treppenhaus führte. Direkt rechts daneben befand sich die Tür zu Nummer 1112.

Ich sah Mutter an, die tief seufzte. Sie sagte: »Auf geht's!«, während sie den Plastikschlüssel in das elektronische Schloß über dem Türknauf stecken wollte. Ich packte sie am Handgelenk und sagte: »Warte!«

Sie runzelte die Stirn, sah mich an, und ich erklärte: »Wir müssen erst anklopfen. Falls er da ist und aus irgendeinem Grund nicht ans Telefon gegangen ist. Wir können nicht einfach einbrechen.«

»Und wenn er aufmacht?«

Das hatte ich mir nicht überlegt. Ich dachte kurz nach. »Wir sagen einfach ... was gestern abend passiert ist.«

Mutter blickte mich ungläubig an: »Und woher wissen wir, daß er hier wohnt?«

Ich mußte nachdenken. Dann hatte ich es: »Wir sagen einfach, wir hätten es über bestimmte Kanäle erfahren – und weigern uns, mehr zu erklären. So hat er uns schließlich auch zum Narren gehalten.«

Mutter verzog das Gesicht, als würde ihr diese Idee nicht sonderlich gefallen, und ehrlich gesagt ging es mir ähnlich. Aber ich hoffte, daß wir nicht auf diese Ausreden angewiesen sein würden. Ich hob die Hand und klopfte leicht gegen die Tür. Nach einer Weile, während der nicht nur mein Atem, sondern auch mein Herz stockte, als würde es sich am liebsten davonstehlen, sagte Mutter ungeduldig: »Er ist nicht da.« Sie schob den Schlüssel in den Schlitz. Das Schloß klickte, und Mutter öffnete die Tür so leise, als fürchtete sie eben doch, er könnte da sein, und trat ins Zimmer. Ich blieb dicht hinter ihr.

Eine Weile standen nur wir auf der anderen Seite der Tür und horchten auf Geräusche, aber da war nichts. Wir entschieden, daß niemand zu Hause war, entspannten uns ein wenig und sahen uns im Zimmer um. Nach all der verblichenen Eleganz der Eingangshalle des Hotels machte das Zimmer keinen schlechten Eindruck. Es war nicht gerade überragend, aber doch besserer Standard. Das Bett war gemacht, was zu meiner großen Erleichterung bedeutete, daß das Zimmermädchen schon dagewesen war. Von dieser Seite hatten wir also nichts zu befürchten. Das Bettzeug war nicht teuer, aber sauber wie alles andere im Zimmer. Ohne den mittelgroßen Koffer auf der Ablage vor dem Fenster hätte das Zimmer auf den ersten Blick unbewohnt ausgesehen. Ein Fernsehapparat mit großem Bildschirm stand neben einer Kommode, eine Fernbedienung mit Kabel lag auf dem Nachtschränkchen. Alles in allem ein ganz normales Hotelzimmer, nur ein wenig teurer als die meisten, und nicht gerade der Ort, an dem ich einen CIA-Agenten erwartet hätte. Irgendwie hatte ich sie wohl eher in abgelegenen, schäbigen Häusern erwartet, wo sie weniger Aufmerksamkeit erregten. Andererseits war Martin viel zu gut angezogen gewesen, um in so einem Hotel nicht aufzufallen. Ich wollte gerade sagen: »Unsere Steuern werden ja gut angelegt«, als mir einfiel, daß dieser Martin ja gar nicht zum CIA gehörte, sondern ein Betrüger war.

Nachdem wir das Zimmer gemustert hatten, beschlich mich das eigenartige Gefühl, das man bekommt, wenn man die Wohnung eines anderen durchsucht: Man tut etwas Verbotenes und hat die ganze Zeit Angst davor, entdeckt zu werden.

Leider hatten wir überhaupt keine Erfahrung im Durchsuchen fremder Sachen. Mutter schien das auch gerade klarzuwerden. Sie wandte sich zu mir und fragte: »Also, wo fangen wir an?«

»Tja, also ...«, begann ich, noch immer neben der Tür stehend, und sah durchs Zimmer, »na gut, du übernimmst den Schreibtisch, ich die Kommode.«

»Alles klar«, antwortete sie und ging zum Schreibtisch, der vor der Wand neben dem Bett stand. Sie begann die Schubladen aufzuziehen und zuzuschieben, als hätte sie ihr Leben lang nichts anderes getan als einzubrechen.

Ich ging zur Kommode, zog die obere linke Schublade auf und stieß auf mehrere Paare schwarzer Socken, die zusammengerollt in der linken Ecke lagen; rechts war alles leer. Ich schob die Socken zur Seite, um sicher zu gehen, daß nichts darunter versteckt war, dann drückte ich die Socken, um zu überprüfen, ob etwas in ihnen steckte. Zufrieden schob ich die Schublade zu und öffnete die nächste. Mir entfuhr ein »Oh, mein Gott!«.

Mutter unterbrach ihr Suche und fragte: »Was ist denn? Hast du etwas gefunden?«

»Ja, der falsche Mr. Martin hat Boxershorts. Und ich dachte, er trägt seidene Slips.«

»Alex, mein Junge! Mach jetzt bitte weiter!«

Ich sollte noch erwähnen, daß ich vor Peter ein paar Liebhaber hatte. Ich habe immerhin einen Teil der sexuellen Revolution mitgemacht. Einige kannte ich ganz gut und andere, um es mal so auszudrücken, eher weniger. Aber in jedem Fall habe ich mich mit ihrer Unterwäsche nur beschäftigt, wenn sie nichts dagegen hatten. Ich war überrascht, wie unwohl ich mich dabei fühlte, die Unterwäsche eines Fremden zu durchwühlen. Ich fand nichts Interessantes. Aber dann entdeckte ich, in einer Ecke unter zwei Shorts mit Paisley-Muster, ein Päckchen Kondome. Unnützerweise fand ich es bei aller Spionage beruhigend, daß auch der falsche Mr. Martin stets auf Nummer sicher ging.

Die restlichen Schubladen waren leer, bis auf eine, in denen ein Stapel identisch aussehender weißer Hemden lag. Ich schob die Laden zu und drehte mich zu Mutter um, die mit dem Schreibtisch fertig war und aus dem Fenster schaute.

»Irgendwas gefunden?« fragte ich.

»Hotelbriefpapier und zwei billige Kugelschreiber mit dem Namen des Hotels. Oh, und eine Bibel in der unteren Schublade, die so aussieht, als hätte noch nie jemand reingesehen. In die Bibel, nicht die Schublade. Und du?«

»Er praktiziert Safer Sex.« Ich seufzte und ging zu ihr.

»Aber die Aussicht ist hübsch«, meinte sie und starrte nach draußen auf den Lake Michigan.

»Mutter, wir sind hier, um das Zimmer unter die Lupe zu nehmen, nicht die Aussicht.«

»Na gut«, sagte sie, stand vom Schreibtisch auf und schob

den Stuhl wieder darunter, »laß uns mal den Wandschrank und das Bad inspizieren, dann gehen wir wieder.«

»Einverstanden. Ich bin schon ganz nervös.«

Mutter ging ins Badezimmer, wo ich sie im Spiegelschrank herumwühlen hörte, und ich machte mich an meine Aufgabe. Der Vorraum des Badezimmers bildete eine Art Ankleidezimmer und hatte zwei Einbausschränke mit Schiebetüren. Ich schob sie auf und fand mehrere Anzüge in verschiedenen Grau- und Blautönen. Eine Kleiderstange nahm die gesamte Breite des Schranks ein. Mutter kam dazu, als ich mich gerade an die Taschen machte.

»Tja, also, im Spiegelschrank ist nichts außer einer großen Packung Aspirin. Unser falscher Mr. Martin ist anscheinend auf Kopfschmerzen abonniert. Was um Himmels Willen, tust du denn da?« Die letzte Frage kam, als sie sah, daß ich die Hosentaschen umstülpte.

»Das siehst du doch. Ich durchsuche seine Taschen.«

Sie sah mich entgeistert an und sagte: «Aber Alex, du kannst doch nicht die Taschen eines Mannes durchsuchen!«

Ich unterbrach mich, sah meine verstörte Mutter an und erwiderte: »Also Mutter, gerade habe ich seine Unterwäsche durchwühlt! Und du hast den Schrank im Badezimmer inspiziert. Das ist wirklich nicht der Moment für irgendwelche Anfälle von Diskretion!«

Sie zögerte, schnalzte mit der Zunge und sagte: »Ich hätte nie gedacht, daß es mal soweit mit uns kommen würde«, und begann selbst, in den Anzugtaschen auf der anderen Seite des Schranks zu suchen. Als wir in der Mitte zusammentrafen, hatten wir immer noch nichts gefunden. Ich faßte nach oben und tastete zwei Regalbretter ab, fand aber auch dort nichts.

Ich schob die Schranktüren zu, und dann standen wir da. Mutters Gesichtsausdruck sprach mir aus der Seele: eine Mischung aus Frustration und Enttäuschung, obwohl wir zugeben mußten, gar nicht zu wissen, wonach wir eigentlich suchten. Trotzdem dachten wir, wir hätten etwas gefunden, wenn wir nur gewußt hätten, wo wir suchen mußten.

Bereit, einen Fehler einzugestehen, übernahm Mutter die Führung und sagte: »Also gut, mein Junge, laß uns mal wieder verschwinden.«

Ich nickte zustimmend und ging zur Tür, als mir plötzlich etwas einfiel. Ich hielt Mutter zurück und sagte: »Einen Moment noch. Mir fällt gerade was ein.«

»Was denn?«

»Wo verstecken sie denn in den Filmen immer ihre Sachen?«

Ich ging zurück zur Kommode und kniete mich hin. Ich zog die beiden oberen Schubladen auf und sah darunter. Nichts. Das gleiche tat ich mit den mittleren beiden Schubladen und mußte mich dafür noch weiter nach unten beugen. Ohne Erfolg.

»Was um Himmels Willen tust du da?« fragte Mutter.

Ich sah zu ihr hoch und sagte: »Die Unterseite der Schubladen, Mutter. In den alten Spionagefilmen, die ich gesehen habe, verstecken sie die Sachen immer im Hotelzimmer, indem sie sie mit Klebeband unter die Schubladen kleben.«

Die beiden unteren Schubladen waren zu weit unten, um unter sie sehen zu können, also zog ich sie raus und drehte sie um.

»Soviel zu den alten Spionagefilmen«, sagte Mutter mit einem nachsichtigen Lächeln. Aber als ich die Schubladen wieder umdrehte, um sie zurückzuschieben, rief sie plötzlich: »Halt! Alex, sieh doch mal!«

Ich sah in die Richtung, in die sie zeigte, und stellte fest, daß die Unterseite der Kommode holzverkleidet war. Und in dieser Verkleidung knapp über dem Fußboden lag ein großer brauner Briefumschlag. Ich lächelte Mutter an, unterdrückte ein »Na bitte!« und holte den Umschlag hervor.

»Der kann dort schon seit Jahren herumliegen«, sagte Mutter, aber ihre Stimme zitterte vor Aufregung.

»Der Umschlag ist so gut wie neu«, erwiderte ich.

Wir saßen nebeneinander am Fußende des Bettes, während ich den Metallstift umbog und das Kuvert öffnete. Glücklicherweise war es nicht zugeklebt.

Mutter spähte mir über die Schulter, als ich den Umschlag aufmachte und hineinsah. Verschiedene Dokumente waren darin, Genaueres konnte ich beim bloßen Hineinsehen nicht erkennen. Ich rückte ein wenig von Mutter ab, drehte den Umschlag um und ließ den Inhalt zwischen uns auf das Bett fallen. Ganz oben lagen vier Faxkopien handgeschriebener Briefe. Es war eine furchtbare Handschrift: klein, gedrängt und unleserlich, aber das machte nichts, weil das Fax in einer Fremdsprache abgefaßt war und wir es sowieso nicht lesen konnten. Das einzige, was ich herausbekam, war die Unterschrift: Jeder der vier Briefe war offensichtlich von Victor Hacheck geschrieben worden. Unglücklicherweise war nicht ersichtlich, an wen sie gefaxt worden waren.

Ich sah Mutter an und sagte: »Du sprichst doch mehr als eine Sprache. Kannst du damit was anfangen?«

»Nicht mit Russisch, mein Junge, und ich vermute, daß das Russisch ist«, antwortete sie und verzog den Mund, während sie den Brief studierte. Nach ein oder zwei Minuten sagte sie: »Ich kann das nicht lesen, aber sieh doch mal hier.« Sie deutete auf einen Absatz in der Mitte des ersten Briefs. Dort standen keine russischen Worte, sondern eine Liste mit Namen, die eindeutig amerikanisch aussahen: Larry Wyler, Joseph Smith, Andrew Peterson, Robert Dickson und Matthew Corbin.

Als ich die Namen las, spürte ich, wie meine Stirn sich in Falten legte. Ich blickte auf und sagte: »Der Name Matthew Corbin kommt mir bekannt vor.«

»Ich kenne niemanden, der so heißt«, sagte Mutter.

»Ich auch nicht. Ich kennen niemanden ... herrjeh, warum kommt mir der Name nur so bekannt vor?«

Mutter sah mich an und wartete, ob es mir noch einfiel, aber es war nichts zu machen. Ich konnte mich nicht erinnern. Sie öffnete ihre große weiße Umhängetasche, die sie für den heutigen Ausflug mitgenommen hatte, und suchte eine Weile, bis sie ein kleines Notizbuch hervorkramte, in dem ein kleiner Bleistift steckte.

Sie hielt es mir selbstgefällig hin, aber ich sah sie nur an und fragte: »Du hast nicht zufällig ein paar Kondome da drin?«

Sie zog eine Grimasse und gab mir das Notizbuch. Ich schrieb hastig die fünf Namen vom Fax ab. Dann schob ich den Bleistift wieder hinein und gab es Mutter zurück, die es in ihre Tasche fallen ließ und sie schloß.

»Was haben wir denn hier?« fragte sie und legte die Faxe beiseite.

Unter den Faxblättern lag ein kleiner Stapel Fotos. Mutter nahm sie und studierte eins nach dem anderen und schob jedes einzelne wieder unter den Stapel zurück, während ich ihr dabei zusah. Sie sahen aus wie Standbilder aus einem Film, in dem ich ohne mein Wissen mitgespielt hatte: Dabei waren auch Bilder, auf denen ich aus der Bar rannte und ein Taxi anhielt. Diese Fotos anzusehen, behagte mir ganz und gar nicht.

»Also hat er dich auf der Straße verfolgt«, stellte Mutter fest, mit einer Stimme, die an eine ungnädige Lehrerin erinnerte, wie immer, wenn jemand ihrer Ansicht nach die Regeln verletzt hatte.

»Nicht unbedingt«, sagte ich. »Die könnte auch der Knetmensch gemacht haben, der mich verfolgt hat.«

»Könnte sein ...« sagte sie zögernd.

»Aber sieh dir mal diese hier an ...«, sagte ich, als sie die Bilder weiter durchsah.

Die nächsten waren ebenfalls heimlich aufgenommen – die Person auf den Bildern hatte eindeutig nicht gewußt, daß sie fotografiert wurde – und zeigten den kleineren Knetmenschen. Die Umgebung war mir unbekannt, aber es war garantiert nicht Chicago, also war es vielleicht Rußland.

»Da steht etwas auf der Rückseite«, stellte ich fest.

Sie drehte das Bild herum und las den Namen, der mit einem dünnen Filzschreiber darauf notiert war: »Ivan Volkov«. Die nächsten paar Bilder waren ähnlich, zeigten aber den größeren der Knetmenschen. Auf der Rückseite stand: »Leonid Fomin«.

»Na endlich«, sagte Mutter, »jetzt können wir endlich aufhören, sie Knetmenschen zu nennen.«

Ich schüttelte den Kopf. Nicht wegen dem, was sie gesagt hatte, sondern weil etwas anderes mir in den Sinn gekommen war. »Ich verstehe das nicht. Wozu braucht der falsche Mr. Martin Bilder von Leuten, mit denen er ohnehin zusammenarbeitet?«

»Wahrscheinlich, um sie identifizieren zu können. Falls sie seine Verbündeten sind und aus Rußland kommen, hat er sich möglicherweise Bilder beschafft, bevor sie ankamen, um sie erkennen zu können.«

»Ich weiß nicht ...« sagte ich zweifelnd.

Sie drehte das nächste Foto um, das Volkov und Fomin vor einem baufälligen Gebäude zeigte, an dem ein Schild mit der Aufschrift »China West« hing. Sie schienen hineinzugehen.

»China West?« fragte Mutter. »Was ist das?«

»Eine Pension.«

Mutter rümpfte die Nase und sagte: »Offenbar haben die nicht viel Geld.«

»Kein Pensionsfonds, Mutter«, sagte ich vorsichtig. »Eine Hotelpension. Eine Art Absteige. Ich glaube, sie ist irgendwo südlich des Loop.«

»Oh! Glaubst du, sie wohnen dort?«

»Keine Ahnung. Jedenfalls sieht es aus, als würden sie gerade reingehen.«

»Warum um alles in der Welt hat er nur diese ganzen Bilder?« wunderte sich Mutter und runzelte wieder die Stirn.

»Hier sind noch mehr.« Ich tippte mit dem Zeigefinger auf die übrigen Fotos, und Mutter war gerade dabei, sie sich anzusehen, als das Telefon klingelte.

Der Klang des Telefons hatte den gleichen Effekt auf mich wie ein klaustrophobischer Anfall in einer Höhle. Die Stille zwischen dem Klingeln schien lauter als das Läuten selbst.

»Oh, verdammt!« rief ich und sprang vom Bett.

»Was denn«, sagte Mutter. »Es ist doch nur das Telefon.«

»Ich hab' Stevie doch gebeten anzurufen, wenn er Martin hereinkommen sieht!«

»Gütiger Gott!«, sagte Mutter. Sie sprang ebenfalls vom Bett auf, schob den Inhalt des Briefumschlags zu einem Haufen zusammen, versuchte sie ordentlich zusammenzulegen und klopfte mit den Händen gegen die Seiten, damit sie sauber übereinander lagen. Dann schob sie sie in den Umschlag zurück, was nicht ganz einfach war, weil ich ihn mit zitternden Händen hielt. Das Telefon klingelte weiter.

»Beruhige dich doch!« sagte sie streng. »Um Himmels Willen, du warst doch derjenige, der sich die ganzen Entschuldigungen für unser Hiersein ausgedacht hat.«

»Das waren Ausreden für den Fall, daß wir draußen vor der Tür stehen, Mutter, nicht hier drinnen!« rief ich aufgeregt, bog die Klammer zurecht, um den Umschlag zu verschließen und legte ihn zurück auf den Boden der Kommode. Mutter schob mit leichter Hand die rechte untere Schublade zurück, während ich mich vergeblich mit der linken Schublade abquälte. Schließlich schob sie meine Hände beiseite und erledigte die Sache ohne große Anstrengung. Ich hätte mir beinahe die Zeit genommen, mich über ihre Ruhe zu wundern.

Wir warfen einen kurzen Blick durchs Zimmer, um zu kontrollieren, ob alles an seinem Platz war. Ich bemerkte, daß der Stuhl nicht so weit unter den Schreibtisch geschoben war, wir es möglich gewesen wäre, und eilte hinüber, um das in Ordnung zu bringen, während Mutter die Bettdecke glattstrich und danach mit der Handfläche zufrieden daraufschlug und »Fertig!« sagte.

Ich packte sie am Handgelenk und konnte in meiner Panik kaum sprechen, als ich sagte: »Du bist nicht das gottverdammte Zimmermädchen, Mutter! Wir müssen hier raus!«

Mutter legte den Zeigefinger auf ihre Lippen und neigte den Kopf leicht zur Seite. Sie ging zur Tür und öffnete sie so leise wie möglich, um einen Blick in den Korridor zu werfen. Sie winkte mich zu sich. Wir schlüpften nach draußen und schlossen die Tür hinter uns.

In dem Moment, als wir das Klicken der Tür hinter uns hörten, erklang am anderen Ende des Korridors ein leises Klingeln, das das Kommen des Aufzugs ankündigte.

»Hier lang«, sagte Mutter, öffnete die Tür zum Treppenhaus und zog mich hinter sich her.

Ich hatte eigentlich vorgehabt, vor der Tür stehen zu bleiben, um abzuwarten, ob wirklich der falsche Martin aus dem Aufzug kam, aber Mutter war dagegen, weil wir dort nicht hätten stehen können, ohne daß er uns bemerkt hätte. Ich schlug hastig flüsternd vor, zu bleiben und durch die Tür zu horchen, ob jemand in sein Zimmer ging, aber Mutter sah mich nur an und flüsterte zurück: »Das macht überhaupt keinen Sinn.«

Wir rannten die Treppen nicht hinunter, weil wir Angst hatten, zuviel Lärm zu machen, aber mein Herz raste schnell und glich unseren Mangel an Geschwindigkeit aus. Wir eilten so leise wie möglich zwei Stockwerke nach unten, dann betraten wir wieder einen Korridor und gingen zu den Aufzügen. Ich muß zugeben, daß mein Herz komplett zum Stillstand kam, als die Aufzugklingel zweimal erklang und der Richtungspfeil aufleuchtete, jedenfalls bis die Türen sich geöffnet hatten und ich sehen konnte, daß die Kabine leer war. Das war natürlich lächerlich, denn der falsche Mr. Martin würde wohl kaum sofort wieder nach unten fahren, wenn er gerade erst auf sein Zimmer gegangen war. Aber ich bin eben auch nur ein Mensch.

Als wir die Eingangshalle betraten, wartete Mutter an der Treppe, während ich Stevie den Schlüssel zurückbrachte. Mit seinen hervorstehenden Augen sah er einfach schmierig aus.

»Ihr habt mein Signal also gehört«, sagte er.

»Bist du sicher, daß es Martin war?«

»Oh ja. Ich nehme an, es gab keine ... Probleme?«

»Nein. Niemand hat uns bemerkt.«

»Hmm«, sagte er, kräuselte die Lippen und zwinkerte mir zu. »Ich würde dich nur zu gerne abtasten, um sicherzugehen, daß du nichts mitgenommen hast, aber ich bin leider im Dienst.« Er warf einen Blick zwischen meine Beine und fügte hinzu: »Sieht nicht so aus, als hättest du mehr dort drin als bei deiner Ankunft.«

Ich verzog meine Lippen zu etwas, das gleichzeitig Lächeln und Warnung sein sollte. Dann dankte ich ihm nochmals, drehte mich um und ging, wobei ich den Kopf so heftig zurückwarf, daß ich beinahe umgekippt wäre.

Mutter bemerkte, daß ich schwankte, als ich auf sie zuging und fragte: »Was um Himmels Willen war denn nun wieder?«

»Das ist nur meine übliche Reaktion auf Stevie, Mutter. Vergiß es!«

Wir nahmen ein Taxi nach Hause, noch ganz beseelt von unserer neuen Erfahrung als Einbrecher. Mutter befand sich in einem übermütigen Zustand, der allmählich zum Standard zu werden schien, und ich fürchtete endgültig, daß sie an solchen Abenteuern Gefallen fand. Dennoch wurde ihr Übermut gedämpft durch die Tatsache, daß unser kurzer Besuch im Hotel eigentlich ein Fehlschlag gewesen war.

»Wir haben nicht gerade viel gefunden«, sagte sie, obwohl ihr Gesicht so leuchtete, als hätten wir einen Riesendiamanten mitgenommen.

»Immerhin haben wir diese Briefe gefunden.«

»Ja«, sagte Mutter nachdenklich, »wenn wir nur wüßten, wie der falsche Martin an sie rangekommen ist. Und ich habe nach diesem Spaß ein ganz neues Ziel«, fügte sie mit einem verschmitzten Lächeln hinzu.

»Was denn?«

»Nachdem wir nun endlich die Namen von Volkov und Fomin herausgefunden haben und sie nicht mehr die »Knetmenschen« nennen müssen, werden wir hoffentlich bald den Namen dieses Kerls herausfinden, damit wir ihn nicht mehr »den falschen Martin« nennen müssen. Das ist so ungeheuer zeitraubend.«

»Ja, Mutter.«

»Wie auch immer, ich wünschte, wir wüßten, wie er zu diesen Faxen kommt.«

Ich überlegte und sagte dann: »Also, da ist noch eine Sache, über die wir nie nachgedacht haben.«

»Und die wäre?«

»Da Victor Hacheck ermordet wurde und wir davon ausgehen – oder davon ausgingen – daß der falsche Martin es getan hat, kamen wir zu dem Schluß, daß Hacheck und Martin gegeneinander gearbeitet haben.«

»Hmhm«, sagte Mutter, und ihr Gesicht zeigte, daß sie keine Ahnung hatte, worauf ich hinauswollte.

»Na ja, könnten sie nicht auch genauso gut zusammengearbeitet haben? Ich meine, wir wissen jetzt, daß der falsche Martin und Fomin und Volkov zusammengearbeitet haben – die Tatsache, daß er Fomin gestern abend losgeschickt hat, um mich zu töten, dürfte wohl alle Zweifel beseitigen. Bedeutet das dann nicht auch, daß Hacheck ebenfalls mit ihnen zusammengearbeitet hat?«

Mutter sah mich eine Weile an, dann dämmerte es ihr. Sie nickte und sagte: »Ich verstehe, worauf du hinauswillst. Du meinst, es ist ein Sache unter Verbrechern.«

»Genau. Vielleicht waren sie deshalb so scharf darauf herauszufinden, was er mir gesagt hat. Sie wollten wissen, ob er sie verraten hat.«

»Was immer das sein könnte«, sagte Mutter und spitzte die Lippen, während sie darüber nachdachte.

»Vielleicht führen uns die Namen von diesem Fax ja irgendwo hin. Wenn mir nur einfiele, wo ich den Namen Matthew Corbin schon mal gehört habe.«

Ich hielt inne und sah sie an. Ich wollte es eigentlich gar nicht aussprechen, aber ich holte tief Luft und tat es dennoch. Nachdem zwei Menschen getötet worden waren, durfte man nicht mehr zu sehr auf die Gefühle eines anderen Rücksicht nehmen. »Die einfachste Art, die Bedeutung dieser Namen herauszufinden, wäre, Frank zu fragen.«

Mutter sah mich finster an. Nicht weil sie der Meinung war, ich hätte etwas Unrechtes getan, sondern weil sie mir klarmachen wollte, daß sie es ernst meinte, als sie sagte:

»Keine Chance, mein Junge.«

»Aber Mutter ...«

»Keine Chance. Nach allem, was gestern passiert ist, weiß

ich, daß ich mich nicht auf Frank verlassen kann, ohne zu riskieren, daß alles wieder von vorne losgeht, und das möchte ich nicht. Wir werden ihn aus der Sache heraushalten, bis es absolut unumgänglich ist. Und selbst dann werde ich es mir genau überlegen müssen.«

Sie hatte unrecht. Als es absolut unumgänglich gewesen war, hatte nicht sie darüber nachgedacht. Ich hatte das getan.

Um kurz nach elf waren wir wieder zu Hause. Das Telefon klingelte, als wir zur Tür hereinkamen. Mutter ging in die Küche, um Teewasser aufzusetzen, während ich den Hörer abnahm. Ich sagte »Hallo?« und vernahm eine aufgeregte Stimme, die mir irgendwie bekannt vorkam.

»Ist Peter da?«

»Nein«, antwortete ich, »er arbeitet.«

»Das tut er nicht.«

»Entschuldigen Sie bitte«, sagte ich, immer noch grübelnd, zu wem die Stimme gehörte, »darf ich fragen, wer Sie sind?«

»Spreche ich mit Alex?«

»Ja«, sagte ich und wurde allmählich ungeduldig, »und wer ist dort?«

»Hier spricht Arthur Dingle.«

»Oh, Mr. Dingle, entschuldigen Sie.«

Mutter kam ins Zimmer, ganz offensichtlich von meinem argwöhnischen Tonfall angelockt. »Wer ist das?« fragte sie unhörbar. Ich legte die Hand über den Hörer und flüsterte zurück: »Peters Chef.«

Dann sagte ich in den Hörer: »Sind Sie denn nicht im Laden?«

»Doch, bin ich. Aber Peter ist nicht hier.«

»Er ist nicht da?« fragte ich ungläubig, während meine Eingeweide zu rumoren begannen.

»Nein, dabei sollte er schon um zehn Uhr hier sein.«

»Mr. Dingle« – ich konnte kaum sprechen, vor allem wollte ich nicht glauben, was ich da gerade gehört hatte – »er ist heute morgen um ... gegen zwanzig nach neun aus dem Haus gegangen!«

»Tja, jedenfalls ist er nie hier angekommen«, sagte Mr. Dingle.

13

Erst als ich den Hörer auflegte, sah ich das rote Licht des Anrufbeantworters blinken. Ich drückte auf »Wiedergabe«, und das Band spulte zurück, um die Nachrichten abzuspielen. Die erste war von Mr. Dingle, der nachfragte, wo Peter war und warum er nicht zur Arbeit erschienen war. Die nächsten vier Anrufer hatten aufgelegt, ohne eine Nachricht zu hinterlassen.

»Was ist?« fragte Mutter. »Was ist los?«

»Peter. Er ist heute nicht zur Arbeit erschienen.«

Mutter schwieg erstaunt und machte ein ungläubiges Gesicht. »Er ist vor gut zwei Stunden losgegangen, und es ist doch gar nicht weit zur Oak Street.«

»Weiß ich doch«, schnauzte ich sie an. »Ihm ist irgendwas passiert. Mein Gott. Ihm ist irgendwas passiert.«

Mutter schüttelte resigniert den Kopf und sagte: »Tja, jetzt haben wir keine andere Wahl mehr, wir müssen die Polizei anrufen und ihnen alles erzählen.«

»Nein!«

»Alex, wir haben keine Wahl. Wenn Peter verschwunden ist, müssen wir die Polizei einschalten.«

»Nein! Das dürfen wir nicht riskieren! Das hat bestimmt was mit diesen Russen zu tun, auch wenn ich mir nicht vorstellen kann, wieso sie Peter entführt haben.«

Mein Gehirn schien auf größere Umdrehungszahl geschaltet zu haben, spuckte ständig neue Informationen aus, konnte sie aber nicht ordentlich verarbeiten.

Alle möglichen Überlegungen und Ideen wirbelten in meinem Kopf herum, und es gab einen Gedanken, der alle anderen dominierte: Ich wollte Peter nicht verlieren. Die letzten vier Jahre waren die schönsten meines Lebens gewesen. Er war in mein Leben getreten, als ich überhaupt nicht nach jemandem gesucht hatte und gar nicht daran gedacht hatte, eine Beziehung einzugehen. Aber dann war Peter aufgetaucht, und alles hatte sich verändert. Er mußte sich keinen Weg in mein Herz bahnen – er kam eines Tages einfach an, mit seinem Gepäck, und nahm seinen Platz ein, als ob es so bestimmt gewesen war. Obwohl ich gern zugebe, daß ich ihn über alles liebe, muß man mich erstmal dazu zwingen zuzugeben, daß ich ohne ihn nicht mehr sein kann. Aber es ist die Wahrheit. Ein Leben ohne ihn konnte ich mir nicht mehr vorstellen, seit wir uns kennengelernt hatten. Und das wollte ich auch jetzt nicht.

»Es wird alles gut werden, Alex«, sagte Mutter freundlich, aber bestimmt. Sie wollte verhindern, daß ich einen Panikanfall bekam.

»Aber was zum Teufel wollen sie mit ihm? Was soll das? Er ist doch nicht an diesem ganzen Durcheinander schuld – sondern ich. Und wir haben dieses verdammte Streichholzheftchen nicht mehr. Sie müssen doch wissen, daß wir es nicht mehr haben!«

Mutter drehte sich zur Seite und überlegte einen Moment, um alle Möglichkeiten durchzugehen. Ich beobachtete sie, während wir beide schwiegen. Sie bewahrte Haltung, aber es war deutlich zu sehen, daß sie sich Sorgen machte. Ihre Augen waren starr, sie schaute ins Leere, ihre Mundwinkel sanken herab, sie war kurz davor, die Stirn zu runzeln.

»Vielleicht ...«, sagte sie, wieder mir zugewandt, »vielleicht soll uns das dazu bringen, uns aus der Sache rauszuhalten. Vielleicht glauben sie, daß sie uns vor weiterer Einmischung abhalten können, solange sie Peter haben.«

Ich war jetzt fast hysterisch. »Wir haben uns nicht eingemischt. Wir haben uns bemüht, ihnen zu geben, was sie wollten!«

Mutter schnalzte mit der Zunge. »Gestern abend haben wir uns eingemischt – und es wurde jemand getötet.«

»Das war doch nicht unsere Schuld! Der CIA hat mich beauftragt, ihn dort zu treffen.«

»Und wir haben uns heute morgen eingemischt. Wir haben Einbrecher gespielt! Was sind wir doch für Idioten gewesen! Und jetzt bekommen wir die Quittung. Wir hätten uns von Anfang an aus dieser Geschichte raushalten sollen!«

In ihrer Stimme lag überhaupt kein Vorwurf, als sie das sagte, aber es traf mich trotzdem. Sie muß es wohl an meinem Gesichtsausdruck bemerkt haben, denn sie atmete tief ein, als sie meine Reaktion bemerkte, kam näher und legte mir die Hände auf die Schultern.

»Ich habe es nicht so gemeint, wie es geklungen hat, mein Junge. Nichts von alledem war deine Schuld. Ich wollte damit nur sagen, daß wir ab dem Moment, als wir in diese Geschichte reingeraten sind, Frank hätten informieren müssen – und uns ansonsten besser aus allem rausgehalten und den Profis das Feld überlassen hätten.«

»Aber das ging doch gar nicht«, entgegnete ich und mußte vor lauter Anspannung beinahe husten. »Ich wußte doch gar nicht, daß ich dieses blöde Streichholzheftchen habe. Und darum ging es doch die ganze Zeit. Wir sind da einfach reingezogen worden.«

»Du hast recht. Ich stimme dir zu. Das gleiche habe ich Frank gesagt.« Sie schüttelte den Kopf, als wollte sie einen ganz bestimmten Gedanken verscheuchen, dann fuhr sie fort: »Genug davon. Es hat keinen Zweck, darüber zu jammern, was wir vielleicht falsch gemacht haben. Die Frage ist doch, was tun wir jetzt?«

»Ich weiß es nicht«, sagte ich.

»Ich bin immer noch dafür, die Polizei einzuschalten. Alex, du mußt endlich begreifen, daß uns das alles über den Kopf gewachsen ist.«

Ich weiß nicht, wie dieses Gespräch weiter verlaufen wäre, denn wir wurden plötzlich vom Telefon unterbrochen. Ich war es so leid zu telefonieren, daß ich fast wartete, bis sich der Anrufbeantworter einschaltete. Aber dann fiel mir ein, daß der unbekannte Anrufer keine Nachricht auf dem Gerät hinterlassen hatte, und ich hatte das dumpfe Gefühl, daß da jemand am anderen Ende war, den ich unbedingt sprechen mußte.

Mutter stand neben mir und sah mir grimmig schweigend zu, wie ich den Hörer abnahm und ans Ohr legte. Ich war so durcheinander, daß ich eine halbe Minute brauchte, bis ich ganz angespannt »Hallo?« sagen konnte.

»Endlich sind Sie zu Hause, Mr. Reynolds«, sagte die Stimme mit dem russischen Akzent.

Ich nahm meinen ganzen Mut zusammen und fragte: »Was wollen Sie, Mr. Volkov?«

Einem Moment lang war es still, und ich konnte die Überraschung des Anrufers spüren. Überraschung und Verärgerung.

»Aha, Sie haben also meinen Namen herausgefunden. Es wäre besser für Sie, wenn Sie sonst nichts herausgefunden hätten.«

»Was wollen Sie, Mr. Volkov?«

Wieder ein kurzes Schweigen, und ich konnte spüren, wie dieser Mistkerl vor sich hingrinste.

»Ich habe hier etwas, das Ihnen gehört.«

Ich schluckte und fragte: »Was denn?«

»Fragen Sie lieber wen. Das wäre das richtige Wort in diesem Zusammenhang, denke ich. Wir haben Ihren Freund.«

Ich schluckte noch mal und versuchte, meine Gefühle unter Kontrolle zu behalten, und wiederholte: »Was wollen Sie, Mr. Volkov?«

»Ich will das, was Victor Hacheck Ihnen in dieser ... Bar gegeben hat.«

Ich schloß die Augen und knirschte mit den Zähnen. »Wir haben es nicht mehr. Ich habe es dem CIA gegeben.«

»Mr. Reynolds, ich versichere Ihnen, daß Ihr Freund sich in einer sehr unbequemen Lage befindet. Deshalb schlage ich vor, daß Sie mit dem Lügen aufhören und tun, was ich von Ihnen verlange.«

»Ich kann nicht –«

»Wissen Sie, ich hatte auch einen Freund, bis gestern abend. Ich hatte einen Freund. Er wurde getötet, als er sich mit Ihnen traf. Ich versichere Ihnen, daß ich nicht zögern werde, das gleiche mit Ihrem Freund zu tun. Wie heißt es noch in Ihrer Bibel? Auge um Auge ... Freund um Freund?«

»Verstehen Sie denn nicht –«

»Ich verstehe Sie sehr gut, Mr. Reynolds. Es ist jetzt fast Mittag. Ich gebe Ihnen drei Stunden Zeit, damit Sie entscheiden können, was Sie tun wollen. Dann werde ich Sie wieder anrufen. Wenn Sie sich entscheiden, vernünftig zu bleiben, wird Ihr ... Freund heute abend wieder wohlbehalten bei Ihnen sein. Wenn Sie nicht vernünftig sind, werden Sie ihn nie mehr wiedersehen. Ich muß Ihnen wohl nicht erst sagen, daß ich, wenn Sie die Polizei diesmal alarmieren –« Die letzten beiden Worte betonte er, als wüßte er, daß wir dafür verantwortlich waren, daß die Polizei letzte Nacht aufgetaucht war – »Ihren Freund töten werde.«

Dann wurde die Verbindung unterbrochen.

Seine Worte hallten in meinem Schädel wider: »– werden Sie ihn nie mehr wiedersehen –«

»Was hat er gesagt?« fragte Mutter und weckte mich aus meiner Trance.

Ich sah sie an. Ich war so angespannt, daß ich spürte, wie sich die Haut um meinen Schädel zusammenzog, als wäre urplötzlich alle Flüssigkeit aus meinem Körper gewichen und meine Knochen nur noch von einer trockenen Hülle überzogen.

»Einen Moment«, sagte ich. Ich rannte in mein Zimmer und holte Zigaretten, nahm den Aschenbecher aus der Schreibtischschublade, wo ich ihn für alle Fälle aufbewahrte, und nahm beides mit nach unten.

Mutter war absolut und eindeutig gegen Rauchen, aber sie war trotzdem inzwischen in die Küche gegangen und hatte eine Schachtel Streichhölzer geholt.

»Hier, mein Junge«, sagte sie.

»Tut mir leid.«

»Ist gut, ist schon gut. Also, was hat er gesagt?«

Ich zog eine Zigarette aus der Packung, die noch fast voll war, zündete sie an, inhalierte und begann umherzulaufen, während ich ausatmete. »Er hat Peter entführt, genau wie wir befürchtet haben. Und er will ihn gegen das eintauschen, was Victor Hacheck mir in der Bar gegeben hat.«

»Oh, nein«, stöhnte Mutter und sank auf einen Stuhl. Ihr Gesicht zeigte fast keine Regung, nur die Augenbrauen zogen sich zusammen. Kurz darauf sah sie auf und sagte: »Hast du ihm gesagt, daß wir es nicht mehr haben?«

»Natürlich! Du hast es doch gehört! Ich verstehe nicht, warum sie mir das nicht glauben! Er hat gesagt, ich hätte Zeit bis drei Uhr, um mich zu entscheiden, es ihm zu geben. Falls nicht, will er Peter umbringen.«

Mutter beobachtete mich ich eine Weile hin und her laufen, dann sagte sie so ruhig sie konnte: »Alex, wir müssen die Polizei einschalten.«

»Das geht nicht! Er sagte – Volkov hat es verboten. Er sagte, wenn wir die Polizei einschalten, bringt er Peter sofort um.«

»Was sollen wir also tun?« fragte sie und stand auf. »Selbst wenn wir es ihnen geben wollten, hätten wir das verdammte Ding doch gar nicht mehr. Was sollen wir denn machen?«

»Ich weiß es nicht! Mein Gott, ich weiß es nicht.« Ich nahm einen weiteren Zug von der Zigarette und stieß den Rauch aus. Auf diese Weise konnte ich die Tränen zurückhalten, wenn auch bestimmt nicht mehr sehr lange.

»Ich weiß, daß ich gesagt habe, daß es nicht geht, aber wir können trotzdem Frank anrufen.«

»Nein!«

»Sei doch vernünftig! Frank ist unser Freund, er kann sehr diskret sein ... wenn wir es ihm erzählen –«

»Nein!« rief ich, beinahe schrie ich es. Ich mußte tief durchatmen, um mich zu beruhigen, dann fuhr ich fort: »Wie kann er denn diskret sein, wenn er auf Verbrecherjagd geht? Um Gottes Willen, es gibt einfach keine Lösung!«

»Alex, denk mal nach: Wir wissen, daß dieser falsche Martin in die Sache verwickelt ist, und wir wissen, wo er sich aufhält. Wir können es Frank erzählen, und er kann ihn verhaften.«

»Bist du verrückt? Das wäre genau das, was Volkov uns verboten hat. Die stecken doch unter einer Decke. Volkov wird herausfinden, daß die Polizei Martin verhört hat ... oder wie auch immer dieser Mistkerl heißt.«

Mutters Gesichtsausdruck wurde härter, ihre Augen weiteten sich. »Sonst können wir nichts tun. Verstehst du denn nicht? Wir müssen die Polizei informieren. Wir haben das Streichholzheftchen nicht, und wir haben auch sonst nichts. Nur die Liste mit den Namen aus Martins Hotelzimmer, mit der wir nichts anzufangen wissen. Wir haben knapp drei Stunden Zeit und wissen nicht mal, wie wir sie überhaupt identifizieren sollen.«

Ich drückte die Zigarette im Aschenbecher aus, den ich in der Hand gehalten hatte, während ich herumgelaufen war. Ich zog eine neue aus dem Päckchen und zündete sie an. Mutter sagte nichts.

Wir schwiegen, und zwischen mir und Mutter breitete sich eine Spannung aus, die es so noch niemals gegeben hatte. Ich lief weiter hin und her und rauchte, und Mutter stand vor dem Sofa, starrte zu Boden, verhakte die Finger ineinander und ließ sie wieder los. Ich weiß nicht, wie lange das so weitergegangen wäre, wenn es nicht plötzlich an der Tür geklingelt hätte.

Ich ging zum Fenster, dessen Vorhänge die ganze Zeit geschlossen gewesen waren, was wir ohne vorherige Absprache beide für richtig befunden hatten. Ich spähte durch den Spalt an der Seite und sah Frank draußen vor der Tür stehen. Ich hätte nicht geglaubt, daß es möglich war, aber ich verspannte mich noch mehr, als ich ihn dort stehen sah. Immer noch den Vorhang in der Hand, wandte ich mich um und sagte zu Mutter: »Es ist Frank.«

Sie sah mich an, und ihr Gesicht sprach Bände, aber es war unmöglich herauszufinden, was für Bände das waren. Ich deutete mit meiner Zigarette auf sie und sagte: »Kein Wort davon.«

Sie starrte mich weiter an, während ich zur Tür ging und Frank hereinbat.

Frank war nie der Frischeste gewesen, aber in diesem Augenblick machte er auf uns einen ziemlich abgestandenen Eindruck. Obwohl er die üblichen Dinge von sich gab, schien er irgendwie eingeschüchtert, was wohl an dem lag, was Mutter ihm bei ihrer Aussprache gesagt hatte. Ich hatte das Gefühl, daß dieser Besuch so eine Art Test sein sollte, ob er sich nicht doch noch in Mutters Leben drängen konnte. Das war genau das, was wir jetzt brauchten.

Das Schlimmste daran war, daß ich nicht wußte, zu welchem Ergebnis Mutter gekommen war – nicht wegen Frank, sondern in Bezug auf mich. Normalerweise kommt sie mir immer so weit wie möglich entgegen, aber sie gehört andererseits nicht zu den Leuten, die schnell einlenken, wenn sie erstmal eine Meinung haben. Mir war klar, Mutter würde – egal wie sehr ich die Polizei aus der Sache raushalten wollte oder wie viel Angst ich davor hatte, Volkovs Befehl zu mißachten – sich in diesem Fall gegen mich entscheiden, wenn sie es für nötig hielt.

»Hallo, Alex«, sagte Frank ganz neutral und warf einen Blick auf meine Zigarette, als würde ihm das irgend etwas sagen. Ich ging zu Mutter und fuhr fort: »Ich bin gerade auf dem Weg zum Präsidium und dachte mir, ich springe mal kurz rein und erzähle euch, daß ich Agent Nelson getroffen habe, den Kollegen vom CIA, mit dem ich zusammenarbeite. Er hat mir eine seltsame Geschichte erzählt.«

»Was meinst du damit?« fragte Mutter und zog eine Augenbraue hoch.

»Offenbar weiß er alles über euch und hat mich gebeten, euch eine Botschaft zu überbringen.«

Mutter und ich sahen uns nervös an.

»Und die wäre?« fragte Mutter so unschuldig sie konnte.

»Ich soll euch ausrichten, daß ihr euch, angesichts der Ereignisse gestern Nacht, ›aus allem raushalten sollt‹« – was immer er damit meint.«

Frank schaute sie triumphierend an, als hätte er sie bei einer Lüge ertappt. Es war das erste Mal, daß ich diesen Charakterzug bemerkte, den Peter an ihm so haßte. Ich hätte alles gegeben, um diesen Ausdruck von seinem Gesicht zu tilgen.

»Was?« fragte Mutter nach kurzem Zögern.

»Du hast mich verstanden.«

Ich sah es an seinem Gesichtsausdruck. Er wußte Bescheid. Er wußte viel mehr, als wir gedacht hatten. Ich war wirklich in Versuchung mit dem herauszuplatzen, was Peter passiert war, um ihn um Hilfe zu bitten. Aber dieser Wunsch verblaßte sofort, als ich daran dachte, wie oft wir seit Beginn dieser Affäre schon hintergangen worden waren. Ich wollte das nicht noch einmal zulassen. Nicht jetzt, wo es um Peters Leben ging. Mutter warf mir einen Blick zu, und ich konnte sehen, daß sie den Unterton in Franks Stimme bemerkt hatte und zu der gleichen Überzeugung gekommen war. Ihre Augen flehten um die Erlaubnis, ihm alles erzählen zu dürfen, aber als Frank gerade nicht hinsah, schaute ich sie an und schüttelte heftig den Kopf. Ich sah, daß sie angesichts meiner Vehemenz einverstanden war zu schweigen.

Also sagte sie: »Es freut mich, daß du vorbei gekommen bist, um uns diese Nachricht zu überbringen.« Als sei sie eine Gastgeberin, die einen Gast loswerden will, der etwas zu lange geblieben ist.

Frank antwortete erst nach einem Moment: »Klar, ja, natürlich.«

Als er zur Tür ging, sagte Mutter: »Frank, ich weiß das wirklich zu schätzen.«

Er sah sie über die Schulter an, eher wegen des Effekts, wie mir schien. Dann, nach einer Kunstpause, sagte er: »Übrigens – gestern abend wurde wieder ein Russe umgebracht.«

Mutter und ich hätten nicht schuldiger aussehen können, wenn wir selbst die Mörder gewesen wären. Ich sah es in ihrem Gesicht und spürte es auf meinem.

Mutter entgegnete, fast ohne die Lippen zu bewegen: »Wir haben die Zeitung heute noch gar nicht gelesen.«

Ohne noch etwas zu sagen, ging Frank hinaus und zog die Tür hinter sich zu.

Als unser privater Polizeibeamter gegangen war, atmeten wir erleichtert auf. Ich nahm noch einen Zug von meiner Zigarette, stieß den Rauch aus und sagte: »Vielen Dank.«

Mutter stieß den angewidertsten Seufzer aus, den ich jemals von ihr gehört hatte, und sagte: »Ich habe mich noch nie in meinem Leben so schäbig gefühlt.«

»Ich habe jetzt keine Zeit, mich schäbig zu fühlen, ich muß meine Panik im Zaum halten. Wir müssen entscheiden, was wir jetzt machen wollen!«

Wir schwiegen eine Weile, aber unsere Gedanken rasten so sehr, daß ein dritter im Raum unsere Gehirnwellenvibrationen bestimmt gehört hätte. Ich lief wieder hin und her und rauchte, als gäbe es kein Morgen. Mutter ließ sich auf den Sessel fallen, von dem sie gerade erst aufgestanden war, und strich über ihr Kleid – das war eine nervöse Bewegung, die ich selten bei ihr sah, weil sie eigentlich selten nervös war.

Schließlich sagte sie: »Vielleicht könnten wir ihm eine Attrappe geben. Du hast doch gestern Abend ein Streichholzheftchen dabeigehabt?«

»Nun, ja«, meinte ich, während ich weiter hin und her lief, »aber gestern abend hatte ich auch den CIA im Rücken. Und ich hatte nicht erwartet, daß ich das Ding wirklich übergeben würde. Wir können Volkov keine Attrappe geben, er weiß doch bestimmt, wie das richtige Heftchen aussieht – jedenfalls nicht wie die Streichholzheftchen, die es hierzulande gibt. Es war rot und glänzend. Hacheck hat es bestimmt aus Rußland mitgebracht.« Ich paffte ein paarmal an meiner Zigarette und sagte: »Es gibt nur eine einzige Sache, die wir tun können: Das echte Streichholzheftchen zurückbekommen.«

»Aber Frank hat doch gerade erst gesagt, daß der CIA nicht möchte, daß wir uns weiter einmischen.«

»Was interessiert mich denn, was der CIA will? Was haben

die denn für mich getan? Wir gehen hin und reden mit Martin.«

»Wieso sollte er es zurückgeben?«

Ich drückte die Reste der Zigarette im Aschenbecher aus und stellte ihn auf den Couchtisch. »Weiß ich nicht, aber das mit dem Streichholzheftchen ist schon eine komische Sache. Volkov und Fomin behaupten, ich hätte es nicht der CIA gegeben, was einfach schwachsinnig ist, denn ich hab's ja getan. Es sei denn ...«

»Es sei denn was?« fragte Mutter.

»Es sei denn, der echte Mr. Martin hat es nicht an seine Kollegen weitergegeben, wie er behauptet hat.«

Mutter wurde blaß bei diesem Gedanken, als würde sie einem echten CIA-Agenten so etwas niemals zutrauen. Ich fand das beinahe witzig. Schließlich sagte sie: »Oh, aber das wäre ja ungeheuerlich. Er muß es doch weitergegeben haben.«

»Es gibt nur eine einzige Möglichkeit, das herauszufinden.«

»Aber was willst du ihm denn erzählen?« fragte Mutter, und jetzt klang sie beinahe so frustriert wie ich. »Ich kann mir wirklich nicht vorstellen, daß er es ohne weitere Erklärung zurückgibt.«

»Dann werde ich ihm halt erzählen müssen, was mit Peter passiert ist, und wir können nur hoffen, daß er uns diese Angelegenheit regeln läßt. Wir können uns nicht leisten, den CIA hineinzuziehen. Nicht nach dem, was gestern abend passiert ist. Wir haben keine Wahl. Wir müssen dieses Streichholzheftchen zurückbekommen!«

14

Die Taxifahrt in die Innenstadt zum CIA-Bewerbungsbüro wäre schweigend verlaufen, wenn wir nicht einen von diesen Fahrern erwischt hätten, die furchtbar gern ihre Lebensgeschichte zum besten geben. Bei unserer Anspannung empfand ich seinen Monolog als äußerst irritierend. Es schien Stunden zu dauern, bis wir endlich im Federal Building ankamen.

Wir nahmen den Aufzug zum siebzehnten Stock. Glücklicherweise stieg niemand vor uns aus. So konnte ich mir wenigstens einbilden, die Götter seien uns wohlgesonnen und wollten uns geradewegs zum CIA bringen.

Wir betraten das Vorzimmer und sahen uns sofort dem versteinerten Gesicht der Sekretärin gegenüber, die wir schon von unserem letzten Besuch kannten. Ihr Haar sah aus, als hätte es seither kein Lüftchen bewegt, was noch mehr zum Eindruck der Betonfrisur beitrug. Diesmal trug sie ein anderes Kleid – ein unnatürlich rosafarbenes Strickkleid, daß niemand tragen sollte, der älter als fünf ist. Ihre Augen hefteten sich sofort an uns, als wir durch die Tür traten, und sie musterte Mutter und mich, als hätte sie uns noch nie gesehen, was nicht gerade für ihr Erinnerungsvermögen sprach. Ich hatte keine Lust, mich mit ihr auseinanderzusetzen, also durchquerte ich mit Mutter im Schlepptau einfach das Büro.

»Halt, halt ...«, sagte sie, als wir an ihrem Schreibtisch vorbeigingen, aber Mutter meinte trocken: »Sie müssen uns nicht anmelden«, während ich die Tür zum zweiten Zimmer öffnete und hineinging.

Die Sekretärin sprang auf und folgte uns, während sie »Sie können da nicht einfach so reingehen!« hinter uns her bellte.

Dann grabschte sie mit ihrer weißen Spinnenhand nach dem Türknauf und erklärte dem erstaunten Mr. Martin: »Es tut mir leid, sie sind einfach eingedrungen.«

Martins teilnahmslose, blaue Augen weiteten sich vor Überraschung, dann kräuselte er seine Senatorenlippen, sah an uns vorbei seine Sekretärin an und sagte: »Ist schon gut, Lorraine.«

Lorraine. Das paßte.

Mutter und ich warfen ihr einen Blick zu, als sie ihre Augen senkte und so aussah, als würde sie am liebsten Giftpfeile auf uns abschießen. Dann drehte sie den Türknopf, sagte leise »wie Sie wünschen« zu Martin, verließ das Zimmer und knallte die Tür zu.

Martin wandte sich uns zu, und sein überraschter Gesichtsausdruck wurde herablassend.

»Sieh an, meine beiden Amateuragenten!« sagte er, während er den Stuhl zurückstieß, um Platz zu machen für seinen Bauch, der kurz davor schien, den Gürtel zu sprengen.

»Mr. Martin –« begann Mutter, aber Martin schüttelte den Kopf, hob abwehrend die Hände und lächelte uns auf eine Weise an, die signalisierte, daß er uns für Vollidioten hielt.

»Sie haben mich ganz schön in die Bredouille gebracht. Ich habe gehört, daß die gestrige Angelegenheit mit unseren Außendienstlern schief gelaufen ist.«

»Nicht unseretwegen«, entgegnete Mutter. Sie hatte wieder Oberwasser. »Und ich habe Ihnen bereits bei Ihrem Besuch bei uns erklärt, was ich von Ihrem lächerlichen Plan halte, der uns in eine gefährliche Situation gebracht hat!«

»Das haben Sie getan, aber ich habe gehört, daß unsere Jungs wegen des Scheiterns etwas verschnupft sind.«

»Mich interessiert keinen Deut, ob Ihre ›Jungs‹ verschnupft sind! Mein Junge wäre beinahe getötet worden!«

»Ja«, sagte ich kraftlos, »abgesehen davon haben wir die Sache nicht vermasselt. Der falsche Martin ist nicht erschienen. Statt dessen kam einer seiner Komplizen.«

»Also muß er gewußt haben, daß es eine Falle war«, sagte

Mutter. Allmählich konnte ich Martins Gesichtsausdruck nachvollziehen. Was wir sagten, klang von Minute zu Minute schwachsinniger. Ich meine, wie oft kommt es wohl vor, daß eine Mutter mit jemandem vom CIA über Fallen und Komplizen spricht?

»Mutter«, mischte ich mich ein, gewillt, dem CIA einigen Ärger zu ersparen (zumal wir ja ihre Hilfe wollten), »wir wollen fair sein. Ich habe dir ja gesagt, daß ich glaube, daß der Mann, der sich als Martin ausgab, so klang, als würde er eine Falle vermuten.«

»Ganz recht«, erklärte Mutter heftig. »Ein weiterer Grund, warum Sie uns nicht hätten hineinziehen dürfen.«

Martin lächelte, der herablassende Ausdruck auf seinem Gesicht verstärkte sich. Er sah aus wie ein Kongreßabgeordneter, der gerade einen Entschließungsantrag einbringen will. »Also wirklich, meine liebe Frau, Sie sind aber ganz schön geladen!«

Wir starrten ihn beide ungläubig an.

Martin warf ihr einen Blicken zu, um zu zeigen, daß er allmählich genug davon hatte, zum Narren gehalten zu werden.

»Sie kreuzen hier auf, tischen mir ein Ammenmärchen auf, in dem es von ausländischen Agenten und falschen CIA-Leuten wimmelt, und ich Trottel nehme Ihnen das auch noch ab! Dann werden unsere Außendienstmitarbeiter aktiviert, sie arrangieren eine Falle, und der Mann, von dem Sie behauptet haben, er würde sich für mich ausgeben ... taucht gar nicht auf. Und irgendein Fremder kommt dabei ums Leben. Ich hätte mich gleich nach unserem ersten Gespräch therapieren lassen sollen, und jetzt kreuzen Sie hier schon wieder auf! Was soll das? Haben Sie noch so ein paar Geschichten auf Lager?«

»Was reden Sie denn da?« fragte Mutter mit offenem Mund.

»Sie beide sind schon klasse, wirklich. Sie denken wohl, ich bin ein kompletter Vollidiot, und wahrscheinlich habe ich Ihnen genug Grund dafür gegeben. Aber ich bin nicht so blöd, wie Sie vielleicht glauben!«

»Aber –« versuchte ich zu widersprechen. Doch Martin unterbrach mich. Er lehnte sich in seinem Stuhl zurück, der laut quietschte, und verschränkte die Hände hinter dem Kopf, wobei er wieder den Blick auf zwei identische Flecken unter den Achseln freigab. Er sah uns geradezu triumphierend an, als er sagte: »Macht Ihnen das wenigstens Spaß? Solche Geschichten erfinden und alle Beteiligten verrückt machen? Jede Wette, daß die Polizei Sie schon so richtig ins Herz geschlossen hat!«

Die Ironie dieser Aussage angesichts Mutters Beziehung zu Frank entging mir in diesem Moment völlig, denn ich war wie vom Donner gerührt. Glücklicherweise übernahm Mutter die Führung, mein Mund und mein Kopf dagegen waren wie leergefegt. Ich hatte keinen blassen Schimmer, was ich darauf antworten sollte.

»Wollen Sie damit etwa ausdrücken, daß Sie nichts von alledem glauben, was ich Ihnen erzählt habe?«

»Warum hören Sie nicht endlich auf damit?«

Es gab eine weitere Pause, während der Mutter sich wohl wie ich fragte, ob Martin einen Scherz gemacht hatte. Aber der Ausdruck in seinem dicklichen Gesicht zeigte, daß er es bitterernst meinte.

»Aber was ist mit gestern abend? Dieser Mann ist doch gekommen – nicht der, den wir erwartet haben, aber sein Freund, und der hat versucht, meinen Sohn umzubringen ... hätte ihn sogar umgebracht, wenn ihn nicht einer Ihrer Leute zur Strecke gebracht hätte!«

Martin blieb hart. »Ich bin bestimmt kein erfahrener Agent wie meine Kollegen vom Außendienst, sondern nur ein simpler Büromensch, aber ich merke trotzdem, wenn ich an der Nase herumgeführt werde.«

»Aber wieso –«

»Ihr Sohn hat eben das Pech gehabt, daß ihn jemand überfallen wollte. Warum sollte das an einem völlig abgelegenen Ort mitten in der Nacht nicht passieren?«

»Wir haben diesen Ort doch gar nicht ausgesucht!« rief Mutter entrüstet aus.

»Na und?« entgegnete Martin mit einem Stolz in der Stimme, der mich verärgerte. Als ob er die ganze Sache arrangiert hatte – mir schien eher, daß es weniger seine eigene, als die Idee seiner ›Außendienstler‹ gewesen war. »Was ist schon dabei, wenn ein Straßenräuber das Pech hat, sich mit einem Kerl anzulegen, der zufälligerweise vom CIA beschattet wird?«

»Ein Straßenräuber!« rief ich aus.

»Aber es war doch einer von denen, die Alex in der Bar angegriffen haben ... er sagte –«

»Bitte ersparen Sie mir weitere Geschichten dieser Art, ja? Ich bin nicht in der Stimmung, mir noch mehr von diesen ... Ammenmärchen zuzumuten.« Als er das sagte, senkte er leicht den Kopf und sah mich schräg an. Ich war vor allem wütend auf mich selbst, weil ich merkte, wie mein Gesicht rot anlief wegen seiner Anschuldigung, und ich hätte meinen rechten Arm dafür gegeben zu vermeiden, daß dieser Fettwanst dachte, er hätte mich überführt. Abgesehen davon waren wir immer noch nicht zum eigentlichen Thema unseres Besuchs gekommen, dem wichtigsten Punkt, und ich hatte schon das Gefühl, mich vollkommen verheddert zu haben.

»Ich hoffe, es macht Ihnen nicht allzuviel aus, wenn ich sage, daß Sie mir genug Zeit gestohlen haben. Vielleicht können Sie mir also ganz kurz erzählen, weshalb Sie heute zu mir kommen?« fragte Martin. In seinen Mundwinkeln sammelte sich eine Spur Speichel.

»Wir kommen wegen des Streichholzheftchens«, sagte ich.

Martin starrte mich ungläubig an. Es war ein Blick, der mich eigentlich nicht hätte überraschen dürfen, nach allem, was er gesagt hatte. Aber in diesem Blick lagen Zweifel, und das überraschte mich. Er leckte den Speichel weg, dann schlug er mit den Handflächen auf die Tischplatte und lachte höhnisch. »Ist das noch zu fassen! Nach all dem Blödsinn von gestern kommen Sie mir jetzt noch mit diesem Streichholzheftchen! Das schlägt doch dem Faß den Boden aus!«

Ich atmete tief durch, um meinen Zorn zu unterdrücken und sagte: »Mr. Martin, das ist wirklich ernst.«

Er lachte wieder und sagte: »Ganz bestimmt ist es das.«

»Wir müssen das Streichholzheftchen zurückbekommen!«

Er hörte kurz auf zu lachen und lachte dann noch lauter. Es klang falsch und spöttisch. Ich hätte ihm furchtbar gern eine Ohrfeige verpaßt, aber in diesem Moment war das wirklich nicht angebracht.

Er tat, als könnte er sich kaum beruhigen, strich sich die fettigen Haare aus der Stirn und sagte: »Sie wollen also das Streichholzheftchen wieder zurück! Warum? Hat es einen sentimentalen Wert für Sie?«

»Mr. Martin«, sagte Mutter und versuchte dabei, möglichst ernsthaft zu klingen: »Peter ... der Freund von Alex ... ist –«

Er unterbrach sie. »Ich habe Ihnen doch gesagt, daß ich keine neuen Geschichten hören möchte.«

»Er wurde entführt«, fuhr Mutter fort, schloß kurz die Augen, um zu verhindern, daß sie die Fassung verlor, »und zwar von einem dieser ausländischen Agenten. Sie wollen zurückhaben, was Victor Hacheck meinem Sohn übergeben hat, das Streichholzheftchen, aber wir haben es schon Ihnen gegeben. Wir müssen es wiederhaben. Wir müssen es ihnen geben.«

Martin hielt die Hände wieder hinter dem Kopf verschränkt und hatte Mutter mit einem Ausdruck größtmöglicher Selbstgefälligkeit zugehört. Er benahm sich, als müßte er ein altkluges Kind zurechtweisen.

»Das ist ja wirklich sehr aufregend, Ma'am.«

Mutter sah ihn erschrocken an: »Mr. Martin –«

»Aber wenn diese bösen Buben das Streichholzheftchen zurückhaben wollen, werden sie wohl enttäuscht sein.«

»Was meinen Sie damit?« fragte ich, und meine Stimme klang, als wäre es die eines anderen.

Martin beugte sich in einer plötzlichen, wütenden Bewegung vor und schlug mit den Fäusten auf die Schreibtischplatte: »Weil ich es unseren Außendienstlern übergeben habe. Ich habe es ihnen gegeben, weil ich Ihnen Ihre Geschichte abgenommen habe. Warum, glauben Sie wohl, bin ich jetzt in solchen Schwierigkeiten?«

Mutter runzelte die Stirn. Sie schüttelte den Kopf und streckte fragend die Hände aus, als wollte sie etwas sagen, obwohl ihr die Worte fehlten.

Er bemerkte ihre Irritation, wartete aber nicht auf die Frage, sondern sagte: »Weil da überhaupt nichts drin war!«

»Was?« riefen wir gleichzeitig.

»Es war nichts drin! Überhaupt nichts! Es war ein ganz normales Streichholzheftchen!«

»Aber da mußte doch etwas sein!« beharrte Mutter.

Er schüttelte nur den Kopf. »Glauben Sie mir, niemand ist davon wirklich begeistert. Und was das Zurückgeben betrifft – ich nehme an, was davon übrig geblieben ist, nachdem die Jungs es auseinandergenommen haben, ist längst im Müll gelandet.«

Er zog das schmutzige Taschentuch hervor, daß wir schon bei unserem vorherigen Besuch gesehen hatten, und wischte sich die Stirn ab, bevor er es wieder in seine Gesäßtasche stopfte. Dann strich er sich die Haare glatt und wandte sich mit seinen wäßrigen Augen an mich, dann wieder an Mutter. Er sah wieder ernster aus.

»Hören Sie, Sie haben jetzt wirklich genug von unserer Zeit beansprucht. Warum fahren Sie nicht einfach nach Hause?«

Ich wollte schon protestieren, aber Mutter stand plötzlich auf und sagte: »Nun, hier werden wir wohl keine Hilfe mehr finden.«

»Ganz recht!« antwortete Martin, während seine buschigen Augenbrauen sich zusammenzogen.

»Komm jetzt, Alex«, sagte Mutter.

Ich sah sie an, um sie dazu zu bringen, es weiter zu versuchen, wo doch Peters Leben auf dem Spiel stand, aber dann merkte ich, daß sie wahrscheinlich recht hatte: Wir verschwendeten hier nur unsere Zeit. Ich stand auf. Martin blieb sitzen, er bemühte sich nicht mal, höflich zu sein. Mutter öffnete die Tür, und ich wäre beinahe gegen sie gerannt, als sie sich noch mal zu Martin umdrehte.

»Oh«, sagte sie, »das hätte ich beinahe vergessen.« Sie begann, in ihrer Handtasche herumzukramen und sagte zu mir: »Vielleicht kann er uns mit der Liste weiterhelfen.«

»Hä?« frage ich dümmlich.

Mutter zog das kleine Notizbuch aus ihrer Handtasche und blätterte es durch, um die richtige Stelle zu finden: »Mr. Martin, ich frage mich, ob Sie uns wohl sagen könnten, ob Sie mal etwas von einem ...« Sie blätterte drei Seiten weiter, bis sie die Liste gefunden hatte, dann tippte sie mit dem Zeigefinger darauf und fuhr fort: »... Matthew Corbin gehört haben?«

Es war, als hätte sie ihm einen Kinnhaken verpaßt. Martin hatte sich wieder den Akten auf seinem Schreibtisch zugewandt, um sein Desinteresse zu zeigen. Als Mutter den Namen erwähnte, schreckte er so heftig hoch, daß es seinen Stuhl ein Stück zurückschob. Seine Augen wurden groß und glänzten. Er brauchte eine halbe Minute, um zu reagieren und wütend den Kopf zu schütteln: »Nein, nie gehört. Entschuldigen Sie mich bitte, ich habe zu tun.«

»Hm ... Larry Wyler vielleicht? Oder Joseph Smith? Andrew Peterson? Robert Dickson?«

»Mrs. Reynolds«, sagte Martin und bemühte sich, dabei möglichst ungeduldig auszusehen, obwohl er ein wenig zu blaß geworden war, um überzeugend zu wirken, »ich sagte doch, ich habe zu tun. Seien Sie so nett, ja?«

Mutter lächelte: »Aber gern.«

»Glaubst du, daß er die Wahrheit gesagt hat? Daß wirklich nichts in dem Streichholzheftchen war? Vielleicht ist da doch etwas gewesen und sie wollen es nur nicht zugeben.«

»Ich hoffe nicht. Ich gehe davon aus, daß der CIA uns helfen würde, Peter wiederzubekommen, wenn das Streichholzheftchen irgendeinen Wert hätte.«

»Und daß sie uns nicht für Spinner halten würden.«

»Ja«, sagte Mutter langsam.

»Was tun wir jetzt? Das Streichholzheftchen war das einzig Wertvolle, das wir hatten, und nun ist es einfach weg!«

Mutter machte ein nachdenkliches Gesicht, und ich merkte

plötzlich, daß diese ganze Geschichte in ihrem Gesicht ein paar Spuren hinterlassen würden. Dann sagte sie: »Das einzige, was uns bleibt, ist die Namensliste.«

»Warum hast du ihn nach Corbin gefragt?«

»Ich weiß nicht ... ich dachte, die echten Agenten hätten ihm vielleicht irgend etwas erzählt und dabei wären Namen gefallen.«

»Was ist damit?« fragte ich, und merkte, wie mein Gesicht sich verzog. »Wieso hat Martin so reagiert, als du die Namen erwähnt hast?«

»Das war schon komisch«, stellte Mutter fest. Dann verwandelte sich ihr angespannter Gesichtsausdruck in ein Lächeln: »Mir scheint, Mr. Martin ist mit gutem Grund nur für Personalfragen zuständig. Er würde bestimmt keinen guten Agenten abgeben.«

»Nein, er konnte nicht sehr gut verbergen, daß er die Namen irgendwoher kannte. Das bedeutet also, Corbin hat auch etwas mit dieser CIA-Sache zu tun.«

»Aber du hast doch auch schon mal von Matthew Corbin gehört, mein Junge.«

Ich seufzte tief und hatte wieder einmal das Gefühl, daß wir uns im Kreis bewegten. Wir grübelten schweigend eine Weile über unser Problem nach, während wir an einer Ampel auf Grün warteten. Dann gingen wir über die Straße, und ich sagte: »Wie sollen wir denn nun die Namen auf der Liste identifizieren?«

»Nun ...«, antwortete Mutter langsam, »da ist auf jeden Fall die Bibliothek. Wir können das aktuelle Who's Who durchgehen.«

»Um Himmels Willen, wir haben doch bloß drei Stunden Zeit!«

»Ich weiß nicht, was wir sonst noch tun können. In der Bibliothek gibt es außerdem ein Zeitungsarchiv, falls der eine oder andere von ihnen in letzter Zeit irgend etwas Bedeutendes getan hat, ist er wahrscheinlich –«

»O mein Gott!« rief ich laut aus und blieb mitten auf der

Straße stehen. Es ist Chicago wirklich zugute zu halten, daß keiner der Passanten sich nach uns umdrehte, bis auf das Paar, daß uns anbellte, wir sollten doch aus dem Weg gehen.

»Alex, was ist denn?«

Ich drehte mich langsam zu ihr, mit weit offenem Mund vor Überraschung und Fassungslosigkeit.

»Eine Entführung! Ich erinnere mich, daß ich in diesem Zusammenhang den Namen Matthew Corbin gelesen habe!«

Da stand es ganz groß, schwarz auf weiß: »Amerikanischer Geschäftsmann kehrt zurück.« Mutter hatte die Sonntagszeitung glücklicherweise noch nicht weggeworfen, daher war sie noch in der braunen Papiertüte neben dem Mülleimer, der darauf wartete, von einem von Mutters Lieblingen rausgebracht zu werden. Ich holte die Zeitung heraus, breitete sie auf dem Küchentisch aus und blätterte sie hastig durch auf der Suche nach dem Artikel, den ich am Samstag nur überflogen hatte. Und da war er auch schon.

Es ging um einen amerikanischen Geschäftsmann namens Matthew Corbin, der in Moskau entführt worden war, um Lösegeld zu erpressen. Nach elf Tagen und Nächten hatte die Firma, bei der Corbin arbeitete, das Lösegeld über einen unbekannten Mittelsmann bezahlt, und Corbin war freigelassen worden. Unglücklicherweise konnte Corbin keinerlei Aussagen über seine Entführer machen. Er war von hinten angegriffen worden, und man hatte ihm die Augen verbunden. Er konnte nur sagen, daß seine Entführer ihm kein Leid zugefügt hatten (außer bei dem Überfall zu Beginn), daß er allerdings während seiner Gefangenschaft kaum zu essen bekommen hatte.

»Das ist ja alles sehr interessant, aber was hat das mit uns zu tun?« fragte Mutter.

»Eine ganze Menge. Zum einen muß der Mann, der sich als Martin ausgibt, irgend etwas mit der Sache zu tun haben. Warum sonst lag ein Fax mit dem Namen Corbin darauf in seinem Hotelzimmer? Er muß auf irgendeine Weise in diese Entführung verstrickt sein. Und ich gehe jede Wette ein, wenn wir in der Bibliothek die alten Zeitungen durchgingen, würden wir herausfinden, daß auch die vier anderen Männer auf der Liste Entführungsopfer sind.«

»Vielleicht«, sagte Mutter zweifelnd, »aber das erklärt noch lange nicht, was Victor Hacheck, Volkov, Fomin und auch der falsche Martin hier wollen. Entführungen gibt es doch nur in Rußland.«

»Nicht nur«, stellte ich fest.

Mutter schüttelte traurig den Kopf. »Du hast schon recht. Aber wir haben trotzdem noch keine Antwort auf die Frage, was sie hier tun. Ich könnte mir denken, daß Rußland auch kein schlechter Ort zum Leben ist, wenn man Geld hat, vielleicht so ähnlich wie New York.«

»Also?«

»Also ... falls sie zu einer Kidnapper-Bande gehören, und ganz offensichtlich sehr erfolgreich sind –« Sie klopfte mit dem Finger auf die Zeitung, »– dann müßten sie in Rußland doch bestens zurecht kommen.«

»Mutter, ich glaube, ich verstehe nicht, worauf du hinaus willst.«

Sie seufzte und ergänzte: »Ich meine nur, wenn sie sich darauf spezialisiert haben, Amerikaner zu entführen, haben sie in Rußland sicher leichteres Spiel als hier. Hier in Amerika ist man nicht besonders nett zu Entführern ...«

Ich rollte mit den Augen, weil Mutter, wie üblich im falschesten Augenblick, mal wieder ihrem Hang zum britischen Understatement nachgab.

»... nein, mal ganz im Ernst, Alex. Amerika wäre wirklich der letzte Ort, wo sie sich aufhalten sollten.«

Ich dachte eine Weile nach, als sich plötzlich die Schleusen in meinem Gehirn öffneten und die Flut hereinbrach, und zum ersten Mal seit Tagen hatte ich eine Ahnung, worum es die ganze Zeit eigentlich ging.

»Es sei denn ...«

»Ich hasse es, wenn du das sagst, Junge. Es sei denn was?«

»Es sei denn, irgend etwas ist schief gegangen. Oh, mein Gott, wir müssen sofort Peter aus den Klauen dieser Leute befreien!«

Und dann passierte es.

Ich faßte in die Brusttasche meines Hemdes, um die Packung Marlboro Light herauszuholen. Während ich das tat, hörte ich ein leises Klappern in der Schachtel. Ich sah hinein und schüttelte sie. Sie war noch halb voll, und ich sah, wie sich etwas darin bewegte. Ich schaute Mutter an, drehte die Schachtel um und ließ den Inhalt auf die Zeitung fallen. Ich hatte keine Ahnung, was es war, aber ich wußte genau, wie es da hineingekommen war. In diesem Moment wurde mir klar, was Hacheck getan hatte: Als ich ihm die Zigarettenpackung gegeben hatte, in der zu diesem Zeitpunkt höchstens zwei oder drei Zigaretten gefehlt hatten, hatte er das Ding hineingeschoben und zwischen die Zigaretten gestopft. Es war erst wieder freigekommen, nachdem ich ein paar Zigaretten geraucht hatte (tatsächlich waren es in den letzten paar Stunden einige mehr gewesen).

»Dieser Mistkerl!« rief ich. »Er hat mich reingelegt!«

»Wie meinst du das?« fragte Mutter, während sie das kleine graue Röhrchen anstarrte, das auf meiner Handfläche lag.

»Er hat mich reingelegt, das meine ich! Das Streichholzheftchen war eine Finte! Das hier ist das Ding, wonach alle suchen!«

»Ich dachte, sie suchen nach dem Streichholzheftchen.«

»Das ist es ja gerade! Verstehst du denn nicht? Sie wissen gar nicht, was sie suchen. Sogar der falsche Martin hat das gesagt. Sie wissen nicht, was Hacheck bei sich hatte, sie wußten nur, daß er es irgend jemandem übergeben wollte! Dieser Scheißkerl hat mir das gottverdammte Streichholzheftchen in die Tasche gesteckt, um alle an der Nase herumzuführen!«

»Alex, bitte, du sollst solche Worte nicht gebrauchen«, mahnte Mutter halbherzig.

Ich ignorierte sie. Ich fand meine Sprache im Moment ganz angemessen.

»Denk doch mal nach, Mutter. Er hat sie absichtlich sehen lassen, wie er dieses beschissene Streichholzheftchen in meine Tasche steckte, während er das Ding hier in meine Zigarettenschachtel stopfte.«

»Wie denn?«

»Ich hab' ihm die Packung geben, damit er sich eine Zigarette nehmen kann.«

»Ja, aber ich verstehe trotzdem nicht –«

»Aber Mutter, auf diese Weise wäre es vollkommen egal gewesen, was mit mir passiert, weil diese Ausländer nur auf das Streichholzheftchen aus waren. Selbst wenn sie mich umgebracht hätten, wären ihnen meine Zigaretten wahrscheinlich egal gewesen!«

Mutter starrte das kleine Röhrchen an, das ich zwischen Daumen und Zeigefinger hin und her rollte. Sie versuchte offensichtlich, das ganze in ihrem Kopf zusammenzusetzen. Als sie damit fertig war, sah sie mich an, ohne den Kopf zu drehen und sagte: »Dieser gottverdammte Mistkerl!«

»Ja, dieser gottverdammte Mistkerl!« wiederholte ich, umfaßte das Röhrchen mit der Faust und zog eine Zigarette aus der Schachtel.

»Jetzt wissen wir also, hinter was sie her sind«, sagte Mutter, als ich mir die Zigarette ansteckte, »aber wir wissen nicht, was es ist.«

Ich lächelte sie an und kniff die Augen zusammen: »Ich weiß nicht, was es für sie ist, aber ich weiß, was es für mich bedeutet: Es ist das Tauschobjekt, um Peter zurückzubekommen!«

Mutter sah mich auf eine Weise an, die andeutete, daß schweres Wetter im Anzug war. Ihre Augenlider gingen auf Halbmast, und sie knabberte an ihrer Unterlippe.

»Was ist?« fragte ich und versuchte, irritiert zu klingen.

»Nun ...« sagte sie, während sie die Arme vor der Brust verschränkte, »falls es sich wirklich um die gleichen Leute handelt, die diesen Geschäftsmann in Rußland entführt haben ... dann sind es Profis.«

Sie hielt inne, und ich spornte sie mit einem schlichten »Ja?« an.

»Es ist gut zu wissen, daß sie ... wenn die Geschichte in der Zeitung stimmt ... Peter freilassen werden, wenn wir tun, was sie verlangen.«

»Ja?«

Sie nahm mir das Röhrchen aus der Hand, hielt es zwischen Daumen und Zeigefinger und schüttelte es: »Was immer das ist, es muß etwas sein, daß die Kidnapper in Schwierigkeiten bringen könnte. Warum sollten sie sonst so viel Aufwand betreiben, um es zurückzubekommen?«

Ich hatte eine Ahnung, was sie damit meinte, aber ich wollte es einfach nicht verstehen. Also reagierte ich nur mit einem »Also?«

Mutter konnte mir schon immer alles vom Gesicht ablesen. Sie legte eine Hand auf meinen Arm und sprach mit ruhiger, fester Stimme: »Alex, das sind skrupellose Leute. Wir wissen, daß sie Peter entführt haben, und wir gehen davon aus, daß sie diesen Geschäftsmann in Rußland entführt haben. Vielleicht haben sie sogar alle Personen auf dieser Liste entführt und ihnen und ihren Familien die gleichen Schmerzen bereitet, die wir jetzt durchmachen.«

»Also?« fragte ich noch mal und zog meinen Arm weg. »Diese Leute interessieren mich nicht! Ich will nur, daß Peter wohlbehalten zurückkommt. Das ist alles, was mich interessiert.«

»Das verstehe ich doch, mein Junge, und für mich ist es auch das Wichtigste. Aber es gibt noch etwas, das wichtig ist: Diese Leute müssen gestoppt werden.«

»Nicht zum Preis von Peter.«

Mutter lächelte und rollte das Röhrchen zwischen Daumen und Zeigefinger hin und her.

»Tja, mein Junge, wenn wir es schlau anfangen, können wir beides erreichen!«

Ich zog eine Augenbraue hoch und sie sah mich aus ihren strahlend blauen Augen an, während sie die schicksalhaften Worte aussprach: »Ich habe eine Idee.«

O Gott, dachte ich, ich bin schon wieder Ethel Mertz.

15

Tatsächlich war Mutters Idee gar nicht so schlecht, wenn man mal die wenigen schwierigen Punkte außer acht ließ, zum Beispiel den, daß es niemals funktionieren konnte. Wir würden also ein paar glückliche Zufälle brauchen. Genauer gesagt würden wir eine ganze Menge glücklicher Zufälle brauchen, aber nur einige davon will ich hier erwähnen: Zum Beispiel gingen wir davon aus, daß Volkov wirklich im China West Hotel wohnte. Mutters ganzer Plan stand oder fiel mit der Tatsache, daß das Foto, das wir im Zimmer des falschen Martin gesehen hatten, uns auf die richtige Spur gebracht hatte. Das war also die erste und wichtigste Voraussetzung. Falls er dort nicht abgestiegen war, dann würde der Plan gleich zu Beginn scheitern. Die zweite Voraussetzung war, daß Volkov im China West Peter gefangenhielt. Das war ein durchaus naheliegender Gedanke, denn das Hotel war nicht gerade ein Ort, wo man befürchten mußte, von aufdringlichen Zimmermädchen gestört zu werden. Und in der Nachbarschaft würde sich niemand um gelegentliche Hilferufe kümmern. Die dritte Voraussetzung bestand aus der mehr als vagen Hoffnung, daß Volkov Peter allein zurückließ, wenn er wegging. Darüber machte ich mir ziemliche Sorgen, denn ich konnte einfach nicht glauben, daß er so dumm sein würde, seine Geisel unbeaufsichtigt zu lassen, andernfalls hieße es, daß er irgendwie verhindern würde, daß Peter flüchten konnte...

Außerdem wußten wir nicht, wo sich der falsche Martin zur Zeit befand, obwohl Mutter sich auch dafür etwas zurechtgelegt hatte.

All das ging mir durch den Kopf, während ich neben dem öffentlichen Fernsprecher auf Mutters Anruf wartete. Ich hatte den Wagen aus strategischen Gründen einen halben Block vom China West entfernt geparkt, damit er nicht auffiel, ich aber trotzdem den Eingang des Hotels im Auge behalten konnte. Als der Wagen in Position war, rannte ich zur Telefonzelle an der Ecke des Gebäudes. Von dort rief ich Mutter an und gab ihr die Nummer des Apparats durch, legte wieder auf und wartete auf ihren Rückruf. Ihr Plan ging folgendermaßen: Sie wollte Volkovs Anruf entgegennehmen, ihm mitteilen, daß wir jetzt endlich vernünftig geworden seien und ihm das Röhrchen übergeben wollten. Die Übergabe sollte am Seehundbecken im Lincoln Park Zoo stattfinden. Den Ort hatten wir aus zwei Gründen ausgewählt: Zum einen kannte er ihn, da er uns ja schon mal dorthin gefolgt war, zum anderen war es gut fünfzehn Kilometer vom Hotel entfernt. Mutter würde mich sofort zurückrufen, wenn er den Köder geschnappt hatte.

Es war kein besonders heißer Tag – für Chicagoer Verhältnisse war es sogar recht angenehm, so um die zwanzig Grad – aber ich spürte trotzdem den Schweiß aus den Achseln und an den Seiten herunterlaufen, als ich auf ihren Anruf wartete. Ich warf einen Blick auf Peters Armbanduhr, die ich hegte und pflegte, als wäre es eine Haarlocke von ihm.

Genau um 15 Uhr drei klingelte das Telefon und durchbrach die Stille, die so unheimlich war wie dieses plötzliche Klicken in einem Film, kurz bevor alles in die Luft fliegt. Ich schnappte mir den Hörer, preßte ihn ans Ohr und hörte die angespannte Stimme meiner Mutter: »Er kommt jetzt.«

»In Ordnung«, sagte ich und wollte schon wieder einhängen, als ich meinen Namen hörte. Ich hielt den Hörer noch mal ans Ohr, und sie sagte: »Hör zu – ich habe Stevie im Harris angerufen und ihn gebeten, in Martins Zimmer anzurufen. Dort hat sich niemand gemeldet. Wir wissen nicht, wo er ist, also sei bitte besonders vorsichtig.«

Ich mußte schlucken, sagte: »Alles klar«, und legte auf. Ich wollte unbedingt zum Wagen zurück, um auf Volkov zu lauern.

Es dauerte ungefähr fünf Minuten, bis er aus der Absteige kam und in Richtung Hochbahnstation ging. Ich stieß die Tür meines Civic auf, stieg aus und fühlte mich wie ein echter FBI-Agent. In meiner rechten Tasche befanden sich ein paar Zwanzig-Dollar-Scheine, die mir Mutter mitgegeben hatte für den Fall, »daß du jemanden schmieren mußt«, wie sie sich ausgedrückt hatte, und in meiner linken Tasche steckte eine Pistole. Als ich aus dem Haus gegangen war, hatte mir Mutter hinterher gerufen: »Vergiß deine Pistole nicht!«, in dem gleichen Ton, als hätte sie gerufen: »Vergiß deinen Hut nicht!«

Das China West ist eins der Hotels, die wahrscheinlich schon vom ersten Tag an wie eine Absteige ausgesehen haben, und seitdem war es mit ihm bergab gegangen. Die Treppenstufen bröckelten, die wasserspeienden Ungeheuer, die den Eingang bewachen, waren angeschlagen, und gelegentlich fiel ein schöner Chicagoer Ziegelstein herunter, als hätte er es satt, dieses Gebäude noch länger zusammenzuhalten, und würde deshalb lieber Selbstmord begehen. Im Sommer legten die Bewohner ihre Matratzen oft raus auf die Feuerleitern, um der Hitze in dem nicht klimatisierten Gebäude zu entgehen und dort zu schlafen. In dieser Gegend schien das niemanden zu stören.

Ich betrat die Eingangshalle und roch den süßen Geruch des Verfalls. Die Staubmilben konnte man unter den Füßen beinahe spüren. Ich konnte nicht erkennen, welche Farbe der Teppich mal gehabt hatte, aber jetzt war er braun, und die Wände waren mit schmutzigen Tapeten beklebt, die an besonders exponierten Stellen Wasserflecke zierten. Eine Treppe, die von einem sich auflösenden Teppich bedeckt war, führte zum Rezeptionspult.

Hinter dem hüfthohen Pult saß ein Mann. Er sah ziemlich klein aus, obwohl er auf einem hohen Stuhl saß. Bis auf einen kleinen Haarkranz von Ohr zu Ohr war er kahl. Die fehlende Kopfbehaarung wurde durch die dichte Behaarung auf Brust und Unterarmen wett gemacht. Am Hals sprossen die Haare unter dem T-Shirt hervor wie wucherndes Unkraut. Das war so ein Kerl mit regelrechtem Fell auf dem Rücken. Im Mundwinkel hingen die Überreste einer billigen Zigarre, so feucht, als hätte er sie verschluckt und wieder ausgespuckt. Er blätterte in einem alten Playboy-Heft, dessen Bilder von so vielen schmierigen Fingerabdrücken bedeckt waren, daß ich mich fragte ob es die Models an den betreffenden Stellen nicht ekeln mußte. Würde sich so einer über ein Nacktfoto von mir hermachen, wäre das für mich so ähnlich wie Grabschändung.

Ich trat an das Rezeptionspult, und der Gesichtsausdruck des Mannes verhärtete sich, obwohl er gar nicht aufsah. Ich räusperte mich, und er sagte: »Ja?«, während ein kleines braunes Rinnsal von der Zigarre sein Kinn herunterrann. Ich merkte, wie mein Magen sich zusammenzog.

»Könnten Sie mir wohl sagen, ob mein ... Cousin hier wohnt, ich würde gerne seine Zimmernummer wissen.«

Er richtete seinen Blick auf mich, ohne den Kopf zu bewegen und sagte: »Ihr Cousin wohnt hier?«

»Äh, ja. Er kommt aus Rußland.«

Die Zigarre bewegte sich ein paar Millimeter aufwärts. Ich brauchte eine Weile, um zu merken, daß das ein Lächeln sein sollte. »Und Sie haben ihn hier wohnen lassen?« fragte er.

In seiner Stimme schwang ein überraschender ironischer Ton mit. Ich schluckte und antwortete: »Ja, also ... unsere Familie ... ist nicht besonders wohlhabend.«

»Hmhm«, sagte er und lachte bellend, was das Tabak-Speichel-Rinnsal noch verstärkte.

»Können Sie mir sagen, in welchem Zimmer er wohnt?«

»Wie heißt er denn?«

»Volkov.«

Die Zigarre bewegte sich wieder leicht nach oben, dann sagte er: »Hier gibt es keinen Volkov.«

Ich weiß auch nicht, wieso ich erwartet hatte, daß die Knetmenschen ihre richtigen Namen benutzten, aber jetzt wurde mir klar, daß sie es nicht getan hatten. Ich sagte das erste, was mir in den Sinn kam. »Tja, also ... normalerweise amerikanisiert er seinen Namen, wenn er herkommt.«

»Hör mal, Kumpel«, begann er und sah aus, als würde er mir übelnehmen, daß ich ihn von den Frauen auf den Bildern ablenkte, aber ich unterbrach ihn, indem ich ein paar Zwanziger aus meiner Tasche zog. Seine Augen blieben an den Scheinen hängen. Er schaute, als wolle er mir zu verstehen geben, daß ich mich verpissen sollte. Aber Geld war nun mal Geld. Ein bißchen Speichel tropfte von seinem Kinn und landete auf der linken Brustwarze der Frau auf dem Bild, über das er sich gebeugt hatte.

»Also«, sagte er ziemlich desinteressiert, »wie lautet denn sein amerikanischer Name?«

»Ich weiß nicht, welchen er diesmal benutzt«, sagte ich und schob ihm einen der Zwanziger hin. Er schaute darauf, aber ich merkte, wie er seine Neugier verlor – wie einiges andere auch, was ich hier aus Hygienegründen nicht erwähnen will. Wenn seine Hände nur ein wenig schmieriger gewesen wären, hätte es mich umgeworfen.

»Woran soll ich ihn denn dann erkennen?«

Ich beugte mich konspirativ zu ihm, achtete aber darauf, ihm nicht so nahe zu kommen, daß ich vollgesabbert wurde, und sagte: »Er ist hier mit einem Freund abgestiegen. Beides Russen. Der eine groß, der andere klein.« Ich beschrieb Volkov und hielt die ganze Zeit den zweiten Zwanziger in meiner rechten Hand, die ich auf das Pult gelegt hatte.

Als ich die Beschreibung beendet hatte, sagte er: »Zimmer 29, zweiter Stock.« Und ohne ein weiteres Wort schob er das Geld unter seine Zeitschrift.

Ich sah noch mal zu ihm hinüber, als ich die Treppe hinaufging. Ohne sich allzusehr zu bewegen, knüllte er die Scheine zusammen und schob sie in seine Hosentasche. Ich konnte fast den dicken Pelz erkennen, der hinten aus seinem T-Shirt quoll. Mich schauderte.

Der Korridor im zweiten Stock war genauso heruntergekommen wie die Lobby. Es gab keine Flurbeleuchtung. Ich bildete mir ein, eine Maus vor mir davonflitzen zu sehen, nur weil ich aus dem Augenwinkel etwas auf dem Boden sich bewegen sah. Ich vermied, nach unten zu sehen. Der Korridor war leer. Am Ende war die Tür zur Feuerleiter, die jemand geöffnet hatte in dem vergeblichen Versuch, etwas frische Luft hereinzulassen. Ein Blick hinaus gab mir das Gefühl, mitten aus der Hölle einen Blick in den Himmel zu werfen.

Ich fand die Tür zu Nummer 29. Die Nummern waren schon lange heruntergefallen, aber auf den Türen waren noch kleine Schatten davon. Ich zog meine Pistole aus der Tasche und kam mir mehr und mehr vor wie in einer Billig-Version von »Miami Vice«. Dann klopfte ich an.

Und wartete. Ich hörte keinen Laut bis auf ein weiter entferntes leises Getrappel im Korridor, das nicht menschlichen Ursprungs sein konnte. Ich legte mein Ohr an die Tür in der Hoffnung, daß Peter allein dort war und vielleicht versuchen würde, sich bemerkbar zu machen. Nachdem ich noch mal geklopft und gewartet hatte, entschied ich, daß der Raum entweder unbenutzt war oder keiner da war, der auf Peter aufpaßte.

Ich zog meine Brieftasche hervor, nahm meine Visa-Karte heraus und schob sie zwischen Tür und Türschloß. Da ich im großen und ganzen ein ehrlicher Mensch war, hatte ich das nur einmal ausprobiert, als ich mich versehentlich zu Hause ausgeschlossen hatte, während Peter im Laden und Mutter auf Japanreise gewesen war. Ein hilfsbereiter Nachbar hatte meine mißliche Lage erkannt und mir gezeigt, wie einfach es war, mit einer Kreditkarte einzubrechen. Er hatte die Tür aufgemacht, und ich hatte ihm erleichtert gedankt. Danach weigerte ich mich, das Haus zu verlassen, bevor wir an allen Außentüren schwere Eisenriegel angebracht hatten.

Ich hörte das Schloß aufschnappen, steckte die Karte wieder in die Tasche und richtet den Lauf der Pistole auf die Tür. Dann drehte ich den Türknauf und schob die Tür auf.

Im Zimmer befand sich ein Bett. Auf dem Bett lag Peter. Sie hatten ihn ausgezogen und seine Arme über dem Kopf am

Bettpfosten festgebunden. Seine gespreizten Beine waren an den unteren Bettpfosten festgemacht. Er war geknebelt worden.

Ich trat vorsichtig ins Zimmer und sagte leise: »Ist sonst noch jemand hier?« Peter schüttelte den Kopf, seine Augen flehten mich an, ihn zu befreien.

Ich schloß die Tür, steckte die Waffe ein, sah ihn an und sagte: »Weißt du, ich habe mal davon geträumt, dich in so einer Situation zu sehen.«

Er konnte nur »Nmmpf, nmmmmpf« antworten, während er versuchte, seinen Kopf zu heben, um mich ansehen zu können. Eine kurzer Blick (mehr war nicht nötig, da er ja vor mir lag, wie Gott ihn geschaffen hatte) bestätigte, daß er unverletzt war, aber als ich den Knebel löste, bemerkte ich einen blutigen Fleck an der linken Seite seines Kopfes.

Ich zog den Knebel heraus, und Peter sagte: »Mein Gott! Binde mich los. Ich habe das Gefühl, daß lauter Ungeziefer über mich krabbelt!«

»Keine Panik. Wir gehen gleich nach Hause, da kannst du duschen«, antwortete ich und befreite zuerst seine Fuß-, dann seine Handgelenke.

»Ich glaube, ich muß ultrahocherhitzt werden, um das hier vergessen zu können. Und ich brauche einen warmen Einlauf.«

»Bitte, bring mich jetzt nicht auf irgendwelche Gedanken«, entgegnete ich.

»Wie zum Teufel hast du mich gefunden?«

»Das kann ich jetzt nicht alles erzählen. Aber du wirst stolz auf uns sein. Ich muß wohl nicht extra erwähnen, daß Mutter und ich in diesen Spionagesachen immer professioneller werden. Wie haben sie dich denn gekriegt?«

Nachdem er losgebunden war, setzte er sich auf, zog die Beine an und umschlang sie mit den Armen. Er rieb abwechselnd Hand- und Fußgelenke, als könne er sich nicht entscheiden, welche mehr schmerzten.

»Ich weiß nicht. Irgendwo auf dem Weg zur Hochbahn

wurde ich plötzlich bewußtlos. Oh, mein Gott!« Er befühlte seine linke Kopfseite: »Tut das weh! Mein Kopf platzt!«

»Du erinnerst dich an nichts?«

»Ich erinnere mich, wie alles schwarz wurde und ich dann hier aufwachte, wo dieser verdammte Russe mich anstarrte.«

»War sonst noch jemand hier?«

Er schüttelte den Kopf und merkte sofort, daß das ein Fehler gewesen war. Er zuckte zusammen. »Nein. Nein. Nicht daß ich wüßte. Aber vielleicht war noch jemand da, bevor ich aufgewacht bin.« Er bewegte sich nicht, um den Schmerz in seinem Kopf im Zaum zu halten, und rieb sich wieder die Gelenke. Dann sah er mich ernst an: »Wie lange bin ich hier gewesen?«

Ich drehte die Augen zur Decke: »Weniger als einen Tag, Camille. Jetzt laß uns hier verschwinden. Wo sind deine Sachen?«

»Woher zum Teufel soll ich das wissen?« sagte er laut. Die Strafe folgte auf dem Fuß: Er faßte sich wieder vor Schmerz an den Kopf. Dann fügte er leiser hinzu: »Mir ist gerade erst aufgefallen, daß ich nichts anhabe.«

Wir durchsuchten rasch das Zimmer, konnten seinen Anzug aber nirgends finden. Und mit der Sensibilität, die man seinem Angetrauten gegenüber nun mal hat, spürte ich, wie sein Zorn wuchs. Und wenn ich richtig lag, war er viel wütender darüber, daß sein Anzug verschwunden war, als darüber, entführt worden zu sein. Wir durchsuchten die Schränke und fanden nichts bis auf eine Kakerlake, die so groß war, daß sie wahrscheinlich Miete bezahlen mußte.

»Allmählich komme ich mir wirklich ziemlich nackt vor«, sagt Peter.

Ich entdeckte einen kleinen Wandschrank, in dem ein alter, ramponierter Matchsack lag. Ich zog ihn auf und schüttete den Inhalt aufs Bett. Ein paar Unterhosen, T-Shirts, zerknitterte Hemden und eine Hose mit einem ziemlich lebhaften gelbweißen Karomuster kamen zum Vorschein. Ich nahm die Hose, strich sie glatt und hielt sie ihm hin.

»Nicht gerade dein Stil, aber das muß wohl gehen.«

Peter faßte sie an, als sei sie verseucht, senkte die Augen und preßte die Lippen zusammen, bis sie kaum noch zu sehen waren: »Die ist kariert.«

Jetzt war ich mit meiner Geduld am Ende: »Das ist mir scheißegal, es gibt keine andere! Zieh sie an und laß uns endlich verschwinden! Es wird eine Weile dauern, bis der Russe zurückkommt, aber wir wissen nicht, wo Martin ist.«

Peter verzog das Gesicht, während er die Hose anzog: »Der echte oder der falsche?«

»Der falsche. Stevie hat in seinem Zimmer angerufen, aber es hat sich niemand gemeldet. Er kann einfach überall sein.«

Peter knöpfte den Bund der Hose zu, die sofort zu Boden fiel, als er sie losließ. Volkov war mindestens zehn Zentimeter dicker als er. Peter zog die Hose wieder hoch und hielt sie fest. Abgesehen von der Taillengröße gab es noch ein weiteres Problem: Peter war etwa fünfzehn Zentimeter größer als der Russe (ich meine Körpergröße). Daher sah er aus wie ein Clown. Aber trotzdem total sexy. Wirklich.

»Das funktioniert so nicht«, sagte er genervt.

»Der Wagen steht einen halben Block entfernt, mach dir keine Sorgen«, sagte ich, während ich zur Tür ging. »Zieh eins von den Hemden an.«

Er sah mich aus dem Augenwinkel an, rümpfte die Nase und entgegnete: »Vielen Dank, aber das hier muß genügen.«

Ich zuckte die Schulter und sagte, so leise ich konnte: »In Ordnung«, und öffnete die Tür. Ich spähte in beide Richtungen des Korridors, sah, daß die Luft rein war, und machte Peter ein Zeichen, mir zu folgen. Ich wollte nicht wieder durch die Lobby gehen, also führte ich ihn zu der Feuerleiter am Ende des Korridors und dann hinunter in eine Seitenstraße. Das Gute daran war, daß wir die leere Seitenstraße bis zu unserem Wagen entlanggehen konnten, ohne jemanden zu treffen, bis auf zwei Penner, die den Müll durchwühlten. Das Schlechte war, daß diese Gasse völlig verdreckt war. Und Peter mußte barfuß laufen. Als wir das Ende der Straße erreicht hatten, sagte er mit zusammengepreßten Zähnen: »Ein heißes Bad, einen warmen Einlauf und eine Tetanusspritze.«

Aber kurz darauf saßen wir schon im Wagen und fuhren nach Hause. Ich erzählte ihm, was wir getan hatten, um ihn zu befreien. Allerdings muß ich zugeben, daß ich Mutter und mich etwas selbstsicherer darstellte, als wir in Wirklichkeit gewesen waren. Es machte keinen Sinn, Peter aufzuregen wegen irgendwelcher Details, die vielleicht hätten schiefgehen können. Er hörte mir aufmerksam zu und wischte sich immer wieder über die Hosenbeine, als könne er den Schmutz darauf spüren. Er horchte nur auf, als ich ihm erzählte, daß wir endlich herausgefunden hatten, wonach der CIA und die Russen suchten.

Ich brachte Peter in Rekordzeit nach Hause. Für ihre Selbstbeherrschung mußte ich Mutter wirklich loben. Abgesehen von der Angst um Peters Gesundheit und so weiter, erkannte ich ein leichtes Lächeln auf ihren Lippen, als sie sah, was er anhatte. Aber sie lachte nicht. Und Peter war glücklicherweise so sehr mit seinem Wunsch nach einem Bad oder einer Dusche beschäftigt, daß er es nicht merkte. Schließlich lag er inmitten eines nach Flieder duftenden Schaumbades, nahm seinen Luffa-Schwamm von der Kunststoffablage in der Dusche, tränkte ihn mit Eukalyptus-Seife und begann, sich so heftig abzuschrubben, daß ich Angst bekam, er könnte sich die ganze obere Hautschicht wegrubbeln.

Mutter erwartete mich am Fuß der Treppe mit verschränkten Armen und fragte: »Was nun?«

»Nun ist es wohl an der Zeit, daß wir Frank anrufen«, erklärte ich lächelnd.

»Endlich«, sagte Mutter erleichtert, als sie zum Telefon ging.

16

Ich stand am Fuß des Sears Tower, einem der höchsten Gebäude der Welt. Tatsächlich sind es mehrere Hochhäuser verschiedener Höhe, die zusammen einen riesenhaften Komplex bilden. Ich sah hinauf, während ich auf der einen Seite wartete – die einzige Seite mit durchgehender Fassade – und merkte, daß mir dabei ziemlich übel wurde. Ich verstand nicht, wie Leute dort arbeiten konnten. Aber für das, was ich hier zu erledigen hatte, hatte der Sears Tower einen Vorteil: Es war kurz vor halb fünf Uhr nachmittags, und da unglaublich viele Leute dort arbeiteten, war dies die belebteste Gegend, die man sich vorstellen konnte. Ich wollte unbedingt inmitten von vielen Menschen sein, wenn ich Agent Nelson traf, um ihm das gottverdammte Röhrchen zu geben, denn inzwischen vertraute ich niemandem mehr.

Unser Plan ging so: Wir hatten Frank angerufen und ihn gebeten, mit Nelson zu sprechen, dem CIA-Agenten, mit dem er gearbeitet hatte. Er sollte ihm mitteilen, daß wir das, wonach er suchte, gefunden hatten und ihm um halb fünf an der Nordwestseite des Sears Tower übergeben wollten. Frank würde nicht kommen, weil er was anderes zu tun hatte.

Die Menschenmassen quollen jetzt aus dem Gebäude, und ich konnte nichts weiter tun, als stehenzubleiben, um nicht mit dem Strom in Richtung Straße mitgerissen zu werden. Ich warf einen Blick auf Peters Armbanduhr. Es war fünf vor halb, und obwohl er sich bis jetzt noch nicht verspätet hatte, war ich schrecklich nervös. Ich sah die eine Straßenseite entlang, dann die andere, steppte von einem Fuß auf den anderen. Es war eigentlich unsinnig, so nach ihm Ausschau zu halten, denn ich wußte gar nicht, wie er aussah. Frank hatte mir allerdings erklärt, daß Nelson wußte, wie ich aussah. Ich hatte Frank noch fragen wollen, woher er mich kannte, es mir aber verkniffen, weil ich merkte, daß mir die Erklärung entweder unglaubwürdig vorkommen oder mich noch paranoider machen würde, als ich ohnehin schon war. Dies war eine der wenigen Gelegenheiten, wo Ignoranz schlauer war.

Vier Minuten und ein Dutzend Blicke auf die Uhr vergingen, und dann sah ich ihn. Nur war es nicht Nelson. Der Schock lähmte mich augenblicklich, dann wurde ich von Panik erfaßt: Es war der falsche Mr. Martin. Als er nun im unpassendsten Moment auftauchte, fand ich ihn nicht mehr nur kohlrabenschwarz. Jetzt kam er mir vor wie der leibhaftige Teufel. Mein teilweise gelähmtes Gehirn konnte einfach nicht begreifen, wie er es geschafft hatte, mich zu finden, aber es war ihm gelungen. Nach einer kurzen Totallähmung meiner sämtlichen Körperfunktionen rannte ich los. Ich lief den Sears Tower entlang über den Wacker Drive, um zum Haupteingang zu gelangen, aber im gleichen Moment, als ich losraste, merkte ich, daß er mich gesehen hatte und die Verfolgung aufnahm.

Ich schob mich durch die Massen der Angestellten, die die Drehtüren nach draußen spuckten. In der Eingangshalle waren noch mehr Menschen, die unerbittlich hinausdrängten. Ich hatte plötzlich das grauenerregende Gefühl, mitten in Fritz Langs »Metropolis« geraten zu sein.

Obwohl der Sears Tower eines von Chicagos berühmtesten Gebäuden ist, war ich vorher noch nie hineingegangen, weshalb ich nun völlig verwirrt dastand. Ich wußte nicht, in welche Richtung ich laufen sollte, und die immer größer werdende Menschenmasse machte die Entscheidung nicht leichter. Vor mir befand sich eine hohe Wand, von der aus rechts und links Korridore abgingen. Ich warf einen Blick zurück und sah, wie sich das Rote Meer der Menschen teilte, als sich der falsche Martin seinen Weg ins Gebäude bahnte. Ich wußte, daß ich da nicht stehenbleiben durfte. Es war wie gegen den Strom schwimmen, ich war ständig in Gefahr, von der Menschenmasse zurück in die Arme meines Verfolgers geschoben zu werden. Ich lief in den Korridor zu meiner Rechten.

Links hinten waren die Fahrstühle. In dem Moment, als ich mich für diese Richtung entschieden hatte, ertönte die Glocke, und aus einem Fahrstuhl strömten Menschen in einer Art, die mich an eine Szene aus »Die Marx-Brothers in der Oper« erinnerte. Als ich den Fahrstuhl betrat, schaute ich zurück und sah, wie der falsche Martin um die Ecke bog und mich entdeckte. Glücklicherweise schlossen sich die Fahrstuhltüren, bevor irgend jemand dazu kam (wahrscheinlich fuhr um diese Zeit sowieso niemand mehr nach oben).

Zu meinem großen Entsetzen gab es nur zwei Knöpfe in diesem Aufzug: »66« und »Erdgeschoß«.

»Was soll der Scheiß?« sagte ich zu mir selbst. Dann verstand ich, daß ich auf die »66« drücken mußte, weil sich sonst die Türen wieder öffneten. Ich tat es, und der Aufzug raste geräuschlos nach oben. Nach wenigen Sekunden schoben sich die Türen wieder auf, und wieder stand ich einer Menschenmenge gegenüber, die sich im Korridor drängelte und fast in den Aufzug hineinfiel. Sie schienen nicht sehr erfreut zu sein, daß schon jemand darin war.

Ich kämpfte mich zum Korridor durch, und es schien, als hätte ich damit den Damm gebrochen, der die Menge bisher festgehalten hatte. Während ich mich weiter gegen den Strom stemmte, arbeitete mein Gehirn fieberhaft an der Frage, was ich denn als nächstes tun sollte. Mir fiel leider nichts Vernünftiges ein. Der einzige Grund, aus dem Aufzug zu steigen, war meine Angst vor dem falschen Martin gewesen, der unten in der Lobby lauerte. Andererseits konnte er sich genauso gut, da das Gebäude eine Menge Aufzüge besaß, zur Verfolgung entschlossen haben, statt sämtliche Aufzüge im Erdgeschoß im Auge zu behalten, was sowieso unmöglich war. Also war es das beste, in Bewegung zu bleiben.

Als ich den Korridor betrat, hörte ich die Ankunftssignale von drei anderen Aufzügen und war mir plötzlich ziemlich sicher, daß der falsche Martin in einem von ihnen sein mußte.

Leider konnte ich, wenn ich nicht die Aufzüge benutzen wollte, nur weiter nach oben laufen: In diesem Stockwerk gab es offenbar nur Treppen, die ins 67. Stockwerk hinaufführten. Also stieg ich nach oben.

Ich warf einen Blick zurück, als ich den 67. erreicht hatte und erkannte, daß ich recht gehabt hatte: Er war mir gefolgt und rannte nun auf die Treppen zu. Ich war mir sicher, daß er mich gesehen hatte, denn er war der einzige, der sich auf dem Weg nach oben befand, was genügte, um meinen Verdacht zu bestätigen. Glücklicherweise gab es hinter der nächsten Biegung weitere Aufzüge, von denen einer offenstand, als ich hinkam. Ich sprang hinein und drückte auf den obersten Knopf. Ich versuchte, eine klare Strategie zu entwickeln, schien aber immer noch unter Gehirnlähmung zu leiden, jedenfalls kam folgendes dabei heraus: Ich würde ins oberste Stockwerk fahren, nach dem Treppenhaus suchen und dann nach unten laufen. Der falsche Martin würde sich zwischen fünfunddreißig verschiedenen Stockwerken entscheiden müssen, da er nicht wissen konnte, in welchem ich ausgestiegen war. Ich hoffte, daß er aufgeben würde, nachdem er die Hoffnungslosigkeit seines Unterfangens eingesehen hatte. Ich wollte dann ganz einfach die Treppen hinabsteigen, was mir zumindest das Gefühl vermitteln würde, ich sei auf dem Weg aus diesem ganzen Durcheinander. Falls ich müde wurde oder das Gefühl hatte, genug Zeit sei verstrichen, konnte ich ein Stockwerk betreten und den Rest des Wegs nach unten im Aufzug zurücklegen. Ich versuchte jeden Gedanken daran zu verdrängen, daß er womöglich nach unten gehen und auf mich warten könnte. Ich drückte auf den Knopf mit der Zahl »102«.

Dieser Aufzug bewegte sich mit dem gleichen Eifer nach oben wie der Expresslift, da niemand ihn stoppte. Er kam mit einem leisen Bremsgeräusch zum Stehen, und die Türen gaben den Weg in das hundertzweite Stockwerk frei. Eine weitere Menschenmenge erwartete den Aufzug. Alle waren ganz erpicht darauf, das Gebäude zu verlassen, weshalb keiner Notiz von mir nahm. Und als ich im Augenwinkel bemerkte, daß ein paar Leute mir hinterher sahen, setzte ich den berühmten Chicagoer »Ich weiß genau, wo ich hin will, also laßt mich in Ruhe«-Blick auf. Ich sah auf die Uhr und lief den Korridor entlang, als wüßte ich, welche Richtung ich eingeschlagen hatte. Am Ende des Gangs bog ich nach rechts und lief einen Flur entlang, den identisch aussehende Büros säumten. Die Tür zu einem der Büros stand offen, und durch das Bürofenster sah ich den klaren nachmittäglichen Himmel. Mir wurde auch klar, wie weit oben ich war – schon beim Blick durch das Fenster wurde mir schwindelig. Am Ende des Flurs befand sich eine Tür mit dem üblichen gelbroten Schild mit der Aufschrift »Ausgang«.

Hinter mir hörte ich ein weiteres Mal das Ankunftsignal des Aufzugs. Ich faßte nach dem Türknauf, drehte ihn und ging hindurch. Als die Tür hinter mir zugeschlagen war, vernahm ich von oben das Geräusch einer Maschine. Allein schon die Tatsache, daß sich unter mir einhundertzwei Treppen befanden, gab mir das Gefühl, von einem schwarzen Loch aufgesogen zu werden. Ich faßte nach dem Geländer und stützte mich ab. »Ich habe keine Höhenangst!« sagte ich laut, als konnte die Lautstärke mich in meinem Glauben bestärken. Ich hatte tatsächlich keine Höhenangst. Aber es gibt solche und solche Höhen. Für mich war der Sears Tower jedenfalls höher, als ein Gebäude überhaupt sein sollte.

Ich hörte das leise Geräusch einer Tür, die geöffnet und geschlossen wurde und Schritte, die irgendwo weit entfernt Treppen heruntergingen. (jedenfalls ging ich davon aus, daß jemand hinunterlief, denn das Geräusch wurde immer leiser), dann noch eine Tür, die geöffnet und geschlossen wurde, dann nichts mehr.

Ich stand dort eine ganze Weile, horchte und stützte mich auf das Geländer. Dann setzte ich mich auf die Treppe und blieb dort sitzen. Es war keine Angst, sondern eher das Gefühl der Überwältigung angesichts der Ausmaßen und der Höhe dieses Gebäudes und des Treppenhauses, das vor mir gähnte. Ich mußte gegen dieses seltsame Gefühl des Fallens ankämpfen, das man sonst nur aus Träumen kennt. Als ich wieder auf Peters Armbanduhr sah, war es zwanzig nach fünf. Jede Bewegung jenseits des Maschinengeräuschs über mir war erstorben.

Dann hörte ich es. Eine Tür wurde geöffnet und geschlossen, nur war es diesmal viel näher als vorher. Es gab eine Pause, dann hörte ich Schritte. Sie kamen langsam (und heimlich, fand ich) näher. Ich wartete auf weitere Türgeräusche, aber statt dessen vernahm ich nur weitere Schritte. Sie verschwanden nicht in der Ferne, sondern kamen näher.

Ich stand hastig auf, meine Gedanken rasten. Wenn es jemand sein sollte, der hier arbeitete, würde er vielleicht erkennen, daß ich nicht hierher gehörte. Aber in dieser Situation wäre es wahrscheinlich sicherer gewesen, jemand rief den Wachdienst und die Polizei. Falls ich andererseits lange genug wartete, um herauszufinden, wer es war, und sich herausstellte, daß es der falsche Martin war, dann war es zur Flucht auch schon zu spät. Während ich um eine Entscheidung rang, hörte ich etwas weiter unten eine weitere Tür. Ich spähte durch das Geländer hindurch und bemerkte tatsächlich etwas: eine Hand, die über das Geländer glitt und sich langsam nach oben bewegte. Es war völlig irreal, als hätte jemand eine Szene aus »Der Mieter« genommen, wo eine solche Hand ganz schnell ein geschwungenes Geländer hinuntergleitet, und sie in Zeitlupe rückwärts abgespielt. Die Hand bewegte sich so gleichmäßig nach oben, daß ich noch ängstlicher wurde, als ich ohnehin schon war. Ich entschied, daß Heldenmut nicht unbedingt die erstrebenswerteste Tugend war.

Zurück ins 102. Stockwerk zu gehen, war viel zu riskant, weil man mich festnageln konnte, während ich auf den Aufzug wartete. Da es das letzte Stockwerk war, das für das normale Publikum mit einem Aufzug erreichbar war, würde der falsche Martin sich ausrechnen können, in welche Richtung ich mich bewegt hatte.

Ich hockte mich hin, band meine Schuhe auf und zog sie aus. Dann lief ich, so schnell und so leise ich konnte, die Treppen nach oben. Trotz des immer lauter werdenden Maschinengeräuschs war ich fest davon überzeugt, daß jemand unter mir sogar hören konnte, wie ich auf Socken nach oben schlich. Als ich das 105. und 106. Stockwerk passierte, merkte ich, daß das Maschinengeräusch nur ein Teil des Lärms war, den ich hörte. Das andere waren Geräusche, die das Gebäude dank der inneren Spannung und dem Wind in dieser Höhe selbst verursachte. Je weiter ich kam, um so mehr spürte ich einen Druck, der auf mir lastete, als würde ich mich in einem U-Boot befinden. Ich fragte mich sinnloserweise, ob dieser Effekt wohl mit den atmosphärischen Besonderheiten zu tun hatte, die man in großen Höhen oder Tiefen vorfand.

Ich passierte das 107. und das 108. Stockwerk. Auf dem Treppenabsatz befanden sich Türen, die aber verschlossen waren.

Der Lärm war jetzt nahezu ohrenbetäubend. Ich machte eine kurze Pause und hielt mich am Geländer fest. Als ich wieder ruhiger atmen konnte (soweit das in der dünnen Luft hier oben überhaupt möglich war), spähte ich zwischen dem Treppengeländer hindurch nach unten. Ich hatte angenommen, mein Verfolger würde mich nicht für so dumm halten und glauben, daß ich weiter als bis zum hundertzweiten Stockwerk hinaufstieg, wo ich dann in eine Sackgasse geraten würde. Unglücklicherweise ging er davon aus, daß ich dumm genug war. Die Hand glitt weiter über das Geländer nach oben, jetzt allerdings schneller, wenn ich mich nicht täuschte.

Ich atmete mehrmals tief ein und aus, stieg weiter und fühlte mich aus irgendeinem Grund immer benommener, als würde mein Körper, obwohl ich mich im Innern des Gebäudes befand, die große Höhe spüren. Schließlich erreichte ich das hundertzehnte Stockwerk.

Eine Treppe mit sechs Stufen (ich habe sie gezählt) und einem leuchtend rot gestrichenen Geländer führte zu einer schweren Eisentür. Ich mußte schlucken, weil ich mir vorstellen konnte, wohin sie führen würde. In meinen Ohren knackte es. Mir war klar, daß ich verloren war, falls diese Tür verschlossen war.

Ich warf einen letzten Blick durch das Geländer des endlosen Treppenhauses und sah, daß mein Verfolger mir immer noch auf den Fersen war. Ich hatte mich inzwischen damit abgefunden, daß er tatsächlich hinter mir her war, denn ich konnte mir nicht vorstellen, was jemand anderes um diese Zeit hier oben verloren hatte.

Ich atmete tief ein und ging die sechs Stufen nach oben. Die Tür war verschlossen.

Natürlich hatte ich diese gottverdammte Pistole nicht mitgenommen, weil ich angenommen hatte, ich würde sie nicht brauchen. Ich rüttelte an der Türklinke und war überrascht, daß sie irgendwie locker war. Ich rüttelte, wackelte, rüttelte noch mehr und zog so fest ich konnte. Trotz meiner Panik glaubte ich, jenseits des allgemeinen Lärms auf der anderen Seite der Tür ein leises metallisches Klimpern zu hören. Dann bemerkte ich, daß die Klinke auf der anderen Seite abgefallen war.

Ich rüttelte noch mal. Die Klinke saß jetzt ganz locker. Ich stellte mir vor, daß sie wahrscheinlich, wenn ich noch mehr wackelte und zog, herausrutschen würde. Statt dessen passierte etwas völlig Unerwartetes: Die Tür ging auf. Ich stieg hinaus aufs Dach und schloß die Tür hinter mir.

In meinem Drang, die Tür aufzubekommen hatte ich ganz vergessen, daß ich gar nicht dorthin wollte. Schlagartig wurde ich vom Wind erfaßt, der gnadenlos über das Dach rauschte wie Wellen über ein Schiffsdeck. Ich bin mir sicher, daß ich glatt über den Rand des Daches geweht worden wäre, wenn nicht etwas passiert wäre, auf das ich nicht besonders stolz bin: Mir wurde schwindelig.

In diesem Moment wurde mir auch klar, daß »Schwindel« zu den Worten gehört, die so klingen, wie sich die betreffende Situation anfühlt. Kaum hatte ich mich einmal rundherum umgesehen, da erfaßte mich auch schon eine Windböe, und kaum hatte ich realisiert, wie hoch ich war, drehte sich mir schon der Kopf und ich fiel vornüber aufs Gesicht. Den Schwindel verursachte ein Gefühl, das man manchmal bekommt, wenn man sich in großer Höhe befindet: Nicht die Angst davor, weggeweht zu werden (obwohl das unter diesen Umständen nicht unwahrscheinlich schien), sondern der unwiderstehliche Drang, sich hinunterstürzen zu wollen. Zum ersten Mal in meinem Leben mußte ich mich vor lauter Angst übergeben.

Ich wäre dort liegengelieben, die Finger auf das Dach gepreßt, wenn ich nicht vorher, als ich durch die Tür nach draußen getreten war, vergeblich versucht hätte, die Türklinke herauszuziehen, um es dem falschen Martin schwerer zu machen. Aber es hatte nicht funktioniert, und nun durfte ich keine Zeit verlieren.

Es gab kaum mögliche Verstecke auf dem Dach. Zwei hohe Antennen reckten sich in den Himmel und blinkten zwischen den Wolken, weil das gottverdammte Gebäude so gottverdammt hoch war, daß heranfliegende Flugzeuge davor gewarnt werden mußten. Daneben gab es noch eine Reihe großer Metallkästen, die aus dem Boden ragten, als seien sie dort gewachsen. Ich hatte keine Ahnung, welchem Zweck sie dienten, aber wahrscheinlich erfüllten sie ihn. Auf allen Vieren kroch ich zu dem nächstliegenden Kasten, in der Angst, vom Dach geweht zu werden, wenn ich mich aufrichtete. Dann setzte ich mich mit dem Rücken gegen den Kasten gelehnt hin.

Vor meinen Augen breitete sich die Stadt aus – ich war so weit oben und die Sicht so klar, daß ich mir einbildete, die Erdkrümmung sehen zu können. Ich spürte, wie mein Atem stockte und das Schwindelgefühl zurückkehrte, also schloß ich die Augen und schüttelte heftig den Kopf. Mein Magen rumorte, und das Dach unter mir schien sich abzusenken. Als ich die Augen wieder aufmachte, bemerkte ich etwas, daß mich beinahe an meiner gesunden Wahrnehmung zweifeln ließ: Zwei riesige Haken standen unheilvoll und drohend direkt am Rand des Dachs, daneben einige kompliziert aussehende Seile und Apparaturen. Ich überlegte, wofür sie wohl gut waren, als ich wieder ein Geräusch hörte.

Über das Brüllen des Windes hinweg hörte ich, wie sich die Eisentür öffnete und gegen die Wand knallte. In diesem Moment wußte ich, wenn mein Herz bis zum Abend des heutigen Tages nicht stehengeblieben war, würde ich ewig leben. Ich drehte mich langsam um, damit ich keinen Lärm machte (als ob jemand mich hätte hören können), hob vorsichtig den Kopf und spähte über den Metallkasten hinweg, hinter dem ich mich versteckt hatte. In der Tür stand der falsche Mr. Martin. Seine Rockschöße flatterten im Wind. Ich ließ mich zurückfallen und preßte meinen Rücken wieder gegen den Kasten.

»Reynolds!« rief er. Es klang wie eine einsame Stimme inmitten eines Sturms. »Reynolds! Ich weiß, daß Sie hier draußen sind!«

Natürlich bekam er keine Antwort außer dem Heulen des Windes.

»Reynolds! Ich bin nicht der, für den Sie mich halten!«

Und ich halte Sie nicht für den, für den ich Sie angeblich halten soll, dachte ich.

»Alex!« rief er, als würde er, wenn er meinen Vornamen benutzte, eher eine Antwort erwarten können. »Alex! Ich bin Agent Nelson. Agent Nelson von der CIA. Commander Frank O'Neil hat unser Treffen vereinbart, damit Sie mir übergeben können, was sie gefunden haben.«

O Gott, dachte ich in einem Anfall von Panik, wie ich ihn noch nie gehabt hatte. Ich konnte gar niemandem mehr vertrauen. All diese Leute wußten irgendwas oder etwas voneinander oder waren in der Lage, an Informationen zu kommen, die sie gegen andere benutzen oder mit denen sie andere an der Nase herumführen konnten, genau wie dieser Mann es getan hatte, als er zum ersten Mal bei uns aufgetaucht war. Leute, die jemand Bestimmtes zu sein behaupteten, dann aber jemand ganz anderes waren. Leute, die hervorragende Lügner waren. Leute wie Victor Hacheck, die sich keine Gedanken darüber machten, daß sie das Leben völlig fremder Menschen in Gefahr brachten. O Gott, dachte ich, ich werde nie mehr jemandem glauben können. Ich wurde ganz plötzlich von einem Gefühl der Verlassenheit überwältigt, das ich nicht kannte. Und gleichzeitig erfaßte mich wieder dieser Drang, einfach vom Dach zu springen. Ich nahm mir vor, mich nie mehr in so große Höhe zu begeben ... falls ich das hier überleben sollte.

»Alex! Bitte hören Sie mir zu! Ich bin Agent Nelson. Ich arbeite mit Frank O'Neil zusammen, dem Freund Ihrer Mutter. Ich habe mich Ihnen gegenüber als James Martin ausgegeben. Sie wissen, daß das eine Lüge war, aber ich hatte meine Gründe. Wenn Sie herauskommen und mitkommen, werde ich Ihnen alles erklären. Sie müssen mir geben, was sie von Victor Hacheck bekommen haben. Das Leben von vielen Menschen in Rußland – Amerikanern in Rußland – hängt davon ab.«

Gleichzeitig drehte er den Kopf in alle Richtungen, wodurch seine Stimme vom Wind mal zu mir hin, mal von mir weg getragen wurde, was dem ganzen einen unwirklichen Charakter gab. Da mir ohnehin schwindelig war, kam mir das ganz passend vor, zumal ich nicht wußte, wer er nun in Wirklichkeit war, und ob er mir jemals seinen richtigen Namen genannt hatte.

Ich hätte ihm am liebsten Hunderte von Fragen entgegengeschleudert, Fragen, die er beantworten mußte, bevor ich mich zu erkennen gab. Nur hätte ich mich zu erkennen gegeben, wenn ich ihm Fragen gestellt hätte – und das wollte ich nicht.

»Alex! Sie müssen mir glauben! Was Victor Hacheck Ihnen gegeben hat, ist das Ergebnis monatelanger Arbeit. Wenn wir es nicht bekommen, war diese monatelange Arbeit umsonst, und viele Menschen geraten in Gefahr. Das Schlimmste dabei ist, daß es in der Organisation einen Verräter gibt!«

In welcher Organisation, fragte ich mich.

»Jemand im CIA arbeitet mit ihnen zusammen. Alex, ich brauche unbedingt diese Informationen, die Hacheck Ihnen gegeben hat. Hören Sie –« Seine Stimme klang jetzt reuevoll, soweit das bei diesem Wind überhaupt möglich war. »Ich weiß, was Sie und Ihre Familie in den vergangenen Tagen durchgemacht haben. Ich weiß, daß es Ihnen schwerfallen muß, mir zu glauben. Ich möchte Sie deshalb bitten, über Ihren eigenen Schatten zu springen. Vertrauen Sie darauf, daß ich Ihnen die Wahrheit sage. Gehen Sie mit mir nach unten. Commander O'Neil und ich werden Ihnen die ganze Angelegenheit erklären, das verspreche ich Ihnen. Ich bitte Sie, vertrauen Sie mir.«

Unwillkürlich bewegte ich meinen Kopf hin und her, als könnte ich dadurch das Durcheinander in meinem Kopf ordnen. Seine Argumentation hatte immerhin eines für sich: Falls er die Wahrheit sagte, wenn er behauptete, wirklich Agent Nelson zu sein, war das wahrscheinlich auch nicht riskanter als alles andere, was bisher geschehen war. Außerdem war er zur verabredeten Zeit am verabredeten Ort erschienen, was bestätigte, daß er mit Frank gesprochen hatte. Aber konnte ich Frank vertrauen? Andererseits, sagte ich mir, hatte Mutter es nicht geschafft, den falschen Martin zu finden, während wir ihren Plan zur Rettung von Peter durchgeführt hatten. Aber es hätte ja genauso gut sein können, daß mir dieser Mann hier zum Sears Tower gefolgt war. Aber woher wußte er dann von Frank? Ich versuchte, mich an seinen Gesichtsausdruck zu erinnern, als er gekommen war. War er überrascht oder schockiert gewesen, oder hatte er einfach nur ausgesehen wie jemand, der zu einer Verabredung kam? Mein Kopf drehte sich, ich konnte keinen klaren Gedanken fassen.

»Alex, bitte!«

Ich war hin- und hergerissen. Entweder konnte ich hier ewig sitzenbleiben, wenn er sich nicht weiter auf das Dach hinauswagte. Oder ich vertraute ihm und zeigte mich, weil es sowieso keine andere Möglichkeit gab, hier wegzukommen. Ich entschied mich für letzteres, aber vorher wollte ich noch einen Blick auf ihn werfen. Also drehte ich mich um und spähte wieder über den Kasten. Er stand dort vor der Tür auf dem Dach. Er hatte die Arme verschränkt, sein Anzug und seine sonst so gutgekämmten Haare flatterten im Wind. Aber abgesehen davon sah er sehr ernst aus. Anders kann ich es nicht beschreiben.

Plötzlich, noch bevor ich mich aufrichten konnte, zuckte sein Kopf nach vorne, und er erstarrte. Dann gaben seine Füße nach, und er fiel um. Hinter ihm, im Schatten des Türeingangs, sah ich eine Hand, die die Pistole hielt, mit deren Griff er gerade bewußtlos geschlagen worden war. Nachdem er zu Boden gegangen war, sah ich den Mann, der zu der Pistole gehörte: Es war der echte James Martin.

Ein kurzer Gedankenblitz durchzuckte mein Gehirn und wurde vom Wind davongeweht: Das Geräusch der zweiten Tür. Die zweite Tür, die im Treppenhaus auf und zu gegangen war. Es war mir überhaupt nicht in den Sinn gekommen, daß jemand meinen Verfolger verfolgen könnte.

Jetzt wurde mir einiges klar, etwa so, wie Passagieren in einem Flugzeug einiges klar wird, kurz bevor die Maschine zerschellt, oder wie es jemandem ergeht, dessen Auto gerade von einem Zug erfaßt wird. Plötzlich standen eine ganze Reihe Fragen vor mir: Warum wohl sollte ein gewöhnlicher Angestellter, der in der Personalabteilung des CIA arbeitete, eine Waffe bei sich tragen? Und was zum Teufel machte er hier oben auf dem Dach? Der echte Martin hatte hier überhaupt nichts verloren. Woher wußte dieser Bleistiftspitzer von unserem Treffen? Einige Antworten fielen mir jetzt auch ein: Zum Beispiel, warum Fomin, der eine Knetmensch, mich unter der Überführung getroffen hatte, und warum Martin so seltsam reagiert hatte, als Mutter ihn nach Matthew Corbin und den anderen Namen auf der Liste gefragt hatte. Irgendwo in meinem Hinterkopf hatte sich ein nagender Zweifel festgesetzt, daß es für all diese Dinge eine plausible Erklärung gab, aber ich konnte mich zumindest in einer Hinsicht entlasten: Zu diesem Zeitpunkt waren alle meine Zweifel verschwunden. Ich wußte jetzt Bescheid.

Im Gegensatz zum falschen Martin – oder zu Agent Nelson, der er wohl tatsächlich war, wie ich jetzt überzeugt war, nachdem er mir nutzlos geworden war – begann der echte

Mr. Martin nun sofort damit, das Dach abzusuchen. Seine Suche ging allerdings ziemlich langsam vonstatten, da er, egal in welche Richtung er sich wandte, gegen den Wind lief. Für jemanden, der so eindeutig untrainiert war wie er, strengte er sich mächtig an. Natürlich würde es nicht lange dauern, bis er mein Versteck gefunden hatte, es sei denn ich versuchte, aus seinem Gesichtsfeld zu kriechen. Aber das schien so gut wie unmöglich. Zwischen diesen verdammten Metallkästen war einfach zu viel Platz, und er mußte mich entdecken, wenn ich von einem zum nächsten laufen wollte – so was funktioniert nur im Kino.

Ich schob mich ein Stück näher an den Rand des Gebäudes heran, wo die riesigen Haken standen. Dicke Taue waren um sie geschlungen und hingen das Gebäude hinab, der Rest der Seile hing in dieser unidentifizierbaren Maschine. Es gab wohl keine andere Möglichkeit, als über den Rand des Dachs nach unten zu schauen, wenn ich wissen wollte, was das war.

Mit geschlossenen Augen schob ich meinen Kopf langsam über den Rand des Gebäudes. Dann öffnete ich sie nur so weit, daß ich erkennen konnte, was sich direkt unter mir befand. Durch die Augenschlitze konnte ich es sehen: Es war die Aufzugkabine der Fensterputzer. Sie hing etwa zwei Meter unterhalb des Daches, auf der Seite des Gebäudes, die steil bis ganz nach unten fiel. Ich schloß die Augen und schickte ein Gebet zum Himmel, denn ich wußte, was ich als nächstes tun mußte. Ich konnte nur darauf bauen, daß er, selbst wenn er das ganze Dach abgesucht hatte, nicht darauf kommen würde, daß ich hinuntergesprungen war.

Und genau das tat ich: Ich griff nach einem der Seile, die von den gigantischen Haken herabhingen, hielt mich mit der anderen Hand an der Dachkante fest und rutschte über die Kante hinweg in die Kabine.

Dort fiel ich auf den Rücken und versuchte das Schwindelgefühl zu bekämpfen, das mich ergriff, während die Kabine vom Wind gegen das Gebäude gepreßt wurde. Obwohl die Kabine hohe Geländer hatte, würde ich mich niemals aufrecht hinstellen können, das war klar. Ich sah direkt in den Himmel, zu den beiden Antennen, die vom Dach aus nach oben ragten, ihren beiden roten Lichtern, die von einer vorbeiziehenden Wolke verdunkelt wurden. Ich schloß die Augen und betete wieder.

Es kam mir so vor, als hätte ich eine Ewigkeit dort gelegen. Mein Zeitgefühl hatte sich zusammen mit mir über den Rand des Gebäudes hinweg verabschiedet. Vielleicht waren es nur Sekunden, vielleicht auch Stunden. Ich sah nicht auf die Uhr, weil ich Angst hatte, daß eine falsche Bewegung mich womöglich die ganzen 110 Stockwerke tief hinunterschicken würde. Ich hatte schon öfter gehört, daß jemand, der von einem Gebäude fällt, meist schon einen Herzstillstand erleidet, bevor er unten aufprallt. Beweise gab es dafür allerdings nicht. Ich wollte sie auch nicht liefern.

Als ich das Gefühl hatte, lange genug gewartet zu haben, und es nicht mehr länger aushielt (manchmal passen diese beiden Gefühlslagen ja ungeheuer gut zusammen), fing ich an zu überlegen, wie ich wohl zurück aufs Dach gelangen konnte. Normalerweise wäre es eine der leichtesten Übungen gewesen, wenn hinter mir nicht ein so tiefer Abgrund gelauert hätte. Nach oben war es nämlich nicht besonders weit. Ich mußte nur nach der Dachkante greifen und mich nach oben ziehen, während ich mich mit den Füßen an der Mauer abstützte. Aber dabei würde es garantiert einen Moment geben, in dem ich überhaupt nichts mehr berührte. Und das machte mir Sorgen. Ich hatte es jetzt immerhin geschafft hinzuknien und versuchte, mich hochzuziehen, um aufrecht stehen zu können, als er plötzlich auftauchte.

Martins Kopf, seine Schultern, sein rechter Arm und die Hand mit der Pistole erschienen plötzlich über mir. Ich schreckte zurück, merkte aber sofort, daß es keine Fluchtmöglichkeit gab. Endlich, in diesem Moment, als er da über mir hing, wußte ich, an wen mich sein schwabbeliges, fettes Gesicht erinnerte: An Sydney Greenstreet, den Schauspieler. Er sah nicht mehr wie der nette alte Knabe aus, als der er in seinem Büro aufgetreten war. Jetzt sah er aus wie ein durchgedrehter Politiker. Gleichzeitig kam mir in den Sinn, daß das auf dasselbe hinauslief.

»Gib es her«, bellte er. Sein ganzer falscher Südstaaten-Charme hatte ihn verlassen. »Gib es her!« Seine rechte Hand wurde weiß, so verkrampft hielt er die Pistole. Ich entschied mich, nicht zu antworten, weil mir nichts dazu einfiel.

»Du verdammte Schwuchtel, du bist mir schon die ganze Zeit im Weg, seit Hacheck hier ist, aber jetzt ist Schluß damit!«

»Wie ... wie ...«, versuchte ich, aber die Worte wollten nicht rauskommen.

»Ich bin dir gefolgt, du Idiot! Ich folge dir, seit du mein Büro verlassen hast ... seit ihr mich nach Matthew Corbin gefragt habt. In dem Moment war mir klar, daß ihr zuviel wißt. Ihr wart hinter der Sache her. Also mußten wir euch aus dem Weg räumen. Ich bin dir gefolgt.« Und mit einer knappen Kopfbewegung über seine Schulter hinweg fügte er hinzu: »Das ist wohl der Typ, den Washington geschickt hat.«

Ich schluckte und sagte: »Das wird er wohl sein.«

»Er wird gleich nach dir sterben!«

»Warten Sie doch!« rief ich, während ich gleichzeitig verzweifelt nach einer Möglichkeit suchte, ihn hinzuhalten. »Bitte! Ich will nur noch eins wissen. Warum haben Sie mich neulich abends unter diese Überführung geschickt und Fomin auf mich gehetzt? Sie wußten doch, wo ich wohne! Warum haben Sie mich und meine Familie nicht einfach dort umgebracht?«

Er grinste auf eine Art, die mir Gänsehaut verursachte. Dieses Grinsen hieß, daß er sich für verdammt clever hielt.

»Weil wir nicht hinter dir her waren! Ich wußte ja nicht, wen die Bundespolizei hergeschickt hatte, also mußte ich ihn irgendwie ausfindig machen.« Er verzog den Mund. »So wie du versucht hast, mich mit diesem bescheuerten Streichholzheftchen zu testen! Deshalb mußte ich dieses Treffen arrangieren. Fomin sollte euch beide erledigen, aber dein Freund da –« Er deutete mit der Waffe hinter sich, wo Agent Nelson lag, »– ist nicht drauf reingefallen und nicht gekommen.«

»Wer hat denn dann Fomin erschossen?« fragte ich.

»Ich nicht«, antwortete er mit einem breiten, zufriedenen Grinsen, das mir einen kalten Schauer den Rücken hinunterjagte. »Ich war zu Hause bei meiner Frau.« Er schob die Pistole näher zu mir hin. »Die ganze Zeit ... zu Anfang ... dachte ich, du seist nur zufällig in die Sache reingeraten ...«

»Aber so war es doch!«

Er schüttelte den Kopf, um mir klar zu machen, daß es darauf nun auch nicht mehr ankam. »Zuerst hast du Hackeck in dieser Bar getroffen, dann wußtet ihr plötzlich die Namen von den Leuten, die wir ... die sie gekidnappt hatten, dann hast du dich mit einem Bundespolizisten verabredet. Ihr habt uns ganz schön auf Trab gehalten, das steht fest! Aber jetzt ist es vorbei. Das ist dir hoffentlich klar! Du hast Hackecks Beweisstück bei dir, sonst würdest du dich nicht hier mit einem Bundespolizisten treffen. Gib es her!«

»Mr. Martin ... das ist alles ein großes Mißverständnis. Verstehen Sie denn nicht? Alles, was wir in Ihrem Büro erzählt haben, ist wahr! Ich war einfach zur falschen Zeit am falschen Ort. Ich habe mich nicht mit Hacheck getroffen. Und wir haben wirklich gedacht, daß Sie nach dem Streichholzheftchen suchen.«

Ich fragte mich schon, warum er mich nicht einfach erschoß und die Sache damit zu Ende brachte, aber mir fiel ein, daß jemand das Röhrchen zwischen meinen Überresten finden konnte, falls irgend etwas von mir nach einem Sturz aus dem 110. Stockwerk übrig blieb.

»Das spielt jetzt alles keine Rolle mehr«, sagte er und strich sich die Haare aus der Stirn. Schweiß troff ihm aus den Augenbrauen, aber machte sich nicht die Mühe, ihn abzuwischen, wie er es in seinem Büro getan hatte. »Wenn ich erstmal dieses verdammte Ding habe und euch losgeworden bin, dann habe ich endlich meine Ruhe.«

Ich wog meine Möglichkeiten ab. Ich klammerte mich an

das Seil und blickte in seine Augen, die mir von Sekunde zu Sekunde wahnsinniger vorkamen. Schließlich holte ich tief Luft und sagte: »Sie werden mich nicht los.«

Zum ersten Mal schien er verunsichert: »Was soll das heißen?«

»Wenn Sie uns die ganze Zeit gefolgt sind, dann wissen Sie auch, daß wir Peter befreit haben.«

»Na und?« bellte er, und es klang, als sei er ziemlich unzufrieden mit seinem Untergebenen.

»Um Peter befreien zu können, hat meine Mutter sich mit Ihrem Freund Volkov im Lincoln Park Zoo beschäftigt. Am Seehundbecken, um genau zu sein. Dorthin ist er uns vor ein paar Tagen schon mal gefolgt.«

»Ja? Und?«

»Als ich wußte, daß Peter in Sicherheit war, haben wir Frank O'Neil von der hiesigen Polizei angerufen und ihn zum Zoo geschickt, um Ihren Komplizen abzufangen. Ich gehe davon aus, daß er das auch geschafft hat, er ist ein verdammt guter Bulle!«

»Und?« fragte er, jetzt wütender und weniger selbstsicher. »Was hat das mit mir zu tun?«

»Glauben Sie, Volkov wird den Mund halten, wenn er erstmal im Knast sitzt? Er wird wahrscheinlich alles ausplaudern, was er weiß!«

»Na und? Wer wird so einem beschissenen Russen mehr glauben als mir?«

»Wo doch der CIA Bescheid weiß? Und nachdem Sie mich umgebracht haben?«

Meine Gott, diese tolle Erkenntnis war eine zufällige Eingebung, aber sie kam mir logisch vor. Die Frage war nur, ob Martin sich noch irgend etwas daraus machte. Er starrte mich regungslos an und zog die Brauen zusammen. Dann geschah etwas so Unerwartetes, daß ich nur noch ganz instinktiv handeln konnte. Er brüllte mich an: »Du verdammter Scheißkerl!«

Er schoß nicht, er packte mich einfach, und verlor dabei das Gleichgewicht. Ohne weiter nachzudenken, faßte ich nach oben, griff nach seinem Hemd und zog daran. Ein ersticktes Krächzen kam aus seiner Kehle. Da er aus dem Gleichgewicht geraten war, sich nun in einem ungünstigen Winkel befand und dank des heftigen Windes schien er geradezu über mich hinweg zu schweben. Er segelte über den Rand des Gebäudes und fiel dann schreiend die Betonschlucht hinunter. Und war verschwunden. Und ward nicht mehr gehört.

Ich sank nach unten, bis ich an der dem Gebäude zugewandten Seite der Aufzugkabine saß. Ich schloß die Augen. In meinem Kopf herrschte völliges Schweigen. Die Kabine ruckte in unregelmäßigem Rhythmus gegen die Gebäudewand, was beinahe tröstlich war. Nach einigen Minuten kletterte ich zurück aufs Dach.

Agent Nelson lag noch da, wo er zusammengebrochen war, bewegte sich aber. Er hatte sich auf den Rücken gewälzt und hielt sich die Stirn, als sei die Erschütterung, die der Pistolengriff an seinem Hinterkopf verursacht hatte, bis nach vorn durchgedrungen. Als er mich kommen sah, setzte er sich halb aufrecht hin. Ich reichte ihm meine Hand und sagte: »Kommen Sie, Nelson, gehen wir.«

Ich zog ihn hoch, und einen Moment lang schwankte er. Ich legte seinen rechten Arm um meine Schulter, um ihn zu stützen.

»Ich helfe Ihnen«, sagte ich.

»Uuuh«, sagte er und legte eine Hand auf den Hinterkopf, wo er getroffen worden war. Als wir die Tür erreichten, sagte er: »Reynolds ... das nächste Mal, wenn jemand hinter Ihnen her ist, gehen Sie nach unten, nicht nach oben! Alle machen immer den gleichen Fehler. Wenn Sie nach oben gehen, sind Sie gefangen. Unten, immer unten!«

»Sie haben ja keine Ahnung, wie viele Männer das schon zu mir gesagt haben«, sagte ich, als wir die Treppe nach unten nahmen.

17

»Da gibt es einiges, was ich nicht verstehe«, erklärte Peter mit einem ganz leicht gereizten Unterton. Es haßte es, nicht vollständig im Bilde zu sein, zumal er sich für einen Russen hatte ausziehen müssen.

Es war später Abend. Wir saßen zu fünft um den Tisch in unserem Wohnzimmer und rekapitulierten das Geschehen. Agent Nelson, der uns mitgeteilt hatte, daß sein Vorname Lawrence war, saß mit Mutter auf dem Sofa: ein Arrangement, das Frank, der auf einem harten Stuhl daneben saß, nicht besonders zusagte. Nelson hielt einen Scotch auf Eis in der Hand, und Mutter ihre übliche und anständige Tasse Tee. Peter und ich saßen nebeneinander auf den Sesseln gegenüber des Sofas, jeder mit einem Kognakschwenker in der Hand. Ab und zu faßten wir uns an den Händen, was Nelson nicht entging. Frank trank nichts.

Über James Martins Flug vom Sears Tower ganz nach unten hatten die Nachrichten ganz groß berichtet. Bis jetzt hatten die Medien ihn jedoch nur als unidentifizierbaren Mann beschrieben. Mir wurde ganz flau, wenn ich mir ausmalte, wie sie seine sterblichen Überreste untersuchten. Agent Nelson und Frank kannten die Identität des Toten, gaben diese Information aber nicht weiter. Die Öffentlichkeit würde sie nie erfahren.

Frank und seine Kollegen waren am Seehundpool im Lincoln Park Zoo gewesen und hatten Volkov verhaftet. Er weigerte sich zu reden. Frank meinte, er gäbe vor, kein Englisch zu können. Alle Fragen beantwortete er nur mit ausdruckslosem Gesicht, um deutlich zu machen, daß er bloß ein armer Ausländer war, der gar nicht verstand, wie ihm geschah. Frank war nicht gerade glücklich darüber, daß wir ihn so lange an der Nase herumgeführt hatten (und auch weil Nelson, der einiges über unsere Verwicklung in CIA-Angelegenheiten gewußt hatte, ihn darüber ihm Unklaren gelassen hatte), aber er war sehr glücklich, am Ende dabeigewesen zu sein.

»Was verstehen Sie denn nicht?« fragte Nelson.

»Zum Beispiel«, sagte Peter und lehnte sich nach vorn, »wie das alles überhaupt angefangen hat.«

»Mutter, das mußt du beantworten!«

»Wieso denn ich?«

»Etwas, das du gesagt hat, hat mich auf die richtige Spur gebracht. Erinnerst du dich noch, wie du den Artikel in der Zeitung gefunden hast, in dem über Matthew Corbins Entführung berichtet wurde? Du sagtest so was ähnliches wie: ›Wenn sie Leute entführen, um Lösegeld zu erpressen, dann werden sie in Rußland bestimmt Erfolg haben – aber sicher nicht nach Amerika kommen wollen.‹ Erinnerst du dich?«

»Ja ...«

»Da ist es mir eingefallen: Was wäre denn, wenn einer von ihnen nach Amerika wollte?«

Nelson lächelte: »Genau das war's.«

Mutter ließ ihren Blick von ihm zu mir wandern. »Wie bitte? Ich verstehe nicht.«

»Korrigieren Sie mich, wenn ich falsch liege«, sagte ich zu Nelson und wandte mich an Mutter: »Selbst wenn man eine Menge Geld hat, gibt es doch einen Unterschied zwischen dem Wohlstand in Rußland und dem Wohlstand in Amerika.«

Nelson nickte.

Ich fuhr fort: »Ich vermute, daß Victor Hacheck nach Amerika wollte und bereit war, seine Komplizen zu verraten.«

»Stimmt das?« fragte Mutter an Nelson gewandt. Frank rutschte auf seinem Sitz herum.

»Ihr Sohn hat den Nagel auf den Kopf getroffen. Victor Hacheck hat Verbindung mit uns aufgenommen und wollte uns

Informationen über einen Kidnapper-Ring in Rußland zukommen lassen – eine Mafia-Bande, die Amerikaner entführt und gegen Lösegeld wieder freiläßt – und sollte dafür in Amerika Asyl bekommen. Kidnapping ist in Rußland ein Wirtschaftszweig mit Zuwächsen. Er wollte uns die Informationen gleich nach seiner Ankunft übergeben.«

»Einen Moment«, schaltete Frank sich ein, und ich hatte den Verdacht, daß er sich jetzt in Haarspaltereien verlieren wollte. »Der CIA hat doch ein Büro in Rußland, stimmt's?«

»Ja.«

»Warum haben Sie Hacheck dann hierher kommen lassen? Warum haben Sie ihn nicht dort vernommen, bevor sie ihn ins Flugzeug setzten?«

»In dieser Hinsicht konnte er uns ja unter Druck setzen. Wie die meisten Kriminellen vertraute er niemandem, nicht mal uns. Er glaubte nicht, daß wir ihn aufnehmen würden. Er verlangte, direkt mit unserem Hauptquartier in Washington zu verhandeln. Er wollte uns die Informationen erst übergeben, wenn er auf amerikanischem Boden war.«

»Klingt doch ganz clever.«

»Nicht wirklich«, meinte Nelson mit einer Spur Verachtung in der Stimme. »Wir hätten ihn ja genausogut wieder zurückschicken können, wenn er es nicht mitgebracht hätte. Ich fürchte, so richtig intelligent war er nicht, aber wie die meisten Leute seiner Art war er schlau.«

»Und was genau war es nun?« fragte Mutter. »Ich habe nur dieses Röhrchen gesehen.«

»Wir haben ihn mit der notwendigen Ausrüstung ausgestattet, um ... spezielle Fotos ... von Entführungen und Übergaben zu machen. Diese Beweise wollten wir haben. Das war es, was er bei sich trug, ein Film.«

»Was hat denn James Martin mit alledem zu tun?« fragte Peter.

Nelson sah mich an und lächelte wieder: »Wollen Sie das beantworten?«

Ich lächelte zurück und sagte: »Nun ... mir ist plötzlich ein

Licht aufgegangen, als er Ihnen eins über den Schädel zog und mir klar wurde, daß er der Übeltäter war.«

»Hör bitte auf, so zu reden, als wärst du in einem schlechten Film, ja?« sagte Peter lachend.

»Tut mir leid, ich meine nur, daß mir in diesem Moment aufging, wie er in die Sache reinpaßt.« Ich sah Nelson an. »Hatte es irgendwas mit Personendaten zu tun?«

»Personendaten?« fragte Mutter und runzelte amüsiert die Stirn.

»Er hat schon wieder recht, Mrs. Reynolds. Wir wissen nicht, wie die Russen es geschafft haben, Martin anzuwerben. Vielleicht werden wir es nie erfahren, da Martin und Hacheck tot sind, und die anderen bestimmt nicht reden wollen. Ich vermute, daß es über jemanden ... jemanden in unserem russischen Büro gelaufen ist, auch wenn ich es am liebsten gar nicht erwähnen würde. Das wäre auch ein Grund, warum Hacheck ablehnte, mit unserem russischen Büro zu verhandeln. Hoffentlich wird der Film etwas Licht in die Angelegenheit bringen. Wie auch immer, Martins Aufgabe war unter anderem, Personendaten über mögliche CIA-Anwärter zu überprüfen, was bedeutete, daß er durch uns zahllose Möglichkeiten hatte, die personellen Daten vieler Leute zu überprüfen – auch der Amerikaner, die in Rußland leben – inklusive Informationen über ihr Vermögen und das Vermögen ihrer Firmen.«

»Oh, mein Gott!« sagte Mutter und stellte die Teetasse ab. »Auf diese Weise konnte er die am besten geeigneten Entführungsopfer aussuchen. Und sie kidnappten sie dann und gaben Martin zum Dank einen Teil der Lösegeldsumme.«

»Ja«, meinte Nelson, »wie gesagt, wir haben noch nicht alle Informationen beisammen, aber da wir jetzt wissen, daß Martin mit drinsteckte, werden wir auch die entsprechenden Beweise finden. Schließlich muß er das Geld ja irgendwo deponiert haben.«

»Und seine Komplizen – die anderen Mitglieder des Entführerrings – haben Hacheck verfolgt?«

»Ja«, sagte Nelson noch verächtlicher, »und deshalb glaube ich, daß Hacheck nicht der Intelligenteste war. Irgendwie haben seine Komplizen herausgefunden, daß er aussteigen wollte, haben Verbindung mit Martin aufgenommen und sind Hacheck hierher gefolgt.«

»Woher wissen Sie das?«

»Aus dem einfachen Grund, weil wir ihn beschattet haben, nachdem Hacheck sich bei uns gemeldet hatte, und ... seinen Briefwechsel überwachten.« Er zögerte kurz, als er das sagte, als wäre ihm unangenehm, daß der CIA die Post fremder Leute las (als sei es das Schlimmste, was man ihnen vorwerfen konnte).

»Und?« bohrte ich weiter.

»Und zwei Tage, bevor er nach Washington abreiste, bekam er einen Brief und ein Ticket nach Chicago mit einer Maschine der Aeroflot.«

»Der was?« fragte Frank.

»Der russischen Fluggesellschaft, die direkt nach Chicago fliegt. Im Brief stand, es sei zu gefährlich, direkt nach Washington zu reisen, weshalb wir ihn in Chicago treffen wollten.«

»Warum haben Sie ihm nicht mitgeteilt, daß es eine Falle war?« fragte Peter.

Ich schüttelte den Kopf: »Ich glaube, sogar das kann ich beantworten: Sie wollten die amerikanische Kontaktperson des Entführerrings ausfindig machen, stimmt's?«

»Ganz genau. Wir wußten, daß einer unserer Leute mit drinsteckte, aber nicht, wer es war. Auf diese Weise wollten wir es herausfinden. Deshalb haben wir Hacheck kommen lassen und sind selbst hingegangen.«

»Das ist aber nicht die Geschichte, die sie uns bei unserem ersten Treffen erzählt haben.«

Nelson zuckte die Schultern. »Ich habe ihnen das erzählt, was nützlich war.«

Ich wußte nicht, ob mir diese Antwort gefiel.

Immer für eine zweifelnde Bemerkung gut, sagte Mutter:

»Wäre es nicht möglich gewesen, daß Hacheck zur Besinnung gekommen ist und den Verbrechern seiner Organisation ein Ende machen wollte?«

»Also Mutter, bitte!« rief ich aus.

»Was denn?«

»Das hätte er doch auch tun können, ohne Rußland zu verlassen. Außerdem hat er sich keine Sorgen darüber gemacht, ob er mein Leben in Gefahr bringen könnte, als er sich in Schwierigkeiten befand.«

»Ich fürchte, das ist wahr«, stimmte Nelson zu. »Victor Hacheck war bestimmt kein selbstloser Mensch.«

»Ich habe da noch eine andere Frage«, sagte Peter. »Wie war das eigentlich, als Fomin erschossen wurde? An diesem Abend unter der Überführung. Wer hat ihn erschossen?«

Nelson lächelte mich an, und ich erwiderte das Lächeln: »Das waren Sie, hab' ich recht?«

»Wie kommen Sie denn darauf?« Er sah ziemlich überrascht aus.

»Als ich am Rand des Sears Towers hing, leugnete Martin, es getan zu haben. Er grinste höhnisch, als er es sagte, aber ich habe ihm trotzdem geglaubt. Es war so, wie ich dachte: Sie wußten, daß das ganze eine Falle war, als ich Sie anrief. Sie dachten, es wäre eine gute Gelegenheit, ein anderes Mitglied der Bande zu identifizieren. Martin schickte Fomin, um sie auszuspielen und uns beide zu töten – deshalb sollte ich hingehen, auch wenn es nicht nötig gewesen wäre. Und Sie haben Fomin erschossen, als er versuchte, mich zu töten.«

»Ich bekenne mich schuldig«, sagte Nelson, dessen Lächeln immer selbstzufriedener wurde.

»Ich schätze, Sie haben mir das Leben gerettet. Ich sollte wohl dankbar sein.«

»Sind Sie es denn nicht?«

»Warum haben Sie noch einen zweiten Schuß abgefeuert? Der nur knapp an mir vorbeiging?«

Zum ersten Mal, seit wir uns kannten, begann Nelson zu lachen. »Um Sie dort wegzuscheuchen! Sie sind wahrscheinlich der einzige Mensch, den ich kenne, der sich gerne dort herumtreibt, wo geschossen wird!«

Ich nickte reumütig. Ich wollte nicht zugeben, daß ich vor Angst wie gelähmt gewesen war. Wir grinsten uns einfach nur dümmlich an und taten so, als wäre es zum Brüllen komisch, daß er mein Leben in Gefahr gebracht hatte, um mich dort fortzuscheuchen.

Ich seufzte und sagte: »Zwei Sachen möchte ich gerne noch klären, wenn das möglich ist.«

»Hmhm?«

»Es war ein Grund für uns, Sie zu verdächtigen, daß sie mit Volkov in der Bar gesprochen haben. Deshalb haben wir Sie mit ihm in Verbindung gebracht. Was haben Sie da gemacht?«

»Wie Sie vielleicht am Beispiel von Victor Hacheck bemerkt haben, gibt es unter Verbrechern keine Ehre. Als Volkov allein in der Bar blieb, habe ich ihn angesprochen, um ihn als Informanten anzuwerben ... zu welchem Preis spielt jetzt keine Rolle.«

»Ich verstehe«, nickte ich nachdenklich. »Dann bleibt nur noch eine Sache übrig, die ich nicht verstehe.«

»Und die wäre?«

»Warum zum Teufel nannten Sie sich James Martin, als Sie hierher kamen? Warum haben Sie nicht Ihren richtigen Namen benutzt oder sonst einen, um sich von dem Verdächtigen zu unterscheiden?«

Nelsons hübsche olivfarbene Haut wurde rot. »In dieser Hinsicht waren Sie einfach zu schlau für mich.«

»Wie das?« fragte Mutter mit strahlendem Gesicht.

»Ich benutzte Martins Name, für den Fall, daß Sie in unserem Büro anrufen würden, um herauszufinden, ob es wirklich einen Agenten namens Martin gab. Ich hatte nicht damit gerechnet, daß Sie hingehen würden, um ihn zu treffen. Dafür werde ich wahrscheinlich degradiert!«

Wir unterhielten uns noch eine Weile, dann meinte Agent Nelson, es sei Zeit zu gehen. Er wollte so schnell wie möglich nach Washington zurück. Frank schien davon geradezu begeistert.

Mutter schnalzte mit der Zunge und sagte: »Es ist wirklich zu schade, daß Sie nicht zum Abendessen bleiben können!«

Das begeisterte Frank überhaupt nicht.

Auch ich wurde etwas melancholisch. Wie ich schon erwähnte, suchte ich nicht gerade das Abenteuer, aber die letzten Tage hatten mein Leben verändert. Peter und ich legten die Arme umeinander und brachten Nelson zur Tür. Mutter kam mit, aber Frank blieb im Wohnzimmer zurück, als wollte er erst gehen, wenn er sicher war, daß Nelson weg war.

An der Tür drehte Nelson sich noch einmal zu uns um und sagte: »Wissen Sie, mir ist schon klar, daß Sie ganz schön hart rangenommen wurden wegen dieser ganzen Geschichte, aber ich glaube, Sie sind verdammt clever mit den wenigen Informationen umgegangen, die Sie hatten, und haben sich sehr tapfer verhalten. Vor allem Sie, Alex.«

Ich spürte, wie ich rot wurde. Ich druckste ein bißchen herum und sagte dann: »Vielen Dank.«

»Wissen Sie, vielleicht brauchen wir irgendwann mal wieder jemanden ... Ihrer Art. Vielleicht dürfen wir uns ab und zu mal melden, falls es nötig ist?«

Ich zuckte zusammen, als er »jemanden Ihrer Art« sagte, weil ich das Gefühl hatte, daß er das nicht besonders nett meinte. Aber ich konnte mich nicht beherrschen, wenn ich an meine neue Karriere dachte.

»Wir helfen gern ab und zu mal aus«, sagte ich fröhlich. »Betrachten Sie uns von nun an als Ihre schwulen Verbündeten!«

»Seid ihr denn völlig verrückt geworden?« rief Mutter und verschränkte die Arme vor der Brust. »Nachdem sie uns in solche Gefahr gebracht haben, sollen wir allen Ernstes mit ihnen zusammenarbeiten?«

Ich lächelte nur.